소설 서유구

소설 서유구

이명훈 장편소설

교유서가

차례

1. 망해촌 007

2. 손을 떼고 싶습니다 013

3. 금수저의 탑 020

4. 키위 043

5. 회심 055

6. 서형수의 유배 064

7. 쇠스랑 자루의 질감 074

8. 어설픈 농부 079

9. 이상한 사람이야 088

10. 돌쇠와 함께 093

11. 오회연교 110

12. 소름 128

13. 땜장이를 뒤따르며 142

14. 잔혹한 지혜 153

15. 겨울에서 봄 157

16. 다시 모인 식구 170

17. 이중 혁명 180

18. 둔전 194

19. 김기백 회장 207

20. 토갱지병 213

21. 추자도 221

22. 일상 230

23. 전립투 239

24. 솥과 도마 252

25. 우리 조선은 바늘 하나 만들지 못한단다 267

26. 허를 기르는 것이다 280

27. 김달순 옥사 289

28. 우보 299

29. 창자를 끊어내는 아픔들 속에서 305

30. 가지 않은 길, 가지 못한 길 314

31. 이운怡雲 322

32. 욕망은 더 큰 욕망으로 328

33. 노비의 거문고 소리를 들으며 335

34. 안과 밖 338

35. 내일 349

작가의 말 373

1. 망해촌

서형수를 추자도 유배에 처하노라.

서유구는 뼛속까지 오돌오돌 떨렸다. 일손이 잡히지 않았다. 홍문관의 뒤뜰 길을 넋이 나간 듯 거닐었다. 그간 해결할 일들을 결정하지 못할 때 생각을 정리하던 길이었다. 홍문관 뒤뜰 길, 어떤 문제를 들고 나가느냐에 따라 길이 달라져 보였다. 다니던 길에서 몇 걸음 벗어나기만 해도 다른 생각이 찾아오기도 했고 골똘히 집착했던 것이 환기되기도 했다. 그랬던 뒤뜰이 오늘따라 허허벌판처럼 보였다.

홍문관을 나온 유구에게는 형님이 사는 용산 집이 멀게만 느껴졌다.

"형님. 숙부님이……."

"그래."

형 서유본도 알고 있었다.

"결국, 우리 집안에 변고가 닥치려는지⋯⋯. 과연 풍파가 어디까지일지 감이 잡히지 않습니다."

"보통 일이 아니다."

"홍계능(정조의 즉위를 반대했다가 1776년 정조가 즉위하자 하옥되어 옥사)과의 일은 과거지사 아닙니까?"

"쉿!"

서유본이 가슴을 쓸어내리듯 짧게 말했다.

"아무래도 뭔가 이상하게 돌아간다는 느낌이었는데 예상대로 그렇게 돌아가는 것 같습니다."

유구의 목소리가 떨렸다.

"그러고도 남지. 김조순(안동 김씨 세도 정치의 서막을 연 조선 후기의 문신)이 뒤에서 조종하는 게 틀림없어 보인다."

"노림수가 있겠죠."

"능구렁이 같은 김조순의 속을 누가 알겠나?"

"숙부님 존함이 상소문에 오를 때마다 어찌나 가슴이 타들어갔는지요. 명치를 찔리듯 두렵고 아팠습니다."

"나도 그러한데 중앙의 깊은 곳에 있는 너는 오죽하겠느냐."

"앞이 캄캄합니다. 우리 집안뿐 아니라 나라 전체가 풍전등화입니다."

"정말 앞이 안 보이는구나."

서유구는 인생이 끝장났다는 느낌에 등골이 시렸다. 숙부의 유배는 자기 자신, 아니 집안 전체가 붕괴할 신호였다. 조정에서 숙부를 단칼에 내치는 것이 예사롭지 않았다.

멸문지화만이 남아 있어 보였다. 관직에 붙어 있을 수도 없었고 의미도 없었다. 홍문관 부제학을 사직하겠다는 상소를 올렸다. 반려되었다. 서유구는 더욱 고통스러웠다. 김조순의 인간 됨됨이는 사람들이 쉬쉬하며 말하듯 달밤에 먹구렁이가 담을 넘다가 뒤를 휙 쳐다볼 때의 서늘한 눈빛을 닮았다. 그런 그가 서유구를 눈에 보이는 곳에 두고 잘근잘근 썹어 죽일 것만 같았다. 몇 차례 전직이 되면서 불안이 바닥을 알 수 없는 곳으로 떨어지고 있었다.

결국, 사직이 되자 가슴이 뻥 뚫린 듯 횅했다. 규장각에 들어설 때부터 관직의 옷을 벗은 오늘까지의 금 같은 세월이 주마등처럼 스쳤다. 퇴청 후 귀가해 어머니 앞에 앉았다.

"면목 없습니다."

"어찌 네 탓이냐. 못된 세상 탓이지."

어머니는 단정함을 잃지 않으려 애를 쓰셨다.

"사태가 심각합니다."

"이럴수록 마음 단단히 먹어야 한다. 피신해 있거라. 네게 우환이 미칠까 어미도 두렵구나."

"······."

"어미 말을 듣거라."

서유구는 입이 열리지 않았다. 집을 지켜야 한다. 그러나 지금 상황엔 집에 있는 것이 도리어 집에 해를 끼칠 것만 같았다. 집안은 물론이고 소론 자체가 풍비박산할 것 같은 공포 속에서 판단 자체가 무의미했다.

"이 어미도 뭐라 말하기 어렵다만 그게 좋겠구나. 망해촌(서울 도봉구 도봉동에 있었음)의 별채에 가 있거라."

"어머니."

"처자식은 걱정하지 말고……."

"……."

"돌쇠를 데려가거라."

망해촌의 별채에 온 지 며칠 지났어도 서유구는 얼굴이 굳어 있었다.

"마음 놓으십시오, 나으리. 여기까지는 포졸이 들이닥치지 못합니다요. 마음 푹 놓으셔도 됩니다."

돌쇠가 아궁이에 솔껍을 넣고 불을 붙인 후 잔가지를 집어넣으며 말했다. 서유구는 이유 없이 손바닥에 땀이 흐르고 머릿속이 터질 것 같았다. 식솔들이 잡혀가지나 않았는지 불안했다.

밖에 나설 때도 저 아래 희미하게 보이는 인가 쪽으론 머언 눈길만 던질 뿐이었다. 사람 사는 동네가 두려웠다. 누군가 자기를 보면 관청에 고자질할 것만 같았다.

"나으리. 진지 드시지요. 산더덕을 가져와 불에 구웠구먼요."

"같이 한술 뜨자꾸나."

돌쇠는 한사코 거부하며 밥을 퍼낸 솥에 물을 부었다. 부뚜막에 서서 먹는 둥 마는 둥 하며 솥을 좀 끓였다. 숭늉을 밥그릇에 따라 서유구에게 들고 갔다.

숭늉은 번잡한 속을 편하게 쓸어내리는 맛이 있었다. 서유구는 숟가락으로 두어 술 뜨고는 어둠이 짙어가는 숲을 바라봤다.

소쩍새와 부엉이 우는 소리, 나뭇잎 흔들리는 소리, 계곡 물소리……. 어둠 속에 적막은 깊어져가고 나뭇잎 소리는 또렷해졌다. 밤하늘엔 별들이 총총했다. 서유구는 발길을 돌려 방에 들어가 호롱불의 심지를 밑에서 위로 밀어올렸다. 가져온 책을 들췄다.

눈은 글을 따라가도 마음은 스산했다. 농산정 화사한 꽃그늘 아래 상이 차려지고 주찬이 펼쳐지던 규장각 시절이 그립지 않았다. 임금(정조)께서 필통에 술을 친히 따라주며 말하던 무취불귀(無醉不歸. 취하지 않으면 집에 갈 수 없다는 정조의 건배사)를 떠올려봐도 심상치 않은 현실을 덮을 수 없었다.

유구는 『주역』 『대학』 『논어』 『맹자』 『시경』의 문장에 주석을 달곤 했었는데, 선왕의 위용, 할아버지와 아버지의 체취가 밴 그곳에서의 빛나던 시간이 송곳처럼 가슴을 찌를 뿐이었다. 유구는 책을 옆으로 밀어버렸다. 부엉이 울음소리가 돌쇠의 기척과 어우러져 밤을 더 길게 만들 뿐, 당최 잠이 오지 않았다.

2. 손을 떼고 싶습니다

"선생에 관한 조사는 수월하게 되고 있는지, 잘은 몰라도 너무 깊게 들어가는 건 아니지?"

조 대표의 목소리가 능글맞게 느껴질 정도로 부드러웠다.

"맥락을 잡아보려고 애를 쓰면 쓸수록 도통 잡히는 게 없어요. 그저 짜증이 납니다."

"왜?"

"손을 떼고 싶습니다."

"큰일이네. 그래도 해야지?"

"형이 하든지 정 소장이 해도 되지 않겠습니까?"

"나는 그날 축사를 맡아서 그렇고 정 소장은 일에 워낙 치여 있다고 거절했는데 어쩌겠어. 너만의 특유의 감각 있잖아, 남들이 놓치는 점을 캐치해내 자기만의 방식으로 해석해서 전혀 다른 맥락을 만들어내는……. 그걸 잘 살리기만 하면 될 텐데……. 이번 일이 잘되면 영화로 제작할 생각도 있어. 풍석 서유구를 주인공으로 한 영화나 드라마를 만들면 역사 인물에 대한 기존의 전형을 바꾸는 일이 될 수도 있어. 풍석은 소설이나 사극에서 단 한 번도 나오지 않은 매력적인 인물이야."

규철은 단양고 이 년 선배이자 L 출판사 사장, 삼 년 전에 설립한 풍석 사회적 협동조합의 대표이기도 한 조상호의 달변에 시달리고 있었다.

"꿈 깨세요. 서유구가 얼마나 재미없는 사람인데요. 무미건조하고 꼬장꼬장하고……."

"그건 그렇지만 달리 볼 수도 있잖아. 그게 너의 장점이고……."

"영화에 팔리려면 차라리 망이, 망소이, 묘청, 정난정 같은 사람들에 관해 써야지요. 뭔가 격정적인 삶이 있어야 사람들이 열광하는데, 풍석의 삶은 그냥 무미건조, 무색무취에 가까워요."

"무슨 말인지 알아. 근데 말이야, 무미건조, 바로 그게 매력 포인트지. 요즘 세상을 봐. 온통 자극적이고 표피적이잖아. 먹방 문화만 해도 그래. 단맛, 또 단맛, 그 난리잖아. 그 속에서 무미한 맛의 극치를 보여주는 것, 심심함의 매혹을 보여주는 것, 좋지 않나? 기존의 판을 전혀 다르게 바꾸는 일인데."

조상호는 역시 사차원적인 사람이었다. 저런 방식으로 여기까지 살아왔다고 봐도 무방했다. 출판사도 저런 식으로 운영해 말아먹었다가 용케 다시 일으켜세웠다. 서유구가 쓴 『임원경제지』, 그 책은 농촌 생활 전체를 대상으로 정리한 광의의 농서로서 '임원십육지'라고도 불린다. 주제를 열여섯 가지로 나누어 각기의 책을 써 모은 전집이다. 조상호가 『임원경제지』의 이름을 따 만든 임원경제연구소의 정 소장과 죽이 맞아 『임원경제지』를 발간해왔고 또 그 책을 콘텐츠로 한 협동조합까지 설립한 것도 그 때문이었다.

조상호의 말뜻을 규철도 느끼긴 했다. 서유구는 무미건조하면서도 낯선 구석이 있었다. 가령 그는 『시경』에 주석을 달 만큼 시에도 능숙했다. 그런데도 시를 멀리했다. 늘그막에 쓰긴 했지만, 시적인 풍류완 거리가 멀었다. 브레히트의 시에 나오는 문장 같은 것도 설핏 엿보였다. 19세기 중엽에 선비가 그런 시를 썼다니, 성리학에 절은 조선 시대에 어떻게 그럴 수 있었는지를 생각해볼 만한 여지가 있었다.

규철은 조상호와 통화한 후에도 심드렁했다. 책상 쪽으로 걸었다. 서유구 관련 자료에 나오는 서유구의 초상화에 눈길이 다시 갔다.

얼굴이 기이할 정도로 길쭉하다. 머리에 쓴 관모를 벗기면 이마의 상하 폭이 지나치게 넓다. 귀는 당나귀 귀처럼 눈썹 위로도 한참이나 치솟아 있다. 눈매는 서늘하고 날카롭고, 무미건조하고 성격이 까다로워 보인다. 꼼꼼하고 치밀하게 생겼다. 키는 자그마하다. 서유구 선생의 어머니께서 서유구의 어린 시절을 얘기한 대목도 이상하게 마음에 걸렸다. 세 살 때쯤 말도 못 배운 꼬마 서유구는 뭔가 뒤틀리면 마당 한가운데 섰다. 잠잘 시간이 되어 아버지가 무를 뽑듯 번쩍 들어올려 방에서 재우고 아침에 보면, 꼬맹이는 전날 그 자리에 꼼짝도 하지 않고 다시 서 있었다는 말이 자꾸 걸리적거렸다. 어쩌다가 이런 사람에게…… 하다가도 그 문제가 가슴을 들쑤셨다.

아무래도 이상했다. 활발하게 연구되어야 마땅했다. 역사깨나 안다는 사람들에게 물어봐도 '그런 사건이 있었나요?' 태반이 그런 식의 반응이었다. '신유박해는 아시지요?' 물으면 '1801년 신유년에 일어난 천주교도 박해 사건을 말하는 거죠? 다산 정약용도 그때 유배 가고요.' 대답이 순조로웠다.

신유박해 못지않게 의미가 큰 것이 김달순 옥사인데, 어찌 보면 조선 후기의 모든 사건을 상징하는 일일 수도 있다고 말하면 고개를 갸우뚱거릴 뿐이었다. 조선 후기 전문가들조차도 그랬다. SNS에도 그 사건에 대해 더러 나와 있긴 하지만 대개 심화시키질 못하고 있었다.

규철은 또 답답해졌다. 차를 몰고 무작정 대로를 달려나갔다. 김달순 옥사, 우의정 김달순이 옥에서 죽은 사건, 진짜 왜 없을까? 꼭 있어야만 하는 일일 텐데, 관련 자료를 찾기 위해 국립중앙도서관의 논문 리스트를 뒤졌어도 찾을 수 없었다.

'병인 경화라고 불리기도 하지. 1806년 병인년에 일어난 사건.' 조상호의 말이 떠올라 그 제목으로도 찾아봤다. 마찬가지였다. 규철은 두려움마저 느꼈다. 혼란스러운 현상황을 애써 감추며 국립중앙도서관을 빠져나와 다시 차를 몰았다.

"어디야?"

집 가까이에서 아내 수인에게 전화를 걸었다.

"집. 막 들어왔어."

"그럼 나와, 레인보우로 와."

"알았어."

수인이 도착했을 때 규철은 소주와 맥주를 섞어 마시고 있었다. 수인이 먹태를 주문했다.

"답답해, 정말 답답해."

"또 그 얘기, 김달순 옥사?"

"응."

"서유구의 삶에 결정적 계기가 되었다는?"

"그 이상이야."

"그렇게도 중요한 거야?"

"임진왜란 못지않게 중요해. 좀 과장하자면."

"근데 그건 그렇다 치자. 서유구가 당신 인생에 왜 중요하게 되었어? 그에 대한 발표문도 쓰기 싫어했잖아. 서유구를 쳐다보지도 않았던 사람이⋯⋯."

"그렇지, 그랬었는데 그의 삶이라는 게, 뭐 그런 거 있잖아. 실패와 절망에 빠졌을 때 그걸 내면으로 가져갈 줄 알 뿐 아니라, 어떤 무엇인가를 해내면서 소화를 시키는 사람, 성공했어도 왠지 허허로워 보이는 사람, 주변에서 본 적 있을 법도 한데……. 이도 저도 아닌 것같이 행동하면서 묘한 바람처럼, 그러나 땅에 철저히 발을 붙이고 살아가는 사람, 아니 그 이상일 수도 있어. 일단 딱히 뭐라고 표현하기 힘든 사람이라고 해둘게. 미궁에 빠진 듯한데, 끝도 없는 하염없음과 모색, 도전……. 잘 모르겠는데 느낌이 있는 사람이라니까."

"쯧쯧. 당신의 삶과도 닮은 데가 있네. 저번엔 무미한 맛, 심심함의 매혹, 뭐 어쩌고저쩌고하더니 또 바뀌었네."

"그것들과도 맥이 통하는 지점이 있는 말일 거야. 암튼 떠나고 싶지만 떠날 수 없게 만드는, 매력이라고 할 수도 없는데도 불구하고……. 그냥 그렇다니까."

"응. 알았어. 그건 그렇고, 조금 전에 한 말 말이야. 김달순 옥사. 그 사건이 나보다 더 중요해?"

수인이 무거운 공기를 환기하려는 듯 농담조로 밀고 들어왔다.

"근데도 연구가 빈약하단 말이네. 그럼 접근 방식을 좀 달리해보면 어떨까? 이를테면 정조와 다산과 서유구……. 동시대를 살았던 사람들을 따로따로 떼어 보면 다른 해석이 나올 수도 있잖아. 어차피 자료가 빈약하면 당신이 연구자가 돼야 그 일을 해결할 수 있을 것 같은데……."

"예를 든다면?"

"헐, 내가 뭘 알겠어?"

"말풍선 그만 그리고 예를 들어보라니까?"

"연구자가 아니어도 누구나 알 수 있는 게 정조나 다산이라면 서유구는 낯선 인물일 테니까 좀 보류해놓고, 당시 세도가들은 뻔하잖아. 요즘 보수파를 해석할 때처럼 하면 되잖아. 보수도 아닌 양아치에 가깝지만……."

"좀더 자세히 말해봐."

"다산은 스타잖아. 매를 맞아도 즐길 줄 아는, 그러다가 후회도 못하고 된통 당하는 인물. 정조는 좀 복잡해 보였어. 주변 사람들을 치밀하게 분석하고 그에 맞춰 대하는……. 아 또 보수주의자들 뻔하잖아, 자기 이익을 위해서는 보수도 되었다가 진보도 되었다가 하지만 오로지 자기와 자기 친인척들밖에 모르고……. 헌데 서유구는 그 중간은 아니겠지? 에이 모르겠어! 아무튼, 사건이나 상황에 대처하는 방법은 개인의 기질에서 나오는 거니까, 그렇게 접근하면 사건도 서유구도 분석할 수 있지 않을까 싶은데."

"쉽지 않아. 서유구 선생은 과연 어떤 사람일까?"

"나도 몰라. 그걸 알기 위해 사건이나 삶을 파악해야 한다니까."

"호, 형식도 없고 범주에도 잘 안 잡히는 인물을 나더러 새로 만들어내라는 거야?"

3. 금수저의 탑

"그 일은 죽어도 아니 되옵니다."

좌의정 홍인한(1722~1776. 조선 후기의 문인이자 정치가)이 비틀어놓은 닭 모가지에서 나는 마지막 비명 같은 목소리로 말을 반복했다. 그에게 사도 세자는 역적일 뿐이었다. 사도 세자의 아들 이산 역시 역적의 아들이기에 그에게는 역적일 뿐이었다. 역적이 왕이 되어선 안 된다는 게 홍계능이었고, 그를 등에 업은 홍인한은 이산의 대리청정을 거부하는 간언을 목이 쉬도록 외쳐대고 있었다.

병상에 누워 목숨이 경각에 다다른 영조는 정신이 혼미해져 오락가락했다. 뒤주에 갇혀 죽은 아들 사도의 비명이 꺼질 듯한 목숨을 휘젓는 듯 고통스러워했다.

"그 일은 죽어도 아니 되옵니다. 전하."

홍인한이 목소리를 더 높였다. 지금 일을 그르치면 자신은 물론 자신이 속한 노론 전체가 위태롭다는 것을 잘 알고 있었다. 영조 사후를 생각해서 지금 단속해놓지 않으면 안 된다는 것도.

긴박하게 돌아가는 사태를 이산은 냉철하게 지켜보고 있었다. 곁엔 홍국영이 서 있었다. 홍국영은 몰래 남산으로 향했다. 저동에 이르자 솟을대문 뒤 치미가 길게 늘어진 고래 등 같은 기와집이 위용을 드러냈다. 이조참판 서명선(1728~1791. 조선의 문신 겸 정치가. 대사헌, 우의정, 좌의정, 영의정 등을 지냄)이 사는 집이었다.

"대감, 긴급히 상의드릴 말씀이 있소이다."

"말씀하시오."

강단 있는 홍국영으로서도 입을 떼기 쉽지 않았다. 기밀이 홍인한측에 들어간다면 목숨을 부지하기 어려웠다.

"홍인한을 포함한 노론 무리를 탄핵해야겠습니다. 대감께서 그 일을 맡아주심이 마땅하다고 생각되어 찾아왔소이다."

"하루만 시간을 주시오."

서명선은 긴 침묵 후에 짧게 말했다.

"알겠소."

홍국영이 돌아간 뒤 서명선은 뒷짐을 지고 앞마당을 이리저리 거닐었다. 가슴에 바위가 얹힌 듯했다. 호랑이 아가리에 자기 몸을 바치는 격일 수도 있었다. 그러나 이 일은 진행할 수밖에 없었다. 두렵지만, 해야만 했다. 주먹을 불끈 쥐고 집을 나섰다. 인근에 있는 친형인 병조판서 서명응(1716~1787. 조선 후기의 문신. 대사간, 대사헌 등을 두루 지냄)의 집으로 발길을 옮겼다.

"유구야. 네 방에 가 있거라."

서명응은 손자에게 일렀다. 그렇지 않아도 지금 조정의 분란이 과함을 넘어 치명적인 싸움으로 번지는 것을 느끼고 있었기에 그 불똥이 어디로 튈지 고민하던 터였다.

"뭔가?"

어두운 얼굴로 찻잔만 비우는 명선을 명응이 채근했다.

"홍인한 무리를 탄핵하라는 상소를 홍국영은 제게 올리라고 합니다. 홍국영으로서도 본인보다는 제가 낫다는 판단을 내려서겠지요. 저도 마음을 굳혔습니다만 형님 생각은 어떠신지요?"

"흠."

서명응은 허공을 주시할 뿐 이렇다 할 반응을 보이지 않았다. 개인은 말할 것도 없고 온 가족은 물론 함께해온 사람들에게 최대의 고비가 되리라는 것을 직감하고 있었다.

"저들의 횡포를 묵과하면 이 나라가 어디로 갈지 알 수 없으니, 어쩌겠나. 상소를 올리시게."

"알겠습니다, 형님. 사생결단의 심정으로 해볼 터이니 뒤에서 힘을 모아주십시오."

* * *

"이보게, 유금(1741~1788. 백탑파의 일원. 수학과 천문학에 조예가 깊음). 북경에 가게 되었다네. 어찌 자네도 같이 가지 않겠나?"

서호수(1736~1799. 조선 후기의 천문학자이자 실학자. 대사성, 대사헌, 규장각 직제학, 이조판서 등 역임)는 각도기를 오른손에서 왼손으로 번갈아 만지작거리며 말했다. 정조 즉위와 더불어 대구 서씨 가문은 급부상하게 된다. 이산이 조선의 22대 왕으로 등극하는 데에 서명선의 상소가 결정적인 역할을 하였다. 정조에겐 홍국영뿐 아니라 서명선이 있었다.

서호수가 도승지에 오를 수 있었던 데에는 부친 서명응의 덕도 있었지만, 본인이 워낙 출중했다. 수학과 기하학에 깊을 뿐더러 천문학에도 조예가 깊어 높은 위상을 지니고 있었다.

유금은 떨리는 가슴을 억제하기 어려웠다. 서호수의 집을 나와 걷다가 목적지를 벗어났다가 다시 길을 잡기도 했다. 피맛길을 지나 운종가(종로의 옛 이름)로 접어들자 백탑(종로의 탑골 공원 안에 있는 원각사지 십층 석탑의 별칭으로 영정 시대에 박지원, 이덕무, 박제가, 유득공 등 지식인들이 이 백탑 아래 모였기에 백탑파라고 불림)이 멀리 보였다. 청계천 방향으로 걷자 군칠이집이 보였다. 군칠이집에 이르자 이덕무와 박제가, 유득공(유금의 조카)은 벌써 취기가 올랐는지 목청이 커져 있었다.

"이보게들, 나는 북경에 간다네."

"그런가? 축하하네."

이덕무가 말했다. 박제가와 유득공도 부러움이 가득한 얼굴로 환하게 축하해주었다.

"서호수 어른이 부사로 가면서 나를 막객으로 데려간다네. 전하가 보내는 사은사일세."

"이럴 게 아니지. 여기 군칠이집 술이 동난 것 같으니, 좀 조용한 곳으로 옮겨 술을 한잔 더 하는 것은 어떤가."

육의전 쪽으로 넷은 걸었다. 운종가와 육의전 거리는 대부분 술집으로 변해가고 있었다. 조선 후기 술 문화는 지나치다 못해 금주령을 겪곤 했다.

"저걸 볼 때마다 화가 솟구치네."

"육의전 말인가?"

"그렇네. 노론의 손아귀에 들어가 있으니 말일세. 도둑놈들, 그리 해처먹으니 백성들이 견딜 수 있겠나?"

이덕무가 철릭의 소매를 올렸다. 넷은 어물전이 바라보이는 피맛골 안의 장국밥집 미닫이 옆에 자리를 잡았다.

"어물전, 면포전, 지전, 선전, 명주전, 저포전 모두 남아나는 게 없어요."

막걸리 한 잔을 단숨에 비운 박제가가 말했다.

"운종가에 어슬렁거리는 놈들이 모두 남 등쳐먹을 궁리만

한다고 연암도 탄식하지 않았나. 백성들이 굶어죽는 것을 면하기 어려워 유리걸식으로 떠도는 판이니, 쯧쯧. 인정이니 족징이니 말이 되는가."

"농업과 상공업이 고루 흥성되어야 해요."

유득공이 말했다.

"시대는 무섭게 변해가는데 큰일일세. 임금이 바뀌었지만 나라가 워낙 썩어서 말이야."

"홍인한의 상소가 만약 통했다면 노론이 더 극성을 떨겠지. 생각만 해도 아찔해. 이산은 정조대왕이 되기는커녕 역적의 아들이 되었을 것이고 서호수 어른이 도승지 될 턱이 없지. 유금 자네가 사은사에 동행할 일도 없지."

"허허. 맞는 말이네."

이때 박제가가 하늘을 보면서 뭔가를 읊조렸다.

"천한월위정(天寒月委庭. 하늘이 추워 달은 마당으로 내려오네)."

"서명인의 시 아닌가. 역시 귀재일세. 그 한 문장에 시를 담다니. 아까운 사람이야."

"자 이런 건 어떤가?"

유금이 생각났다는 듯이 입을 열었다.

"뭔가?"

"자네들 시를 백 편씩 내게 주게."

"어인 일로?"

"그 시들을 엮어 시집을 내어 북경에 가져가겠네. 청나라 문인들의 반응이 어떨지 궁금하지 않나? 이조원(청나라의 학자)도 만날 예정이라네."

"고관대작에, 청에서도 저명함이 파다한 문신 아닌가?"

"그렇지. 이 틈에 조선에도 이런 시를 쓰는 시인들이 있다고 알려줄까 싶네."

"흠."

박제가가 잠시 침묵에 잠겨 있다가 입을 열었다.

"좋은 일이오. 유금 형님의 생각은 역시 돋보이십니다."

"이서구도 참여시키고 싶네. 이덕무, 자네가 저번에 지은 시 좋던데. 술맛도 좋은데 한번 읊어보시지?"

유금이 거들었다.

"그럴까. 허허."

이덕무가 기억을 더듬거리더니 잔잔히 읊어나갔다. 서명인의 시처럼 추워 내려온 달빛이 술집 마당을 꽉 채웠고 덕무의 시 읊는 목소리가 낭랑하게 울려퍼졌다.

푸릇푸릇한 나무, 영롱한 돌
붉은 작약 사이에 우뚝 선 흰 학 한 마리
푸른 벚나무 붉은 석류꽃
돌로 만든 상, 그 앞의 술잔과 술동이
어린 동자는 지팡이 받들고

두리번거리며 한가롭게 뒤에 서 있는데,

도인은 나무 의자에 엄숙하게 앉아

병법서를 뚫어지게 들여다보네

책에 담긴 이치에 집중하여

다섯 손가락으로 고라니 꼬리 꽉 잡고 있네

"역시 취기를 올리는 이는 천하에 덕무 자네만한 이 없을 것 같네. '김홍도의 부채 그림에 쓰다' 제목이 그랬던가?"

"맞네. 그걸 기억하고 있었네그려."

『사고전서』를 사 오도록 하라.' 압록강을 건너던 서호수는 전하의 특명을 다시 떠올렸다.

건륭제의 명에 따라 삼 년 전부터 편수에 착수되었다는 책, 당대의 모든 서적을 분야별로 편집한다는 그 책에 농업에 대해 무슨 내용이 담겼는지, 전하도 전하지만 호수로서도 얼른 보고 싶었다. 그러나 책이 아직 발간되지 않았음을 북경에 도착해서야 알았다. 서호수는 안색이 흐려졌다. 유금을 불렀다.

"무슨 안 좋은 일이라도?"

"이런 낭패가! 『사고전서』가 발간이 안 되었다는군."

"……."

"서둘러 이조원(李調元)을 만나보시게. 서신은 보내놓았다네."

유금은 가마를 불렀다. 답답증이 올라오면서도 유리창 거리를 지날 땐 눈이 휘둥그레졌다. 홍대용도 이 거리를 거닐며 가슴이 달아오르지 않았던가.

"어서 오시오, 얘기는 들었소."

이조원은 듣던 대로 풍채가 늠름했고 유금과는 처음 보는 사이임에도 눈맞춤으로 인사를 했다.

"『사고전서』는 어떻게 진행되고 있습니까? 대감께서 편찬하고 교정한다고 들었습니다만……."

차와 필담이 오갔다.

"아직 완성되지 않았소이다. 예상했던 것보다는 훨씬 더 시일이 소요되는 것 같습니다."

"알겠습니다."

"『고금도서집성』은 어떻겠소?"

유금은 안도의 한숨이 나왔다. 강희제 때 시작되어 옹정제 시절에 완성된, 중국 최대의 백과사전. 무려 1만 권에 달하는 그 책은 백탑파 사이에서 연신 입에 오르내리곤 했었다.

"좋소이다."

거래가 성사된 후 유금은 봇짐 속에 준비해 간 것을 꺼내 내밀었다.

"이게 뭡니까?"

"한번 펼쳐보시지요."

이조원이 내용을 훑어보며 눈빛이 밝아지는 것을 본 유금은 흐뭇하다는 듯 잔호흡을 했다.

"조선에서 새로운 바람을 일으키는 문인들의 시입니다."

"오호, 그렇군요. 눈에 띄는 대로 몇 편을 읽었는데 놀랍고 신선해서……. 좋은 선물 감사합니다."

"그런가요?"

"조선에서 이런 시들이 나오리라곤 생각지도 못했습니다."

"허면……. 외람되지만, 서문을 써달라고 부탁해도 결례가 아닐는지요."

"무슨 말씀을요, 제가 오히려 영광입니다."

"이것도 인연인데 대감의 초상화 한 점도 곁들여주신다면 조선의 학자들이 매우 영광스러워할 것 같습니다만……."

"좋소이다. 거처를 적어주시면 서문과 『고금도서집성』과 함께 보내드리리다."

유금은 돌아와 서호수에게 자초지종을 전했다.

"수고하셨네, 자네 공이 크네. 백탑파의 시들도 청에 알려진다니 훌륭한 일을 하셨군."

"저도 흐뭇합니다."

"잘됐네. 내 아들 유구는 어떻던가? 공연히 자네에게 맡겨 신세만 지는 거 아닌지."

"별말씀을요. 아이답지 않게 말수가 워낙 없는데도, 치밀하게 파고들어 범상치 않습니다."

"다행이군. 아버님이 연암에게도 아이를 부탁해놓았다네. 자네와 연암을 아이의 스승으로 삼은 것은 나로서는 영광이라네. 하루 날을 잡아 어디 한번 다녀오세. 정사껜 말을 전하면 안 되네."

"어딘데 그러십니까?"

"가보면 아시게 될 걸세."

임금이 친히 지시한 일도 많았지만 주변 사람들의 부탁에 개인적으로도 처리할 일들이 있어 북경에서의 실무는 만만치 않았다. 업무중 하루를 비운 서호수는 유금과 마차를 탔다. 북경의 외곽으로 한참을 달려나가자 멀리에 보이는 것이 있었다. 둘은 마차에서 내려 벌판의 작은 언덕을 향해 걸었다.

"이마두(마테오 리치)의 무덤일세."

유금은 가슴이 뜨거워졌다. 무덤 앞 묘비는 조용하며 이상했다. 양인의 묘비에 양인의 말이 아닌 한자로 적혀 있는 것도 그랬다. 그 좌우에 화표(華表)가 세워져 있었고, 그 앞엔 구름과 용을 새긴 돌기둥이 회랑처럼 줄지어 서 있었다. 전각도 있었다. 유금은 벅찬 가슴을 짐짓 누르며 무덤 뒤로 걸었다. 벽돌로 여섯 모가 나게 집처럼 쌓아 올려놓은 것이 마치 쇠로 만든 종 같은 정자의 형상을 하고 있었다.

"왜 그렇게 오고 싶으셨는지 와보니 알겠습니다. 뭉클합니다."

유금은 서호수에게 읍례하며 말했다. 서호수의 미소는 알아주는 벗이 있다는 듯 얼굴에 잔잔히 머금어 있었다.

사은사 일행은 북경에서 돌아왔다. 먼길에 제대로 씻지도
못해 운수납자(雲水衲子)의 몰골이었지만 서호수 일행의 낯빛
은 맑았다.

"전하.『사고전서』는 아직 완성되지 않았다 하옵니다. 그리
하여『고금도서집성』을 대신 구비해 왔습니다. 통촉하여 주시
옵소서."

서호수는 임금 앞에 엎드려 있었지만, 손에 땀이 흐르는 것
이 느껴졌고 임금의 반응이 두렵고 불안했다.

"알겠소. 수고 많았소."

곤룡포를 입은 임금의 표정과 말투가 너그러워 좀 안심이
되었다.

규장각 제학 서명응은 임금을 따라 규장각 주합루를 올랐
다.

"대감님의 아드님이 훌륭한 책을 구해 왔소. 자랑스럽소이
다. 규장각 곁에 별채를 지어 보관해야겠소."

"성은이 망극하옵니다. 전하."

규장각 곁에 '개유와'라는 현판이 걸린 새로운 건물이 지어
졌다.『고금도서집성』이 그 안에 안치되자 규장각은 격이 한
층 올라갔다. 임금은 서명응과 규장각 앞뜰과 뒤뜰을 수시로
걸으면서 규장각 운영에 관한 얘기를 주고받았다.

이듬해 겨울 초, 유금의 집은 아침부터 분주했다. 마당에 멍석이 깔리고 상이 차려졌다. 가자미, 고등어, 전복이 유금 처의 손길에 의해 상에 올라왔다.

"수고가 많으셔요, 제수씨."

"날씨가 참 맑습니다."

이덕무와 박제가가 나귀에서 내려 들어서며 한마디씩 했다. 유득공은 이미 와 있었다. 서호수의 두 아들도 인사를 올리며 들어섰다. 담장 가까이 반송들 사이 홍단풍은 아직 붉은 기운이 남아 있어 집안에 온기를 채우고 있었다.

"이조원의 초상화를 여기에 걸면 어떨까?"

마당 구석의 감나무를 가리키며 유금이 말했다.

"거기가 좋네."

주변을 살피던 이덕무가 말했다. 유금은 손에 쥔 끈으로 큼직한 초상화를 나무에 요령껏 단단히 매었다.

"자네는 참 남달라. 초상화를 나무에 매달 생각을 하다니. 허허."

"유금 형님의 풍류야 조선에서 알아주지요. 거문고 솜씨만 보더라도……."

"유련에서 유금으로, 이름을 바꿀 때부터 알아봤지. 악기를 뜻하는 금(琴) 자가 아니던가 말이야. 서재의 현판도 특이하지. '기하실'이라니!"

"허허, 별소리를 다 하는구먼. 자, 빨리 정리하고 한잔들 하세."

"서호수 어른도 유금 삼촌 덕에 심심치는 않으실 겁니다. 수학과 기하학을 두루 통하는 지우를 얻으셨으니 말입니다."

유득공의 말투 속에는 부러움이 가득차 있었다.

"이러는 동안 우리가 쓴 시들이 청나라 문인들에게 읽혀나가고 있겠지? 유금 자넨 정말 대단해. 어찌 그런 생각을 하셨나? 책의 제목이 『한객건연집韓客巾衍集』이라고 했던가?"

"맞다네. 한객은 조선 사람이란 뜻이고 건연은 작은 상자라는 뜻이니 조그마한 책자라고 보면 되겠네. 조선 사람들의 시를 수록한 소책자인 게지."

"조선의 색다른 시, 기존 조선의 시나 청의 문필들과는 형식이나 내용 면에서 차이가 분명할 테니 청의 문사들이 좀 당황해할 듯도 하다네."

"자화자찬에 빠질 때가 아닐세. 청이 심상찮게 변하는 것을 보면 우리 조선도 크게 변해야 하는데, 북경을 다녀오고 나서 마음이 더 갑갑해지고 있다네. 일 년 만에 엄청나게 변하긴 했지만 꼭 좋게 변하고 있다는 생각만 드는 게 아니라네.

"어머님 생각이 나네. 서얼허통(서얼의 차별과 제한을 없애는 것. 정조 때 대폭 개선)이 되어 우리 서얼들은 그나마 길이 풀릴 조짐이 보이기는 하는데, 이미 돌아가신 어머님을 생각하면…… 평생 천민의 삶을 사신 한을 어이 풀어드릴 수 있을꼬."

이덕무의 눈시울이 붉어졌다.

"가슴 아픈 사연은 오늘은 이만 접고 자, 덕무, 내 술 한 잔 받으시게나."

이덕무가 말없이 술잔을 받아들었다.

"그런데 말일세. 임금께선 그저께 이색적인 모임을 하셨다고 들었네."

"이색적인 모임?"

"동덕회라고 들었네."

"동덕회?"

"주상 전하, 홍국영, 서명선, 김종수, 정민시 이렇게 다섯 분으로 이루어진 모임이라고 들었네. 즉위에 절대 공헌을 한 사람들로 구성된 특별 모임이라네. 서호수 어른께 들었다네."

"그런 일이."

"서명선 어른은 소론이고 김종수 어른은 노론인데 계파를 초월하려는 면모가 보이는 듯하군. 중요한 결사체 같기도 하고."

"서명선 어른을 중용하는 게 여기서도 느껴지네. 홍국영은 원래 가신이었고."

"그렇지. 그런데 김종수는 『명의록』에도 글을 남겼다고 하던데?"

"『명의록』?"

"왜 있잖은가. 홍인한 같은 놈들이 처벌된 경위가 쓰인 책 말일세. 전하의 명에 의해 쓰인 거라네."

"그런 책이 있는 줄 몰랐군. 홍인한은 음모가 발각되자 여산에 유배되었지. 그후 고금도에 위리안치되었다가 사사되었다고 들었네. 근데 유금, 저 아이들이 자네 제자들인가보군."

이덕무가 말했다.

"백향춘 술을 따르는 도령이 서호수 어른의 큰 아드님인 서유본일세. 향을 피우는 도령이 둘째 아드님인 서유구이고."

"둘째 아드님의 이마가 훤하고 하관도 예리한 게 총명해 보이는군. 향도 지나칠 정도로 꼼꼼하게 다루는군."

"그런가? 허허. 서호수 어른께 『수리정온』 이야기도 듣곤 한다네. 중국 수학사에서 가장 방대한 수학책으로 청나라의 매곡성 등이 태서(서양)의 수학을 해석해 만든 책이 『수리정온』이지 않나."

담소가 오가고 술잔이 돌려지며 백탑파 친구들은 왁자하게 취해갔다. 눈발이 흩날리기 시작했다. 유금은 내리는 눈을 지그시 바라보다가 바람에 휘날리는 눈처럼 자리를 떴다. 서재에서 거문고를 안고 나오더니 마루에 조용히 앉았다.

거문고 소리는 소복소복 내리는 흰 눈처럼 집을 떠나지 못하고 맴돌았다.

****

　서유구는 친구 남공철(조선 후기의 정치가. 이조판서, 대제학, 우의정 등 역임. 남공철의 부친은 영조 시절에 대제학을 지냄)을 바짝 뒤따라 잡았다.

　"겸재(정선)의 그림을 보면 볼수록 허허롭단 말이야. 뭘로 저 느낌을 채워야 할지 도무지 알 수 없어. 난 절망의 끝으로 보이는데도 그 절망이 너무 편안해서……. 딱히 뭐라고 말해야 할지 잘 모르겠어."

　말안장에서 몸을 앞으로 빼며 말했다.

　"뭘 말인가?"

　남공철이 뒤를 돌아다볼 때 그가 탄 말은 잔걸음을 걸어 균형을 잡고 있었다.

　"북종화니 남종화니 이젠 다 시들해졌어. 이미 시대가 바뀌었다네. 어찌 그림만 그렇겠는가. 김만중이 『사씨남정기』를 지은 지가 얼마인가? 한글로 소설이 나올지 누가 알았겠는가."

　"자넨 경학에만 깊은 줄 알았더니 세상 이치에도 밝은 줄 미처 몰랐네. 하긴 자네의 조부나 부친을 봐도 그리 놀랄 일은 아니지. 자네 집에서 가장 놀란 일이 뭔지 아나?"

　"……."

　서유구로서는 집안의 개방성에 관한 것으로, 짐작은 했지만 확인하고 싶은 마음에 얼굴을 빤히 쳐다봤다.

"자네 조부께서 부엌에 들어가신 일이었다네. 규장각 제학께서 부엌에 들어가시다니! 부녀자들이 들락거리는 부엌에 말이야. 어찌나 당황스럽던지. 우리집에선 턱도 없지. 도저히 있을 수 없는 일이었어."

당황스러운 쪽은 되려 유구였다. 할아버지 서명응이 부엌에서 밥을 지어 안방의 당신 어머니께 드린 일을 이상하게 볼 수 있다는 것이 더 의아했다. 남공철은 좀 마른 잣나무에 눈길을 주고는 못을 박았다.

"김만중은 불손하기 짝이 없는 인물일세. 감히 숙종대왕의 은밀한 일을 문학을 빌미로 하여 조롱하다니! 시대가 바뀐다고는 하지만 넘어서는 안 될 선을 넘었고, 불경스럽고 역겨운 일이네."

서유구는 가슴이 답답해졌다.

"새로운 세상은 새로운 화풍에 담겨야 하지."

앞서 말을 타고 가던 김홍도가 말의 속도를 늦추더니 고개를 뒤로 돌려 말했다.

"겸재 이전까지 조선의 화가들은 산을 그릴 때면 황산을 그렸지. 남의 나라 산을 그리다니! 안타까운 일일세."

"……."

"겸재는 금강산을 그렸네. 전혀 다른 눈으로 세상을 보고 그린 거지. 난 그 그림을 볼 때 매가 사냥감을 볼 때가 떠올랐다네. 그 큰 산 전체를 그린 것이 아니라 보고 싶은 부분만 끄집어내 그림을 완성해나간 느낌이 들었어. 어디서도 보지 못한 기법이야. 그런데도 자연스럽단 말이야."

남공철의 표정이 굳어졌다. 서유구는 시원한 바람이 몸을 관통해 나가는 듯한 쾌감이 일었다.

"일만 이천 개의 산봉우리들을 지닌 거대한 금강산을 태극 무늬 원 안에 중요한 부분을 압축해 그려내다니, 얼마나 새로 운 시도인가? 겸재의 〈금강전도〉 이야기일세."

더 오르자 정자가 있었다. 뒤쪽은 절벽이었고 그 너머엔 깎 아지른 듯한 괴암이 우후죽순처럼 바위 숲을 이루고 있었다.

"풍경이 좋다. 여기에 돗자리를 깔자꾸나."

김홍도의 걸걸한 목소리는 바위가 내는 소리와 흡사했다.

동행한 동자 한 명이 말의 고삐를 당겨, 하늘을 향해 곧게 올라간 계수나무에 묶었다. 다른 동자는 물을 길어와 차를 끓 였다. 정자 안엔 어느새 각자 자리들을 잡고 앉아 있었다.

젊은 선비 한 명은 종이를 펼쳐 바람에 날아가지 않게 문진 을 올려놓고 먹과 벼루, 붓을 꺼냈다. 남공철은 들보 아래에 반듯하게 앉아 있었다. 서유구는 그 앞에 다가가 앉았다. 동 자가 찻주전자와 차, 잔이 담긴 쟁반을 정자 중간쯤에 놓고 물 러갔다.

김홍도는 먼발치서 정자 안쪽을 바라보다가 바깥으로 시선 을 돌렸다. 넓적한 바위를 찾아 앉아 벼루에 물을 붓고는 먹을 갈았다. 그림 제목으로 '세검정아집도'를 정해놓고 붓을 움직이기 시작했다.

"선생님, 식사를 준비하겠습니다."

김홍도가 그리기를 마치자 서유구가 조용히 말을 꺼냈다.

"고맙구나."

동자들은 또다시 부지런히 움직였다. 한 아이는 아까 말에서 내린 찬합을 옮기고 양동이에 물을 길어왔고, 다른 한 명은 굵은 나뭇가지를 주워 흙을 팠다. 불을 지펴도 바람을 덜 탈 정도의 깊이까지 파고는 넓적돌들로 흙구덩이 안을 돌려가며 채웠다. 호박돌을 구해와 솥을 걸 수 있게 아궁이를 만들었다.

"전립투를 가져오너라."

지나가는 동자에게 서유구가 말했다. 동자에게서 전립투를 건네받은 남공철이 빙긋 웃으며 그것을 머리에 썼다.

"무관들이 머리에 쓰는 전립과 모양이 같은 솥이라서 전립투라 한다네. 어찌 딱 맞아 보이는가?"

남공철이 웃으며 말했다. 전립처럼 생긴 솥 전립투에 물을 붓고 불 위에 올렸다. 물이 끓기 시작했다. 산새들 지저귀는 소리, 계곡 물소리, 바람결에 나뭇잎 재잘거리는 소리가 물 끓는 소리와 어우러져 분위기를 한층 고조시키고 있었다.

갓 열여덟 살이 된 서유구. 규장각 제학인 할아버지 서명응이 평안 감사로 부임했을 때 처와 함께 따라 간 것이 사 년 전 일이었다. 구양수, 소동파 등 당송팔가문을 할아버지로부터 배운 것도 평양, 그곳이었다.

한양으로 되돌아와선 숙부 서형수에게서 배웠다. 서형수는 머리가 뛰어난데다가 과감한 면까지 있었다. 사서오경에도 능했으며 오경 중의 『예기』, 그중 「단궁」에 대해 말할 땐 눈이 매섭기까지 했다.

단궁에는 복상과 매장에 관한 것들이 적혀 있었다. 죽음에 관한 절차들이 수리적으로 이뤄지는 것을, 유구는 어린 마음에도 느꼈다.

주례 고공기라는 책은 서유구의 마음을 유난히 깊숙이 끌어당겼다. 도성 궁전, 관개의 구축, 차량, 무기, 농고, 옥기의 제작에 관해 적어놓은 기술 서적이었다.

할아버지가 벼슬을 그만두고 용산으로 거처를 옮기자 처와 함께 할아버지를 모셨다. 할아버지 덕에 연암 어른께도 배웠다. 문장을 적어드리면 연암 어른은 한 자 한 자 장단점을 예리하게 짚어주셨다. 어떤 질문을 해도 명쾌한 설명으로 어린 유구의 속을 시원하게 풀어주며 시선을 먼 지평까지 열어줬다.

단원(김홍도의 호)이 인솔하는 아회가 세검정에 있다고 공철이 알려주었다. 경화세족 즉 당시 최고 가문 간의 교류가 아들 세대까지 이어졌다. 서유구가 아회에 끌린 것은 장소인 세검정 때문이기도 했다. 형 서유본과 함께 연암 어른께 가르침을 받은 곳이 세검정의 소나무 그늘이었다.

물이 펄펄 끓자 유구는 동자에게 냉수를 떠 오게 했다. 어머니가 싸주신 보자기를 풀었다. 곱게 썰어진 도라지, 무, 미나리, 파가 찬합에 가지런히 담겨 있었다. 유구는 분디나무 젓가락으로 재료들을 하나씩 집어 전립투의 오목한 곳인 끓는 물에 넣었다.

"채소로 먼저 입맛을……."

"제법이구나. 모름지기 사람은 있어야 할 곳이 어딘지 알고 해야 할 것이 무엇인지 아는 게 중요하지."

어린 유구의 행동을 유심히 살펴보던 김홍도가 말했다.

"어머님께 배운 대로 했습니다만……."

유구는 겸연쩍게 웃었다.

"허허."

서유구는 이번엔 찬합에서 돼지고기를 젓가락으로 집어 전립투의 둥근 철판에 가지런히 깔아놓았다. 철판 위 고기가 지글거리기 시작하면 다시 젓가락으로 집어 냉수에 담갔다가 철판에 다시 올려 구워내는 걸 두어 번 할 때쯤 남공철이 말했다.

"이런. 그냥 먹어도 되질 않겠나. 그렇게 구워서 언제쯤 입에 넣을 수 있겠나?"

"아닐세. 어머님께서 십여 차례는 해야 제맛이 난다고 말씀하셨다네."

서유구는 고집을 부리듯 구워진 돼지고기를 냉수에 담갔다 꺼내기를 반복했다. 고기가 다 구워진 후에 기름간장과 양념을 발랐다. 그러곤 한 번 더 구웠다.

"선생님. 드셔보세요."

"음, 이런 맛이었군."

김홍도가 말하기 무섭게 젓가락들 속도가 빨라졌다.

"이만한 안주에 술이 빠져서 되겠는가?"

김홍도가 흥에 겨워 말했다. 유구는 보자기를 뒤져 약산춘을 꺼냈다. 김홍도에게 잔을 올렸다.

"선생님. 저희 집 가양주입니다."

"커. 좋은 술일세."

서유구는 모인 사람들에게도 술을 따랐다.

"공철공, 혹 전쟁이 일어나 내가 나가서 쓰러지면 이 전립투를 쓰고 나를 구해줄 수 있겠는가?"

서유구가 뻘쭘하게 웃으며 말했다.

"걱정하지 말게나."

공철의 목소리가 그리 다정하지만은 않았다.

4. 키위

서유구는 당대 금수저 중에서도 금수저였다. 규철은 서유구
의 유년과 젊은 시절 이야기들을 헤아리며 그런 생각이 들었
다가 서유구가 한 말이 떠올랐다. 서유구는 그 시절을 허비했
다고 말했다. 허비된 것이다⋯⋯. 마치 패배자 같은 뉘앙스였
다. 우수한 가문에서 좋은 교육을 받은 시간을 그저 허송세월
로 치부했던 것이었다. 규철은 말이 안 되는, 그 양극단을 해석
해야 하는 아이러니가 새삼 의아했다. 사람은 먼길을 돌아다
니는 것 같지만 결국엔 있어야 할 곳에 있기 마련인데, 서유
구 선생이 자신의 삶을 소모라고 함축하며 스스로 겪을 괴로
움이나 어린 시절의 행복까지 그렇게 몰아간 것에 허무감도
도졌다.

풍석 사회적 협동조합도 가슴을 무겁게 했다. 지난 삼 년간

조합원들은 고생을 보람으로 여기며 애써왔다. 함께 손 모내기를 하고 밭을 일구어 토종 씨앗들을 뿌렸다. 멀칭도 비닐로 하지 않고 짚을 양 어깨에 메어 슬슬 뿌렸다. 피땀 흘려 일어설 듯한 조합이 실은 중차대한 갈림길에 서 있었다. 김기백 회장이 자기 소유인 학교 부지를 조합에서 쓸 수 있도록 내놓긴 했지만 결론이 나지 않고 있었다.

임대료 정도는 문제가 아니었다. 김기백 회장이 다른 곳에 쓸 수도 있다면서 용단을 내려주지 않아 조합원들은 불안해했다. 조합의 방향을 돌리기엔 늦은 감이 있고 재정 상태도 넘어야 할 산이었다. 김기백 회장이 마음을 내주지 않는다면 어렵사리 추진해온 조합 운동에 차질이 생길 게 불 보듯 뻔했다. 자칫하면 부도가 날 수도 있는 상황이었다.

『임원경제지』의 번역은 국가나, 국비를 지원받는 대학이나 학술단체에서 맡아야 마땅한 일이었다. 정상적인 국가라면 말이다. 규모가 규모인 만큼 그 비용이나 역량을 감당하기 만만치 않은 일이었다. 그 일을 삼십 대의 청년이 맡아서 하겠다고 나섰고 이미 오래되었다.

"과학사를 연구하고 있었지요. 논문을 쓰다가 『임원경제지』의 한 문장이 내 인생을 바꿔놓을 줄은 꿈에도 몰랐습니다."

정 소장의 말이었다. 그로 인해 그는 교수로의 길을 접을 수밖에 없었다.

『임원경제지』는 분량이 사서(四書)의 사십 배쯤 된다. 내용도 전문적이어서 개인이나 민간 단체에서 하기엔 태부족일 수밖에 없다. 정 소장은 번역 팀을 구성했고, 그 험난한 길을 자초했다. 그의 한문과 고전 실력은 도올 김용옥의 도올 서원과 한림대 태동고전연구소에서 이미 터득한 상태였다.

그의 뜨거운 열정은 사회에 통하지 않았다. 돌아온 것은 비아냥과 냉대뿐이었다. 해내겠다는 의지로 버텨오다가 후원자가 나타났는데 가뭄에 단비를 만난 셈이었다. 후원을 자처한 사람은 어학원 원장으로 김기백 회장과는 격이 또 다른 사람이었다.

어학원 원장은 정 소장이 제시한 금액 중에 최고 금액을 골랐다. 조건을 걸지도 않았다.

정 소장은 두려움을 느꼈다. 조건이나 목적이 있으면 마음이 가볍다는 정도를 알고 있었다. 딱 그 선에 맞추면 그만이었다. 그러나 조건이 없으면 다르다. 정 소장은 리미트(limit)라는 단어를 썼다. 후원자의 말엔 조건 없는 후원만 있을 뿐 아무런 제한이 없다고 했다.

바로 그러기에 무한 책임이 뒤따른다는 얘기였다. 자유란 그 크기를 가늠할 수 없고 그 책임 또한 무한대라서 두려웠다.

"일본이라면 『임원경제지』 같은 저서는 백 년 전에 이미 출판되었을 겁니다."

찻잔을 내려놓던 정 소장의 얼굴은 비장했다.

"그 격분이, 저를 여기까지 끌고 왔습니다."

조상호 대표와 정 소장의 만남에도 운명적인 것이 얽혀 있었다. 서로 뜻이 맞아 출판 계약을 하고 서유구 선생에 관한 다양한 모색을 함께 해나갔다. 조 대표가 풍석 사회적 협동조합을 설립하자 그가 소장을 맡고 있던 임원경제연구소도 조합원의 일원으로 참여했다.

논살림, 전국씨앗도서관 협의회…… 이름조차 생소한 제휴 단체들, 그 활동가들과 보낸 소중한 시간도 자칫하면 휴지가 될 수도 있다. 협동조합을 통해 서유구 선생을 복원하고 재해석하려는 꿈이 물거품 될 수도 있다. 어렵사리 결단한 귀농의 삶 역시……. 규철은 길게 한숨을 내쉬었다.

김기백 회장이 결단을 내준다면 학교 부지에 토종 학교를 열 수 있다. 전국의 토종 운동가, 생태 운동가 들을 초대하고 수강생들을 모아 토종 운동, 생태 운동을 더 적극적으로 꾀할 수 있다. 기후 변화와 토양 학대로 병들어가는 지구촌에 작은 불씨를 보탤 수 있다. 저온 창고도 지어 조합에서 생산한 토종 작물들을 저장할 수 있고, 그것들은 떡으로도, 술로도, 또 다양한 가공품들로도 실험과 상품화가 가능하다는 계산도 나왔다.

시루떡, 무떡, 복숭아떡, 살구떡, 솔껍질떡, 토란떡, 산삼떡, 잣떡……. 『임원경제지』에는 떡만 해도 육십여 종류가 넘게 그 요리법이 일일이 나온다. 술 역시 백하주, 향온주, 녹파주, 부의주, 벽매주, 동파주, 도화주, 송화주, 국화주, 밀주, 아가위 술, 고구마술, 청서주, 죽통주, 이화주, 백료주, 귀리소주, 보리

소주, 신선주, 홍국주, 천문동주, 지황주, 복령주, 여뀌술, 선묘주, 마가목술 등등 이름만 들어도 반가운 술들이 줄줄이 나온다. 그 모두를 재현할 기회를 얻을 수 있다. 이백 년 전쯤에 우리 선조들이 만들어 먹던 떡과 술들이었다.

밥, 죽, 차, 전통 청량음료, 과일 구이, 포, 절임 채소에 대해서……. 미숫가루만 해도 찹쌀 미숫가루, 완두 미숫가루, 측백잎 미숫가루, 산딸기 미숫가루 등 다채로웠다. 그 무수한 것을 실험하고 재현해낸다면 인스턴트로 질주하는 식문화의 속도를 줄이는 데 작은 역할이라도 해낼 것 같았다.

뭔가를 상실한 채 달려가기만 하는 우리들의 삶, 건조한 현대 문명과 그 굴레 속에 겉도는 모습, 전통의 소중한 숨결을 짓밟은 채 발전과 성공으로만 치닫는 행태에 대한 진절머리, 지구촌의 한쪽에선 아이들이 피골이 상접해져 굶어죽어가는데, 다른 한쪽에선 먹방 문화의 천국이 펼쳐지고 있다. 단절된 전통에서 훌륭한 자산들을 복원하면 아름다운 동심원을 그리며 사회적 의미로 심화할 것이라고 확신했다. 규철은 착잡함 속에 문득 스치는 것이 있었다.

"수인아. 이리 와봐."

너브내 상추(토종 상추)를 다듬던 수인이 다가왔다.

"베이스캠프. 이 말 어때?"

"무슨 말이야? 뜬금없이."

"히말라야를 등정할 때 베이스캠프는 기본이야. 그게 없으면 등정할 수 없지."

"그런데?"

"세상 돌아가는 꼬락서니를 봐. 정치, 경제, 사회, 문화, 다 엉망이잖아. 기반이 무너져가고 있어. 아예 없다면 차라리 다행이게. 새로 시작하면 오히려 수월할 수도 있어. 돈에 미쳐 썩어 문드러진 것들이 나라의 기반인 양 설치고 있잖아. 진짜를 몰아낸 사기꾼들이 의인 행세해대고……. 문제는 어느 누구도 그걸 문제로 인식하지 않는다는 거야. 한때는 이 땅에 의식 있는 사람들이 제법 있었어. 그런데 의식 있는 사람들도 그들의 생각을 들어주는 사람들이 점점 줄어들면서 목소리를 내지 않게 되었고 세파에 눌려 지치고……. 그러다보니 이젠 자포자기를 넘어 무개념, 무사유의 사회가 되어버린 거지."

"인정."

"세계적으로도 장사가 될 것 같은 물건에 대한 생산 과잉이 지나치게 되면서 수급 불균형에 에너지 고갈, 생태 환경 파괴, 시장 교란이 심각해지고 있어. 코로나19 팬데믹도 그와 무관하지 않을걸. 이걸 문명의 장난으로 봐야 할지 악한 욕망으로 봐야 할지……. 학자들도 진단만 해대지 처방을 할 수 없는 단계에 이르렀어."

"다들 불안해하고 점점 더 지쳐가고 있어. 세상, 이러다가 진짜 큰일나겠어."

"그러게 말이야. 유럽이 프랑스혁명과 산업혁명을 거치면서 한 철학자는 신의 시대는 끝났다고 선언하잖아. 불확실성의 시대가 열리는 거지. 그 상황이 지금은 더 심각해진 것 같은 생각도 들어."

"자기가 말한 베이스캠프 있잖아."

"응."

"그라운딩이라는 말로 표현할 수도 있겠네."

"그라운딩?"

"응. 논살림의 미연 씨가 말할 때 눈이 번쩍 뜨였어. 자기가 토종 씨앗 얻으러 수원에 갔을 때였네. 모든 게 안착하는 것이 그라운딩이라고. 자기가 말한 것과 통하는 것 같은데."

"그라운딩, 그라운딩이라……."

"나 가봐야 해. 액자를 만들어야 해. 작년에 수확해 말려놓은 북흑조를 함께 액자로 만들기로 했거든."

"응. 다녀와. 난 토종 벼 중에 북흑조가 가장 마음에 들어. 벼가 검다니! 생각도 못한 일이야. 검은빛이 그렇게 매혹적일 수 없어."

"자기의 아픔이 만져져서일 거야. 자기 많이 힘들어했잖아. 검은색은 현묘와 그윽함과 통하고, 거기에 슬픔과 애도의 정서도 있다던데."

"어쭈, 내가 그라운딩 되는 기분이야."

"금방 써먹기는……."

규철은 테이블로 걸어갔다.

엊저녁에 수인과 만들어놓은 완두 미숫가루가 담긴 폐플라스틱병의 뚜껑을 열었다. 한 컵을 따라 마셨다. 역시 맛이 독특했다. 그러다가 식탁에 키위 두 개가 접시에 놓여 있는 것이 눈에 들어왔다. 차림이 정갈한 것 같으면서 어설픈 게 수인이 놓아둔 것이 분명했다.

"미후도라고 나와."

조상호의 얄궂은 미소가 스쳤다.

"네?"

"미후도라고 나온다고, 키위라는 게. 서유구가 쓴 『임원경제지』에……."

조상호는 그날도 밀고 들어왔다. 서유구니 『임원경제지』니 관심도 없다는데, 가끔 만나재서 나가면 그 얘기가 다반사였다. IMF 때 받은 상처가 채 아물지 않던 시절이었다.

"설마요? 이백 년 전쯤의 케케묵은 책에 무슨 키위가 나와요. 말도 안 되는 소리 그만하십시오."

"키위뿐 아니라 버터도 나와, 진짜라니까."

조상호는 얄궂게 웃으며 더 밀고 들어왔다.

"에이, 호랑이 담배 피우던 시절에 무슨 버터. 영어를 쓰지도 않던 시대인데."

"카스텔라도 나오고……. 흐흐."

조상호가 약 올리듯 가볍게 말을 던져도 규철은 시큰둥했다. 아니 조상호와 이런 대화를 나누는 게 부자연스러웠고 서로 부유하는 느낌이었다. 마르크스의 『자본론』과 김학준의 『러시아혁명사』, 체 게바라에 대해 담뱃재가 가슴팍에 떨어지는 것을 개의치 않고 떠들어댔던 대학 시절의 까마득함은 사라지고……. 규철은 나이가 들면 들수록 얄팍해지는 입놀림을 보면서 대꾸도 하기 싫어졌다.

86 세대가 우리 사회를 망쳤다느니, 기득권화하여 수구꼴통 못지않은 도둑이 되었다느니 운운해도 꿋꿋하게 소신을 지키며 믿음직하게 살아온 선배가 조상호였다. 그런 그가 조미료, 간장, 부엌, 식초, 키위니 버터니 들떠 떠들자, 허풍으로 속내를 숨기려는 노회함인 듯 여겨졌다.

조상호는 그해 가을 또 찾아왔다. 미술관과 찻집을 겸한 경인미술관에서 생강차와 쌍화차를 시켰다. 조상호는 겉치레 같은 얘기가 끝나기 무섭게 서유구를 발견한 재미가 너무 크다고 혼자 들떠 떠들어댔다.

규철의 안색을 살피더니, 역사에 대한 죄의식을 가지고 있다는 말까지 해댔다. 뜬금없는 말에 이유를 묻자, 자기는 풍양 조씨인데 세도 정치가 한때 풍양 조씨에 의해 흘러가서라는 말을 했다. 고르바초프의 페레스트로이카 이후 사회주의가 몰락했고, 이후 거대 담론이 설 자리가 없어지자 미시사의 방향으로도 새로운 물길이 흘렀는데, 그 맥락의 흐름을 보면서 자기 선조가 조선을 피폐하게 만드는 데 일조해왔고 그에 대한 부채감이 생겼다고 했다. 그 출구로서 세도 정치 전후의 역사, 그중에서 특히 백탑파의 인물들을 파고 있다는 것이었다. 그러다가 백탑파의 비조가 서명응이라는 사실도 알게 되었고 그가 서유구의 조부라는 사실에 놀랐고 기쁨이 컸다고 했다. 임원경제연구소의 정 소장 이야기도 간간이 했다. 정 소장에게서 색다른 얘기들을 들을 때마다 막혀 있던 가슴이 뚫리는 것 같다는 둥 너스레를 떨었다.

"서유구는 진짜 괴상한 사람이야. 무미건조하면서도 특이해. 조선 시대의 이단이자 파격이야. 탈격이 합격이란 말이 딱 맞는 사람. 그러한 캐릭터는 조선 시대에 또 없었을걸. 그가 있는 조선과 그가 없는 조선은 판이해. 그의 존재는 지금, 아니 미래까지도 중요해."

상호가 떠들어대도 규철은 귀담아듣지 않았다. 두 시간 후에 제기동 농약 소매점에서 있을 약속이 신경쓰였다. 상호는 규철의 눈치를 살피며 말을 건넸다.

"너도 한때 실학 좋아했잖아. 다산 정약용도……."

은근슬쩍 건드렸다.

규철은 언제 자리를 뜨나 그 마음뿐이었다. 실학이나 정약용에 대해선 한때는 그랬었지만, 마음이 떠난 지 오래되었다. 인공지능이니 4차산업혁명이니 빅데이터니 플랫폼이니 웹3.0이니 요란한 시대에 고물 트랜지스터라디오를 보는 기분이었다.

상호는 생강차를 한 모금 더 마시고는 들고 온 가방 안으로 손을 집어넣어 종이와 펜을 꺼냈다.

오비거사생광자표(五費居士生壙自表)

찬찬히 써서는 규철이 보기 편하도록 방향을 돌렸다.

"이게 뭐로 보이나?"

"몰라요. 뭐 굳이 대답하라면 오행이니 삼강오륜이니 흉내 같은 거 아닌가요?"

규철은 일부러 비아냥조로 말했다.

"뒷글부터 말해줄게. '생광자표'라고 되어 있잖아. 날 생(生)에 뫼 광(壙) 자야. 살아 있는 뫼, 즉 무덤이란 뜻인 거지. '자표'는 스스로 지었다는 뜻이고. 서유구는 죽기 전에 스스로 묘비명을 지었던 거야."

규철은 마지못해하며 고개를 끄덕였다.

"'오비'에서의 비(費)는 허비할 때의 비야. 그러니까 오비는 다섯 가지의 허비라는 뜻이야. 서유구는 1845년에 죽는데, 그 삼 년 전에 자신의 삶을 다섯 단계로 나눠서 정리해. 태어나 관직에 들어서기까지의 시간, 관직에 들어서 시골로 낙향하기까지의 시간, 망해촌에서의 결단 후 시골로 내려가 농사도 짓고 물고기도 잡는 등 노동을 하던 십팔 년간의 세월 등으로 구분해놓았어. 그후 복귀한 관직에서의 시간, 다시 물러나 죽기까지의 시간. 이렇게 두 단계를 더해 다섯 단계로……. 그 모두를 비라고 불렀어. 자기 삶을 모조리 허비하고 소비했다고 말한 거야. 조선 후기에 그보다 생산적인 삶을 산 사람도 거의 찾아보기 힘든데도 말이야."

"그래서 뭔데요?"

규철은 쏴 지르듯 대응했지만, 상호와 헤어져 차를 몰고 제기동으로 가는 동안 '오비거사'의 비(費)에서 받은 알 수 없는 열등의식 같은 게 느껴졌고 애써 운전에 집중해야만 했다.

5. 회심

"나으리, 나으리."

돌쇠가 소리지르며 장지문을 열고 마루를 건너 냅다 뛰어
왔다. 서유구는 깊이를 가늠할 수 없는 물속으로 하염없이 잠
겨가고 있었다. 숨조차 쉴 수가 없었다. 입과 코로 물이 쏟아져
들어올 참이었다. 이렇게 죽는구나 싶었다.

흐억흐억 소리를 듣고 놀란 돌쇠가 달려오지 않았다면 서
유구는 길어지는 과호흡으로 죽을 수도 있었다. 돌쇠가 흔들
어 깨웠을 때는 중치막(조선 중후기에 남자가 입는 평복 중의
하나)이며 속옷이며 이불까지 흠뻑 젖어 있었다.

"돌쇠야. 정말 조심해야 하느니라."

서유구는 돌쇠를 남산 저택으로 보내면서 몇 번이나 다짐

을 건넸다. 보내지 말아야겠다는 생각도 했다. 돌쇠가 오가다가 포졸에게 들키기라도 하면 자신의 위치가 탄로나고 식솔들의 안위마저 위협할 수 있는 일이 생길 수 있었다.

이곳 망해촌으로 도피한 자체가 또다른 추궁의 동기가 될일이었다. 다산 형인 정약종의 참수나 유배 간 숙부 서형수의일만 놓고 보더라도 일을 꾸며내는 자들은 자신들의 구미에맞게 꾸며낼 게 자명하다. 그 검은 사슬에 얽매여 쫓겨나고 죽임을 당할 수밖에 달리 길이 없어 보였다. 그렇다고 돌쇠를 보내지 않으면 집안 꼴이 어떻게 돌아가는지 알 길이 없었다. 식솔들이 숙부처럼 내몰리지는 않았는지 걱정되어, 가위에 눌려잠을 이루지 못한지 이미 한참 되었다.

돌쇠가 떠나자 서유구는 외로움과 두려움에 더욱 함몰되어가고 있었다. 책이 손에 잡히지도 않았을뿐더러 어둠과 물소리, 풀벌레 소리만 무성한 산기슭에서 무기력증을 앓고 있었다.

무악재 너머 세검정, 연암 어른이나 단원 스승님과의 추억을 생각하면 가슴이 저렸지만, 그곳에서 일어났던 일들이 떠오르면서 비 오기 전 땅에서 올라오는 습기를 밟는 듯했다.

광해군의 폐위를 논의하고 인조반정(1623년 서인 일파가 광해군과 집권파인 대북파를 몰아내고는 인조를 왕으로 세운 정변)을 일으키려 한 자들이 그곳에 모여 칼을 씻었다. 지금 정국을 농락하는 노론 시파도 결국은 인조반정의 산물이었다.

인조반정을 일으킨 서인들이 노론, 소론으로 갈라졌고, 서유구는 자기 집안이 속한 소론과 노론이 같은 뿌리였지만 노론의 한 파벌로 인해 이렇게 파탄이 난 현실을 새삼 떠올리며 가슴이 핏빛으로 물들었다. 밀물처럼 밀려오는 슬픔과 고독이 자신을 무너트릴 것 같았다.

"나으리, 마님께서 이걸 전해드리라는뎁쇼."

돌쇠에게 건네받은 서신을 읽기가 두려웠다. 참을성 많은 어머니가 마음을 애써 누르며 쓴 것임에도 행간에 숨은 것들이 훤히 보였다.

서신을 곁에 두고 서유구는 방안에 호롱불도 켜지 않은 채 우두커니 앉아 있었다. 이대로 집으로 달려가야 할 것만 같았다. 그러나 그것은 악수(惡手)가 될 뿐, 이러지도 저러지도 못하는 자신이 한심스러웠다. 자신과 가족 모두가 독 안에 든 쥐 같았다.

하루하루 피가 말랐다. 숙부 서형수는 추자도(서형수가 유배된 섬)에서 어찌 지내실까. 진지는 잘 드실까. 시중을 들어주는 시종은 있을까. 숙부의 소식을 들을 수도 알아볼 수도 없었다. 숙부로서도 침묵과 인내만이 길이라고 여길 듯했다. 엮으려고 작정하고 엮은 것이어서 숙부로선 억울함과 한은 더 깊어질 것이었다. 더욱이 암울한 사태는 아직 시작도 안 되었을 것이라는 생각이 들 때는 무엇이 어떻게 되어가려는지 한 치의 앞길을 예측할 수도 없었다.

공포 속의 고독은 고독이라는 추상체이기보다는 어떤 촉감처럼 느껴지는 날도 있었다. 옷에선 냄새만 늘었다. 하루가 마냥 길 때도 있었지만 순식간에 지나가기도 했다. 빠져나올 수 없는 소용돌이에 갇힌 것 같았다.

어머니는 돌쇠를 통해 가양주를 보내주셨다. 유구는 평소와는 달리 과음으로 대취하는 날도 생겼다. 술에 취한 채 비를 쫄딱 맞으며 산속을 헤맬 때도 있었다.

하루는 냄새 밴 옷을 걸치고, 텁수룩한 수염을 하고 돌쇠와 걸었다. 계곡물을 건너 나아갔다. 숲은 드문드문 남벌이 되어 있었지만, 초록빛이 돌았다. 새소리도 들렸다. 걷다보니 큼직한 나무토막이 벼락을 맞고 끄트머리가 탄 채 뒹굴고 있었다.

"오동나무네요."

돌쇠가 말했다.

서유구는 눈길이 절로 갔다.

"나으리."

서유구가 바라보는 시간이 길어지자 돌쇠가 낮은 목소리로 불렀다.

"거문고가 생각나서 그러네."

"거문고요?"

"딱히 마음 둘 데가 있어야 말이지."

"……."

"거문고를 오동나무로 만든단다."

"그렇군요. 나으리."

"거문고는 앞판과 뒤판으로 이루어지는데, 앞판은 오동나무, 뒤판은 밤나무로 만들지."

"네."

"오동나무가 왜 거문고를 만들 때 쓰이는지를 알겠느냐?"

"모르겠습니다요."

"일반적으로 나무는 뿌리 쪽이 실하고 가지 쪽은 비어 있지. 오동나무만이 그 반대라는 말이 있다. 오동나무 가지를 중요히 여기는 사람들이 많은데 그 성질이 실하기 때문이지. 거문고를 만들었을 때 현이 내는 소리 속에 나무가 내는 소리가 배어 소리가 더 깊어지지."

돌쇠는 유구의 말이 좀 어려워 이해할 수는 없었어도 느낌이 좋았다.

"오동나무만이 그 반대라고요?"

"송나라 시인 소동파라는 사람이 있었는데 그가 한 말이라네."

여름 지나 초가을에 접어든 어느 날 돌쇠는 남산 저택으로 다시 향했다. 서유구는 또다시 홀로 남겨졌고, 어둠 속에 홀로 밥을 지어 먹자니 설움이 복받쳤다. 서럽게 밀려나 있던 의주부윤 시절이 아롱거렸다. 벌써 이 년 전 일이었다.

의주는 심상치 않은 고을이었다. 보부상, 송상, 만상 들로 부산하고 압록강을 통해 들어온 청나라 상인들로 복닥거렸다. 쫓기듯 보임된 의주 부윤이었지만 한 고을을 다스리는 관리로서 최선을 다하고 싶었다. 버드나무엔 봄물이 오르고 먼 산에 연둣빛이 돋을 때였다. 아전들을 거느리지 않고 시찰하고 싶어 관사를 빠져나왔을 때 뭔가 은밀하고 수상한 일들이 벌어지고 있는 느낌이 일었다.

남문 밖에는 마침 오목장이 서고 있었다. 걸음을 재촉해 사람들 틈에 서성일 때였다. 쌀, 콩, 면포, 주단, 유기, 옹기, 삿자리에 눈길을 차례로 주다가 민어 앞에 멈춰졌다.

하얀 비늘에 검은빛이 도는 민어를 신기하게 바라보는데, 시장 저편에서 풋풋하게 걸어오는 처녀가 왠지 눈길을 끌었다. 무명 저고리에 먹빛 치마를 입은 그녀가 하필 민어 가게 앞에서 걸음을 멈췄다.

"한 마리에 얼마인가요?"

살가웠지만 자분자분해 교태라고는 전혀 없는, 어디서도 들어본 적 없었지만, 듣고 싶어하던 목소리였다. 서유구는 가슴이 사뭇 달아올라 민망해져 자리를 피했다. 관청으로 되돌아와 사무를 보면서도 그 여인이 눈에 밟혔다.

"이방. 게 있느냐?"

목소리에 힘이 잔뜩 실렸다.

"네. 여기 대령해 있습니다."

"지난번의 송사는 잘 처리되고 있느냐?"

"예, 잘 진행되고 있습니다. 조만간에 정리해서 아뢰겠습니다."

"알았다. 한 점 실수도 누락도 없이 만전을 기해야 한다."

"네. 나으리."

유구는 불안한 기운의 의주를 바로잡고 행정을 좀더 세분화하고 체계적으로 정립시키고자 관리들을 채근했다.

"나으리. 이 여자는 거상의 집에서 도둑질한 여자입니다."

때마침 거상, 광산 노동자, 몰락 양반 들의 움직임이 범상치 않다는 보고를 받고 골몰하던 중 마침 이방이 한 여자를 끌고 와 꿇어앉히면서 말했다. 유구는 보고서를 살피다가 고개를 들었다. 눈앞에 벌어진 광경을 의심할 수밖에 없었다.

소쩍새 우는 소리가 숲의 기운을 방으로 끌고 들어온 밤, 환상과 어둠이 하나 되어 나른함이 가득한 시간이었다. 수저를 들다가 지금까지 먹어온 음식들이 쌓여 있다면 산더미가 되었을 거라는 시답지 않은 생각을 하고 있었다. 시답지 않은 생각을 지워보려고 했지만 하면 할수록 생각이 불쑥거렸다. 나는 멀쩡한 손과 발을 가지고 태어났음에도 불구하고 쟁기 한번, 호미 한번 잡은 적이 없었다는 생각이 들었다.

누군가는 쟁기질했고 또 호미질도 했을 것이다. 딱딱하거나 질척한 땅이 이름 없는 농부들의 노고에 의해 논밭으로 일궈졌을 것이다. 씨가 뿌려져 재배되고 수확되어 이 밥상에 오르기까지의 노고들이 불쑥 새삼스러웠다.

온갖 거친 땅에서 노비들과 농부들이 노동하고 아낙은 길쌈을 하며 베를 짜는 동안 나는 무엇을 했단 말인가. 서생이랍시고 책이나 읽고 옛사람들이 쓴 책에 주석이나 달고 벼슬아치 행세를 한 것이 아니었던가. 지금껏 나는 삶다운 삶을 산 것이 아니었다. 사람으로 태어나 할 수 있는 것들을 다 하고 살아야 온전한 삶일 텐데 나는 잘못 살아왔다.

이 나라가 도탄에 빠진 것은 그 잘난 사대부들 때문이다. 나도 그 속에 속하지 않는다고 말할 수 있는가. 내가 헛되게, 삶을 소모하며 살아오는 동안 이 땅의 농부들은 새벽에 일어나 해진 옷을 입고 쟁기질하고 호미질을 해왔다. 인간들의 삶이 시작되고 나서 어디쯤에서 뒤틀리기 시작했단 말인가.

시대만 탓할 게 아니다. 김조순과 사대부들만 못된 게 아니었다. 나도 잘못 살아왔다. 더는 이렇게 살 수 없다. 다시 태어나겠다. 새로운 마음을 세워 시골로 가야겠다. 시골에서 농부로 살아갈 것이다. 농부로 거듭날 것이며 농업에 관한 책, 농서를 쓸 것이다.

관직 언저리에서 기웃거리다보면 더럽게 굴러다니면서 권력 노름과 사사로운 욕심에 빠질 수도 있겠다는 생각도 들었다. 그런 일이 내겐 절대 일어나지 않을 것이다. 지금까지의 나를, 또 나를 지탱해준 것들을 죄다 버리고 시골로 낙향해 농사를 짓는 농부로 살면서 목숨을 바쳐 농서를 쓸 것이다. 가슴엔 아버지가 울고 정조대왕이 맺혀 있었다.

6. 서형수의 유배

홍계능은 만고의 역적 죄인입니다. 홍인한과 함께 이산의 즉위를 반대했다가 실패하자 옥사한 사람입니다. 선왕(정조) 즉위 초기에 임금 암살을 사주한 사람이 홍계능의 후손입니다. 홍계능은 성격이 난폭하고 남 비방을 잘해 파직 경험도 있습니다. 홍계능의 제자였던 서형수를 참형에 처해야 마땅합니다.

빠르게 걷다가 서서 하늘을 한참 봤다가 발 앞꿈치에 눈을 두고 걷는 둥 마는 둥 승정원 뜰을 거닐던 도승지 서형수는 조금 전 본 상소문을 떠올리며 분한 마음을 가눌 길 없었다. 선왕 시절엔 임금이 홍계능과 자신의 관계를 알면서도 눈감아주었다. 자신이 철옹 부사로 떠날 땐 임금이 친히 붉은 비단에 시를 써준 적도 있었다. 정조 임금의 승하는 임금을 따르던 신하들의 보호막 상실이었다. 그러나 보호막이 사라졌어도 정권을 거머쥔 정순왕후(영조의 계비)와 노론 벽파는 자기를 내치지 않았다. 오히려 도승지 자리에 앉혀놨다.

서형수는 운명이 놀림당하는 기분이 멈추질 않았다. 정순왕후, 그보단 그 배후에 있는 노론 벽파의 술책에서 징그러운 뱀의 혀가 보였다. 차라리 내쳐지면 속은 편할 거라는 생각도 들었다. 자신에 대한 삿된 배려는 그 내막을 알 수 없는 암수 같은 것일 테고 처음엔 두려웠지만, 시간이 흐르면 흐를수록 불쾌한 감정이 들었다.

도승지 자리는 임시적일 것이다. 자신의 운명이 도마에 놓인 생선 꼴이었다. 엉거주춤의 생이 이런 꼴이라는 느낌이 들자 짙은 비애감도 돌았다.

자기가 속한 소론은 노론 벽파를 대적할 힘이 없고 앞으로도 어림없을 것이었다. 임금이 승하한 다음해인 신유년(1801년)에 노론 벽파가 남인과 천주교인들을 박해하는 동안에도 자신을 도승지로 세워놓고 꿔다놓은 보릿자루 취급했다. 남인을 붕괴시킨 후 그다음 칼끝이 소론에게 향하리란 고문 아닌 고문을 당하고 있었다.

"유구야, 몸조심해야 한다."

서유구는 숙부 말뜻의 이면까지 투명 물고기의 가시처럼 보였다.

숙부 서형수가 소론의 핵심 인물인 이상 노론 벽파가 숙부를 내치면 소론과의 격돌도 간과할 수 없을 것이다. 아무리 막강한 노론 벽파라 할지라도 남인과 소론을 동시에 대적하는 것은 위험할 수 있으므로 잠시 소론이 무사할 뿐이었다. 노론 벽파로서도 궤멸하고 싶은 적들을 한꺼번에 처리하기엔 힘에 부칠 수도, 역공을 받을 수도 있음을 참작하고 벌이는 상황들이었다. 상황은 주도면밀했다. 더욱이 똬리를 틀고 있는 뱀 같은 노론 시파 역시 쉽지 않은 상대였다. 노론 벽파가 남인과 천주교인들을 난도질한 이후 그 검은 화살을 어디로 겨눌지 서유구는 계산 속에 어느 정도 가늠되었다.

박해 사건이 일어난 신유년, 서유구는 사헌부 장령이 되었음에도 명치끝이 저린 나날을 보내고 있었다. 시한부의 생처럼, 자기도 모르게 나오는 한숨에 깜짝깜짝 놀라고는 했다. 직책을 내주는 것이 도마에 올려놓기 전 고기를 이리저리 살피는 것 같았다. 상대방이 두는 한 수, 두 수의 포석에 진절머리가 났다. 서유구는 사헌부 출근 일주일도 안 돼 내각 검교관이 되었다. 또 열흘도 못 채우고 홍문관 부교리가 되었다. 관직으로 주리를 틀면서 간을 보고 있었다.

정순왕후는 눈엣가시인 김조순도 끝장내고 싶었다. 그러나 그의 딸이 순조 비로 간택되어 있어 고민스러웠다. 정순왕후와 노론 벽파가 자기들만의 세상을 만들고자 안달 내는 동안 김조순은 칼을 벼리고 있었다.

"연암 박지원에게 『맹자』 한 장을 읽어보라고 하면 제대로 끊어 읽지도 못할 것이 뻔하오!"

서유구에게 쏟아대는 김조순은 심기가 사나워져 있었다. 규장각에 긴장이 서렸다. 김조순 곁엔 남공철이 바짝 붙어 서 있었다.

서유구는 피가 더 끓었다. 격분이 난데다가 남공철마저 못 본 척하니 참아지지 않았다. 존경하는 스승에 대해 맹자를 끊어 읽지도 못한다고 모독을 주다니! 연암의 자연스러운 문장에 대해 대놓고 내뱉은 조롱이었다.

남의 말이나 엿듣기 위해 여기저기 기웃거리고 자기주장 한번 하지 못했던 자가 연암 앞에서나 주변에서 연암의 문장을 좋아한다고 했던 말은 눈치껏 사는 사람의 삶의 방편이었다. 김조순은 패관 소설(민간의 풍설이나 소문 등을 주제로 한 소설)까지 즐겨 읽었고 무협지풍의 소설도 썼었다. 그런 자를 선왕(정조)께서 좋게 봐줘서 용서되었고 딸까지 왕세자비로 삼아 이 자리까지 온 것이었다. 그런 자의 뒤틀린 말이 역겹고 격분이 나 참을 수가 없었다.

"무슨 되지도 않는 말을 그렇게 하시오! 연암 선생은 맹자와는 다르지만, 그분의 글에서 본질을 꿰뚫는 예리함은 그 누가 쓴 문장과도 비견할 수 없소!"

호기롭게 받아쳤지만, 등골이 오싹했다. 김조순은 살아 있는 권력이자 그 중심으로 저벅저벅 걸어들어가는 실세였다.

"공이 이 정도인 줄 몰랐소! 내가 있는 한 관직은 바라지도 마시오!"

곧바로 갈겨대는 김조순의 눈에 분노의 불꽃이 일었다. 서유구는 머리카락이 쭈뼛 서는 느낌이 들었다. 그러나 물러서긴 싫었다.

"바라지도 않소!"

쇳소리로 되받아쳤다.

김조순은 도포 자락을 차갑게 뒤로 휙 젖히고는 자리를 떠났다. 남공철이 약간 뒤처진 채 유구를 슬쩍 뒤돌아본 후 서둘러 김조순을 쫓아갔다.

"유구야. 외직으로 나가 있는 게 좋겠구나."

서형수의 얼굴은 침울했고 유구의 표정이 어두웠다. 김조순과 격돌한 일을 숙부도 알고 있었다. 그 일도 일이지만 권부의 핵심에서 시시각각 돌아가는 일들을 도승지인 숙부는 속속들이 꿰고 있던 것이었다. 숙부가 심사숙고해서 한 말임을 숙부의 얼굴빛에서 알 수 있었다.

순조 6년(1805년). 정순왕후가 숨졌다.

처음에는 작은 낙엽 정도가 빨려들어갈 정도였던 소용돌이는 점점 걷잡을 수 없게 커지고 있었다. 정순왕후와 노론 벽파의 지배 아래 힘겨워했던 노론 시파는 자기들의 세상이 곧 도래할 것을 감지하면서도 불안 속에 있었다. 불안에 휩싸인 것은 노론 벽파도 마찬가지였다. 기득권이 사라질까봐 두려워했다. 가만히 있자니 노론 시파에게 힘이 쏠릴 것 같았다. 돌파구를 찾아야만 했다.

임오화변(1762년, 영조가 아들 사도 세자를 뒤주 안에서 굶어죽게 한 사건), 그 사건을 떠올리며 김관주(1743~1806. 조선 후기 이조판서, 우의정 등을 역임한 문신)는 다리가 후들거렸다. 왕실의 금기였다. 그것을 건드리면 자신뿐 아니라 노론 벽파 전체가 붕괴할 수도 있었다. 하지만 그것 말고는 달리 뾰쪽한 길이 없었다.

노론 벽파의 거두 김관주는 고민에 고민을 거듭하며 선택해야 했다. 이대로 무너지느냐 선수를 치고 나가느냐 둘 중 하나를 택할 수밖에 없었다. 자칫하면 노론 벽파의 생사도 장담할 수 없는 일. 결국 사도 세자의 일을 수면에 올리는 일을 도모해야 했다.

"대감께서 나서야겠소."

같은 노론 벽파인 김달순으로서도 속이 바싹바싹 타들어가던 터였다.

"뭘 어떻게 하면 되겠소?"

김달순은 김관주를 무시할 수 없었다. 자기를 우의정으로 만든 사람이었다. 노론 벽파가 그의 손아귀에 놀아난다는 사실도 익히 알고 있었다. 김관주는 가까이 다가가 김달순의 귀에 대고 귓속말했다.

"박종경(1765~1817. 조선 후기의 문신)에게 미리 말해놓았소이다."

박종경에게 말해놓았다면 다소 안심이 되었다. 그의 누이가 순조의 생모이시니. 김달순은 인생 최대의 고뇌에 빠졌다.

"알겠소. 그리하리다."

목젖이 가늘게 떨렸다. 김관주는 생각한 바를 김달순에게 조곤조곤 설명했다. 말을 반복해 확인까지 하는 치밀함을 보였다. 김관주가 물러간 후 김달순은 돌부처처럼 미동 없이 앉아 있었다. 적막이 커졌고 사방은 점점 어두워졌다.

"나으리. 오셨어요?"

퇴청해 집에 들어가서도 부인의 말에 짧게 대꾸하고는 사랑채에서 나오지 않았다. 술 생각이 나긴 했지만, 술의 힘을 빌려 결정할 사안이 아니었다. 자는 둥 마는 둥 밤을 새우고 다음 날 마음을 가다듬고 임금(순조) 앞에 앉았다.

"전하. 드릴 말씀이 있사옵니다."

"무엇이오, 말해보시오."

"전하, 선왕(정조) 시절에 있었던 만인소 사건(1792년 정조 16년에 만 명 이상의 영남 유생들이 상소한 사건)의 주모자는 대역죄인입니다. 그는 감히 사도 세자가 억울하다고 말했습니다. 영조대왕께서 명하신 바를 어긴 대역죄인인 그를 처벌하여 주시옵소서."

말하면서도 김달순은 입술이 잘게 떨렸다. 왕실의 금기를 건드리고 있는 것이었다. 지금 그는 노론 벽파와 노론 시파 사이에 돌이킬 수 없는 선을 긋는 중이었다. 임금의 선택에 따라 둘 중 하나는 죽어야 한다. 두 세력은 양립될 수 있는 선을 이미 넘어섰다. 임금의 용안을 살피자 의아하다는 표정이 읽혔다. 김달순은 가슴이 철렁해졌다.

"박치원과 윤재겸, 그 둘의 신원도 회복시켜주시옵소서. 그들은 사도 세자의 죄를 고했음에도 억울하게 처벌을 받았사옵니다."

다시 한번 자기 입에서 사도 세자의 일이 나올 때 김달순은 스스로 가슴에 얼음 칼을 꽂는 기분이었다. 임금의 용안이 일그러졌다. 김달순은 뭔가 이상한 상황으로 치닫고 있음을 직감했다. 심장이 오그라드는 것 같았다. 목숨이 대저울에 놓인 상황이었다.

박종경에게 문제가 있었음은 미처 짐작도 못했다. 박종경의 부친에 의해 일이 뒤틀어지리라곤 김관주도, 박종경도 몰랐다. 김관주는 약속대로 박종경에게 말했다. 박종경도 그렇게 하겠다고 약속했다. 노론 벽파라는 울타리에 묶여 있었기에 깨질 수 없는 맹약이었다.

박종경의 부친은 그날 아침 왠지 불길한 느낌에 사로잡혀, 아들을 가두어버렸다. 숫제 아들 방문 앞을 지키고 있었다. 노론 시파는 운이 좋았다. 그 중심인물인 김조순도. 정조의 총애를 얻어 왕의 장인이 됨과 동시에, 정적들이 좌충우돌로 쓰러지고 있었다.

순조로선 김달순의 말이 생뚱맞을 수밖에 없었다. 그간 수렴청정이나 받던 어린 순조가 아니었다. 순조는 김달순의 청을 떨떠름하게 여겼다. 만인소의 주모자에 대해선 처벌을 시행하겠다고 했으나 박치원, 윤재겸 그 둘에 대해선 옳고 그름을 언급하지 않았다. 김달순의 상소가 통하지 않은 것이었다.

다급해진 김달순은 한발 물러섰다가 다시 상소를 올렸다. 그러나 형조참판 조덕영(1762~1824. 조선 후기의 문신)이 김달순을 탄핵했다. 그 역시 노론 시파였다. 그 뒤에서는 김조순이 기괴한 미소를 짓고 있었다.

김달순은 홍주목을 거쳐 남해현에, 다시 강진현으로 이배되어 옥에서 사사되었다.

김관주는 유배중에 죽었다.

노론 벽파가 궤멸하기 시작한다. 노론 시파를 제압하기 위해 선수를 쳤다가 도리어 역공을 당해 역사에서 사라지고 만다.

득의만만해진 김조순은 눈에 불꽃을 켰다. 도승지 서형수는 경기 관찰사로 밀려나 있었다.

서형수는 역적 홍계능을 아비처럼 섬겼습니다. 서명응은 이 두 사람을 앞에서 끌어주고 뒤에서 막아주었습니다.

상소문이 올라올 때마다 유구는 펼치고 싶지 않았다. 홍계능과 자기 집안과의 관계를 어릴 적에도 어렴풋이 알고 있었다. 할아버지 서명응과 숙조부 서명선 사이에 주고받던 이야기를 들은 적이 있었다. 할아버지가 숙부 서형수를 홍계능에게 보내 스승으로 모시게 한 일도.

'홍계능 어른께 다녀오는 길이다.'

숙부 서형수가 『주례 고공기』를 펼치기 전에 한 말도 기억에 어렴풋하게 남아 있었다. 선왕(정조) 초기에 선왕 암살을 기도한 사람들의 집안 어른인 홍계능. 정조가 세상에 없는 한 홍계능과 연루된 상소에서 숙부를 보호해줄 사람은 단 한 명도 없었다. 더욱이 김조순은 소론마저 궤멸하는 데 혈안이 되어 있었다.

7. 쇠스랑 자루의 질감

긴 얼굴에 작은 체구의 유구가 논둑을 걸을 때 그림자는 버티는 듯 끌려갔다. 망해촌으로의 도피에 이어 이번엔 기약 없는 길이다. 완전히 가버리는 길. 지금까지의 생활을 청산하고 낯선 땅으로 내려가는 중이었다.

유구는 마음을 수없이 다잡았지만, 불안이 가시질 않았다. 회심과 결단 속에 얻은 결론에도 불구하고 두려움이 엄습했다. 상소에 이어 추자도 유배로 귀결된 숙부와 연루된 악몽도 가슴을 물어뜯고 놔주지 않았다.

말수레엔 간단한 세간, 가구와 살림 도구 들, 이불, 책, 옷 보따리가 실려 있고 돌쇠와 유구는 마차 뒤를 따랐다. 다락원에 이르자 점심 무렵이었다.

"저기 주막이 있구나. 허기라도 채우고 가자꾸나."

"예. 나으리."

주막 처마 밑 서까래엔 바싹 마른 옥수수, 고추, 마늘이 매달려 있었다. 도부꾼들이 봉놋방과 마루, 평상 여기저기 차지하고 국밥을 뜨거나 막걸리를 마시고 있었다. 아이에게 젖을 물린 아낙도 보였다. 거지 셋이 싸리문 바깥에서 바가지를 들고 어정거렸다.

"살기 참 힘든 세상일세."

"말도 마쇼. 나 원 참, 세상 더러워서."

"이삭도 나지 않은 땅에 세금 매기는 게 말이나 됩니까? 육시랄 놈들……. 남는 게 욕밖에 없어요."

"야박하다고 따지면 매맞고 옥살이하는 시절일세."

"뼈와 살이 터지고도 세금에 죽어나가니 가혹한 정치는 범보다 무서운 법이여."

평상 여기저기 괴나리봇짐이 널려 있는 주막은 조정에 대한 불만을 털어놓는 성토장이었다. 유구 일행은 싸리문 가까운 쪽에 자리를 잡고 앉았다.

"여기 국밥 세 그릇 말아주시오."

평상 너머엔 무논과 밭이 펼쳐져 있었다. 허수아비들이 세워져 있었고, 옥수수, 기장, 조가 바람에 흔들렸다. 주모가 내온 국밥을 뜨면서도 유구는 말이 없었다. 입안이 까칠한지 묵묵히 수저를 입에 가져갈 뿐 표정도 없었다.

식후에 부지런히 걸어 금화(경기도 양주시 양주동에 있었음)

의 외딴 마을에 다다랐을 땐 날이 저물어 있었다.

마을은 어둠 속이라 더욱 참담했다. 기름이 없어 호롱불을 켜지 못하고 거미줄에 뒤엉켜 쓰러져가는 집들은 귀신이 나올 것같이 음산했다.

"여기서 어디로 더 가야 합니까? 나으리."

마을로 들어서면서 갈림길에 이르자 마부는 지친 목소리로 물었다.

"많이 힘든 모양이네. 저기 느티나무 보이는 고샅길로 들어가면 될 게요."

유구가 이전에 들러 구해놓은 초가집은 쾨쾨한 냄새가 났고 냉기로 가득했다. 수레에서 짐들을 내려 마루로 올릴 때 삐걱 소리가 났다. 짐들은 많지 않아 대강 부리는 데에 시간이 오래 걸리지는 않았다.

마부가 돌아간 후 돌쇠는 사립문을 열고 어둠 속으로 걸어 나갔다. 마른 나뭇가지 한아름을 안고 들어와 아궁이 앞에 부려놓았다.

"내가 하마."

유구가 호롱불을 들어 부엌 이곳저곳을 비추자 그을음 가득한 부엌 천장은 금방 무너져내릴 어둠이 모여 있는 듯했다. 망해촌에서 함께 숨어 지냈기에 돌쇠와 유구는 비교적 손발이 잘 맞았다.

돌쇠는 짐에서 쌀을 퍼내어 개울로 내려갔고 유구는 잔가지들을 아궁이 아래쪽에 넣고 굵은 나뭇가지들은 위쪽에 포개 넣었다. 부싯돌을 화지에 대고 부시를 긁어 불을 붙였다. 불을 진정시킨 후 긴 한숨을 내쉬었다.

"곱구먼요. 마님이 준비해주신 거지요?"

돌쇠가 어느 틈엔가 와서 아궁이 곁에 놓인 부싯돌 주머니를 내려보며 물었다.

"그렇다네."

어머니에 대한 그리움과 송구함이 잔불처럼 일었다.

"수리취 잎을 따 모아야겠어요. 햇볕에 말렸다가 독한 잿물로 여러 번 씻으면 하얗게 돼요. 그걸 비벼서 솜처럼 부수면 불이 잘 붙어요."

"그렇단 말이냐?"

유구는 아궁이에서 불씨를 덜어 다른 아궁이에 불을 붙였다. 돌쇠는 가져온 솥단지를 젖은 볏짚으로 닦아낸 후 물로 부셔 부뚜막에 걸었다. 돌쇠는 큰 솥에는 물을, 작은 단지에는 쌀을 안치고 아궁이에서 불씨를 긁어내어 뚝배기에 된장국을 끓였다. 된장국이 끓는 동안 유구는 돌쇠가 쓸 방 아궁이에도 불을 지폈다.

"진지 드세요, 나으리. 찬이 부족해서 면목 없구먼요."

호롱불이 켜진 안방엔 어느새 개다리소반에 쌀밥과 된장국, 수저, 김치와 콩조림, 깻잎이 놓였다.

"이리 와 겸상하게나."

"아닙니다. 쇤네는 여기서 먹는 게 편합니다요."

돌쇠는 기어이 어둑한 부엌으로 내려갔다. 숟가락으로 된장
국을 뜨는 순간 서유구는 울컥했다. 밖은 어둠이 짙어가고 개
짖는 소리가 멀리서 들려왔다. 식솔들의 얼굴이 떠오르며 그
리움인지 서러움인지 모를 그것이 올라와 목매이게 했다.

밥상을 물리고 마당으로 나섰다. 담장에 기대어진 세 발 쇠
스랑을 손에 쥐었다. 자루가 반들반들했다. 규장각에서 『중용』
을 연구하고 『맹자』와 『시경』에 해석을 달며 붓을 쥐던 손으로
쇠스랑 자루를 만지면서도 유구는 낯선 곳에 서 있다는 서러
움과 앞으로 살아가야 할 일들이 아득하게 겹쳐 조용히 하늘
을 올려다보았다.

8. 어설픈 농부

이튿날 새벽, 두꺼워질 대로 두꺼워진 나뭇잎은 단풍 들 준비를 마쳤고, 거미줄에 맺힌 하얀 이슬은 눈처럼 빛났다. 어수선했던 꿈자리를 털고 일어난 유구는 곧바로 세 발 쇠스랑을 메고 사립문을 나섰다. 발등에 이슬이 채는 것을 느끼며 걷다가 밭둑에 서서 큰 한숨을 들이쉬자 온갖 시름이 사라지는 듯했다.

주변 밭들엔 들깨와 조, 기장이 점점 모습을 드러내고 있었다. 서유구는 세 발 쇠스랑으로 밭을 찍어올리며 조금씩 일궈나갔다. 팔뚝에 뭉근한 기운이 감싸져왔다. 어깨와 허벅지를 거쳐서 발가락과 손끝까지 기분 좋은 열기가 번졌다.

이 맛을 잘 간직해야겠다는 생각이 들었다. 삶이 버거울 때, 아무리 몸부림쳐도 몸으로 사는 사람들의 삶에 미치지 못할 때, 사대부도 농부도, 이도 저도 아무것도 아닌 신세로 스스로 서러울 때, 지금 이 느낌을 떠올리면 위안이 되고 헤쳐나갈 힘을 얻을 것 같았다.

아무도 없다. 구름에 가려졌던 태양의 빛이 여명을 넘어 번지고 있었다. 잠시 쉬는 동안 몸이 다시 으슬으슬해지면서 농촌 생활이 막막하게 다가왔다. 흙은 단단해질 대로 단단해져 어지간히 힘을 줘서는 파지지 않았다. 유구는 더 힘차게 쇠스랑을 내리쳤다.

밭이 어렵사리 갈려나가는 동안 땀이 머리에서 얼굴을 타고 목으로 줄줄 흘러내렸다. 쇠스랑질을 미련하리만큼 쉴새없이 하다가 멈추곤 밭두둑에 앉았다. 이슬 밴 풀의 찬 기운이 엉덩이를 타고 올라왔다. 날은 이미 밝아 있었다.

첫 새벽일을 마친 유구의 눈에 들판에서 일을 하는 농부들이 보였다. 새들도 보였다. 처음 농부가 된 유구는 뭐라 말할 수 없는 기분에 사로잡혔다.

집에 들어서자 돌쇠가 밥을 짓고 있었다. 서유구는 어깨에서 연장을 내려 벽에 기대어놓고 집을 둘러보았다. 흙벽이 여기저기 갈라진 데가 많았다. 초가이엉도 새로 엮어 올려야 할 것 같았다. 난장판이 된 집을 둘러보는데 무엇을 어떻게 해야 할지 감이 잡히지 않았다. 멀리 떨어진 초가지붕 위로 눈길을 돌렸다. 풋풋한 기운이 밴 것이 많았다. 갈색으로 변한 볏짚을 막대기로 들추자 노래기들이 우수수 떨어졌고, 썩은 냄새가 진동했다. 유구는 한숨을 몰아쉬었다.

대체로 가을갈이는 일찍 해야 하고 봄갈이는 늦게 해야 한
다. 가을갈이를 일찍 해야 하는 이유는, 낮의 길이가 짧아서
날씨가 춥지 않은 틈을 타서 온화한 기운이 흙에 스미게 되면
싹이 쉽게 발아하기 때문이다. 가을에 날씨가 싸늘하여 서리
가 내릴 때는 반드시 해가 높이 뜰 때까지 기다려야 땅을 갈
수 있다.

서유구는 아침 식사 후에 마루에 앉아 책을 찾아 읽고는
무릎을 쳤다. 날씨가 싸늘하고 서리가 내리면 가을갈이는 해
가 높이 떴을 때 해야 하는데 이유인즉 땅에 온기가 스며야
씨앗이 발아하기 좋은 여건이 되어서였다. 막상 땅을 대하고
보니 예전에 읽었던, 잊고 지낸 내용이 새삼스러웠다. 다행히
아직 서리가 내리진 않았으니 망정이지 조금만 늦었으면 가
을갈이를 놓칠 수 있었다. 유구는 새벽부터 서두른 모습이 머
쓱해졌다.

유구는 마당 이곳저곳을 거닐었다. 섬돌을 딛고 마루로 올
라 안방으로 들어갔다. 채 정리되지 않은 책더미 앞에 섰다.

보리는 금(金)이 왕성할 때 나고 화(火)가 왕성할 때 죽는다.

8월은 금이 왕성한 달이므로 보리는 이달에 나고 5월은 화가
왕성한 날이므로 이날에 죽는다.

『왕정농서』의 한 문장을 다시 찾아 읽으면서 낯빛에 화색이
돌았다. 보리를 심어야겠다는 생각을 망해촌에서 회심을 한
다음날 했다. 벼 파종 시기는 진작 지났고 보리라도 심어야만
내년 보릿고개 후를 대비할 수 있을 것이다. 보리를 수확해 밥
을 지어 먹기까진 본가에서 가져온 쌀과 찬들로 견뎌내야 한
다. 국거리로는 시금치, 파, 마늘을 심고 어머님의 말씀대로 감
자도 좀 가져왔으니 감잣국을 끓여 먹으면 될 것 같았다.

배추와 무도 심을 시기가 지났음을 책을 통해 알고 있었다.
그렇다고 낙향을 마냥 미룰 수도 없었다. 망해촌에 언제까지
있을 수도 없었고 남산의 집에 머무는 것은 더욱 불안했다. 농
부로 살아가기로 작심한 이상 시간을 지체할 수 없었다.

보리나 밀을 심을 때는 모두 5, 6월에 땅을 햇볕에 쬐어 말려
야 한다.

며칠 전에 떠나기에 앞서 『제민요술』에서 읽은 구절이 기억
났다. 아차 싶은 게 땅을 햇볕에 쬐어 말리는 시간을 이미 놓쳐
버린 것이었다.

"무슨 생각을 하셔요? 나으리."

"보리를 심어야 하는데 어찌해야 할지 막막하기만 하네."

"보리씨는 목화씨 기름과 섞어놓으면 벌레를 타지 않고 가뭄을 잘 견딘대요."

"허. 누구에게 들었느냐?"

"아버지에게서요."

"그렇구나."

돌쇠 아비는 일을 지혜롭게 했다. 대패질도 잘하고 구들도 잘 고쳤다. 문짝도 고치고 서재도 꾸밀 줄 알았다. 한번은 유구가 할아버지를 따라 부엌에 들어간 일이 재미있어서 그 일을 남공철에게 얘기했다가 계집애 같다며 코피가 나도록 된통 얻어맞은 적이 있었다. 한겨울이라 더 아프고 무서웠었다. 그때 돌쇠의 아버지가 찬 우물물을 길어올려 코피를 닦아주어 피가 금세 멈춘 적이 있었다. 그날 광에서 나무와 낫을 가져와 팽이를 깎아주었다. 오래전에 죽은 돌쇠 아버지 생각에 돌쇠를 빤히 쳐다봤다.

"가시나무로 흙을 쓸어서 보리 뿌리에 북을 돋아주고 가을에 가물면 뽕나무 낙엽을 태운 재를 섞은 물을 준다고도 하셨어요."

"음, 그래, 좀더 해보게나."

"보리씨는 잘게 부순 도꼬마리나 산쑥과 함께 여름날 햇볕에 쬐어 말려야 한대요. 뜨거울 때 거두어 질그릇에 담아 저장했다가 때를 맞춰서 뿌리면 잘 자란대요."

돌쇠와 유구는 망해촌에서 이곳 금화까지, 안팎으로 힘든 시기를 함께해 서로 부쩍 가까워졌다. 말수가 적고 근엄하기 그지없어 가까이 다가가기가 부담스러웠는데, 의외로 섬세한 면이 많고 속정이 깊은 나으리가 돌쇠는 편해져 있었다. 유구가 모든 얘기를 고개를 끄덕이며 들어주자 돌쇠는 흥이 났다.

　"겨울에 눈이 적으면 보리가 여물지 못한다고도 했어요."

　유구는 돌쇠의 이런저런 이야기들을 잘 걸러 보충하고 가다듬으면 훌륭하고 유익한 자료가 될 것 같다고 생각했다. 노비들의 이야기에서 예전엔 느끼지 못하던 것들이 보이고 들린 지 꽤 되었다.

　"항아리에 닭똥을 저장하고 사람 오줌을 부어놓는대요. 보리 찌꺼기가 나오기를 기다렸다가 물과 섞어 부어준대요. 사람 오줌만 부어주는 것보다 훨씬 좋다는 말도 들었어요."

　"음, 그래. 때가 되면 시험해봐야겠구나."

　유구는 적이 안심되면서도 불안감이 떨쳐지지는 않았다. 어쨌거나 보리가 실제 흙에서 올라와야 한다. 이삭이 패어 보리가 알알이 맺혀야 한다. 내년에 수확할 때까지 병도 들지 말고 도복이 되지 말아야 한다. 말라 죽지도 말아야 한다. 농부들이 보리농사를 지어 수확하는 일들이, 때가 되면 그냥 되는 것 같았는데, 막상 자기 일로 삼고 보니 초조하고 불안했다.

　"밭에 나가보자."

오후가 되자 서유구는 손으로 눈을 슬쩍 가리면서 하늘의 해를 올려봤다. 이번엔 괭이를 어깨에 메고 나섰다. 돌쇠도 괭이를 들고 따라나섰다.

"아침나절에 하신 것이 저 정도군요."

어느새 나으리에게 농담을 던지기도 했다. 돌쇠가 보기엔 밭을 갈아놓았다고 하기엔 뭔가 많이 어설펐다.

"허허. 그렇지."

유구도 웃었다. 돌쇠는 밭으로 뛰어가 나으리가 헤적여놓은 그다음부터 괭이질해나갔다. 유구도 뒤따라 들어가 돌쇠의 뒤에 서서 돌쇠가 하는 모양을 따라 했다.

돌쇠는 거북하면서도 기분이 좋았다. 망해촌에서도 나으리는 자기가 하는 톱질이며 낫질을 보며 따라 했다. 나으리의 몸짓은 어설펐다. 일을 안 해본 티가 났다. 음식에선 손맛이 있지만, 힘을 안배하고 숨을 조절해가며 하는 노동에서는 너무 어설펐다. 그러나 작은 일이라도 배우고 싶어하는 애씀이 마음에 와닿았다. 돌쇠는 뒤를 돌아다보았다. 나으리가 괭이를 너무 높게 들어 공연히 힘을 빼고 있었다. 땅이 척박해서 힘을 줘야 하지만 저렇게 힘으로 이기려고 들면 금세 지칠 것이었다.

"괭이를 그렇게 높게 올리지 않으셔도 돼요. 요 정도로만 올리시고 손목에 힘을 풀고 땅에 던지듯 하시면 됩니다."

유구는 돌쇠가 시키는 대로 해봤다. 쉽지는 않았다.

돌쇠가 몸을 뒤로 움직여 유구의 오른편에 섰다. 유구의 왼

손에 자기 왼손을, 오른손엔 오른손을 포갰다. 천천히 괭이를 허공으로 들어올렸다. 둘이 함께 올린 괭이는 돌쇠가 조절하는 높이까지 올라갔다. 그 상태에서 돌쇠는 부드럽게 괭이를 오른손으로 가볍게 풀고 허공에 던지듯 땅에 내리쩍었다. 유구의 두 손과 몸 전체가 돌쇠가 이끄는 모양으로 움직였다. 그렇게 천천히 두 번을 더 했다.

"하, 모든 게 요령이 있구먼."

"일머리라고 합니다요. 나으리."

"일머리라. 좋은 말이구나."

유구의 농기구 다루는 자세는 점점 나아졌다. 밭은 괭이질이 잘된 이후부턴 제법 가지런하게 되어나갔다.

"나으리는 가서 좀 쉬세요. 제가 마무리하겠습니다."

"아니다. 같이 좀 쉬었다가 마무리하자."

둘은 밭 가운데에 섰다. 돌쇠는 흙에 털썩 주저앉았다. 유구도 조금 떨어져 앉았다. 늦은 오후가 돼서도 유구는 괭이질을 계속해나갔다. 오늘은 그만하자고 돌쇠가 만류해도 듣질 않았다. 자세는 많이 좋아졌지만, 손바닥에는 물집이 잡히고 얼굴과 팔다리의 살갗이 점점 그을려갔다.

"그럼, 쇤네는 집에 가서 저녁을 준비하겠습니다요. 나으리도 정리만 하시고 오세요."

"오냐, 그렇게 하마."

유구는 돌쇠가 떠난 넓은 밭 가운데 홀로 서 있었다. 비가 조금씩 내리기 시작했다. 일에 재미가 붙은 유구는 괭이질을 계속해나갔다. 밭이 질척거렸다. 흙이 부드러워져 괭이질이 한결 쉬웠다.

"젖은 흙을 만지면 농사를 망치는 법이외다."

누군가 말하는 소리가 들려왔다. 서유구는 소리 나는 쪽으로 고개를 돌렸다. 도롱이를 쓴 노인이 서 있었다.

"안녕하세요, 어르신. 어제 이사를 왔습니다. 저쪽 초가에 살게 되었습니다."

노인의 얼굴이 굳어졌다. 그는 대꾸 없이 방향을 돌려 멀어졌다. 빗방울이 굵어졌다. 서유구는 밭 한가운데에서 비에 몸을 맡긴 채 우두커니 서 있었다.

9. 이상한 사람이야

"나으리, 나으리."

말라서 꽃잎이 떨어져 까만 씨만 박혀 있는 해바라기를 흔들며 돌쇠가 달려왔다. 제 몸 젖으면서도 급한 대로 챙겨온 모양이었다.

"나으리. 이거라도 쓰세요. 근데 뭐 언짢은 일이라도 계신가요?"

서유구의 안색을 살피다 물었다.

"아니다. 염려할 것 없다."

집에 도착하니 무쇠솥에서 밥이 끓고 있는지 밥냄새가 허기를 건드렸다. 고소한 내음이 비 비린내와 섞여 묘한 냄새를 풍겼다. 작은 아궁이엔 된장찌개도 끓고 있었다. 묘한 냄새는 허기와 한기를 한꺼번에 달래줬지만 뭔가 또다른 허기를 가져왔다.

"방에 들어가셔서 옷을 갈아입으세요."

돌쇠는 자기의 젖은 몸은 개의치 않고 나으리 걱정을 했다.

"너도 갈아입어야지."

"저는 괜찮아요. 불 곁이라 금방 마릅니다요."

아궁이 앞에 앉은 돌쇠의 무명옷에서 김이 비틀거리며 오르고 있었다. 이 땅 민초의 삶은 대부분 그렇게 유지해오고 있음이 새삼 느껴졌다. 안방의 온돌은 어제보다 한결 따뜻했다.

"비가 오기에 장작을 많이 땠지요. 찬이 변변치 않아요. 그래도 한술 뜨셔요."

돌쇠는 방안으로 밥상을 들고 오며 말했다.

"노인을 만났다."

서유구는 밥 몇 술을 뜨다가 수저를 놓으며 말했다.

"그래요?"

윗목의 작은 밥상 위, 찌개 국물에 숟가락을 넣고 돌쇠가 말했다.

"젖은 흙을 만지면 농사를 망치는 법이라고 하더구나."

"맞아요. 비 올 땐 흙에 손대면 안 됩니다요."

서유구는 얼른 이해가 되지 않았다.

"흙이 뭉쳐지기 때문에 그래요. 흙도 숨을 쉬어야 하거든요."

유구는 기분이 풀렸다. 이치가 그럴 것 같기도 했다. 흙에 비가 스미는데 두 발로 짓이기면 흙은 단단하게 뭉쳐져 공기가 들어갈 구멍들이 막힌다. 흙이 숨을 쉴 수 없게 되어 작물이 될 리 없다는 이치였다.

"내 참, 쯧쯧, 비가 오는데도 밭에 들어가 일을 하고 있더구나. 한심스러운 꼬락서니하고는……."

유구가 만났던 노인의 집에선 화젯거리 하나가 생겨 떠들썩했다.

"아무리 농사일을 모른다 해도 미치지 않고서야."

"이 마을 사람이 아니더구나. 이사를 왔다고 해서 알아봤다. 저번에 집을 알아보겠다고 한양에서 선비 한 명이 말 타고 오지 않았느냐? 그 양반이더구나."

"그 양반이 왔어요?"

"그래서 아버지가 무서워서 내뺀 거군요. 하하."

"예끼 이놈. 말하는 것 봐라. 아비한테 내뺀다니."

"새벽에도 그 사람 봤어요. 멀찌감치서 봤는데, 그 이른 새벽에 밭에서 쇠스랑질을 하고 있던데요. 땅이 차갑고 딱딱한데 헛일하는 거지 뭐. 나랏일 하는 사람들이 다 그 모양이니 조선이 어디 온전하겠어요. 뭐 그런 작자가 있나 했어요."

"엇. 그 양반 조심해야 한다. 소문이 안 좋더라."

마침 그 집에 놀러와 있던 옆집 노인이 상투를 만지며 말을 받았다.

"무슨 소문을 들었는가?"

"한때 마을에 돌지 않았는가. 자네는 못 들었나봐."

"내 귀가 좀 어둑하잖은가. 크게 말해보게나."

"글쎄 도성에서 온 지체 높은 집안의 사람이라더구면. 이 마을에도 대구 서씨가 좀 살잖는가. 장단이 본향이라는데, 멀지 않으니."

"그렇구면."

"김조순하고 대판 싸웠다나, 무서워라. 지금 김조순 세상 아닌가. 무슨 봉변을 당할지 모르니 조심해야겠어. 키도 작달막하고 길쭉한 얼굴에 표정이 없고 야무지겐 생겼더구면."

비가 개었다. 서유구는 툇마루에서 밤하늘을 올려보곤 세면장으로 향했다. 놋대야를 들고 사립문을 열고 나가 물을 담아 세면장 곁으로 되돌아왔다. 눈대중이 닿은 곳쯤 놋대야를 놓았다. 마당 한쪽은 외양간 자리로 비워둬야 할 것이고, 그 곁은 닭장 자리로 남겨두면 될 듯했다. 우물과 부엌이 마주보면 남녀 간에 분란이 생긴다는 말도 있으니 그것도 마음에 됐다. 세면장 곁이 제일 나아 보였다.

놋대야 또하나에 물을 받아 닭장이 지어질 곳 곁에 놓았다. 대야 두 개에 더 물을 담아와 적당히 놓았다.

"뭐하세요? 나으리."

돌쇠가 장지문을 열고 마당으로 내려서며 물었다. 서유구는 빙긋 미소를 짓곤 세면장 곁 대야 쪽으로 걸음을 옮겼다. 고개를 숙여 대야 속의 물을 들여다보았다. 밤하늘의 별이 물속에서 총총히 빛났다.

대야 속에 뜬 별을 보다가 하늘을 봤다. 은하수가 남쪽으로 길게 뻗어 있었다. 지난봄 망해촌에서 숨어 지낼 때 담장 밖 귀룽나무가 떠올랐다. 하루 전날까지만 해도 싹이 날 듯 말 듯 했었는데, 새벽에 일어나서 보니 하룻밤 사이 나뭇잎이 파랗게 나와 있었다. 자연이라는 것, 우주라는 것, 인간의 걸음걸이로 보폭을 맞추는 일이 지식으로만 되는 것이 아니라는 것을 알 수 있었다.

금이가 사는 도성 집이 은하수 끝자락쯤일 것이라는 생각이 들었다. 세면장 곁 대야만 그대로 두고 나머지 대야들은 물을 쏟고는 제자리에 갖다놓았다.

10. 돌쇠와 함께

새벽은 닭이 홰치는 소리를 개가 따라 짖으면서 왔다. 여명은 하늘이 아닌 산을 넘어왔다. 일찌감치 일어나 책을 읽던 유구는 여명이 분명해지자 책을 덮었다. 장지문을 열고 섬돌을 보니 나막신이 점잖이 놓여 있었다. 마당으로 나서 세면장 쪽으로 걸었다. 대야에 담긴 물빛을 다시 살폈다.

"무엇을 그렇게 보셔요.? 어제부터 도통 모르겠구먼요."

일찌감치 일어나 앞마당을 쓸던 돌쇠가 여쭸다.

"우물을 한번 파볼까 하는데……."

"우물을요?"

"네가 쌀 씻을 때마다 사립문을 들락거리는 게 영 마음 쓰이고, 겨울엔 물지게를 지고 다니는 일도 만만치 않을 테고……."

"전 괜찮은데요."

"어제 대야 네 개에 물을 담아 장소를 달리해 놓아봤지. 밤기운이 뚜렷해지면 어느 것에 비친 별이 가장 밝은지 살피려고 그랬다. 가장 밝은 곳에 물맛이 좋은 수맥이 있다고 쓰여 있지. 수맥이 있는 곳에 우물을 파야 하지 않겠느냐? 어젯밤에 마침 비가 개어 별빛이 초롱초롱했기에, 게다가 별빛이 가장 밝은 곳에 버드나무도 있고……. 선조들의 지혜를 써먹어봤다네."

유구는 며칠 전부터 틈틈이 익혀둔 내용을 기억 속에서 끄집어냈다. 망해촌 도피 생활 이전 과묵하고 차가워 보이기도 했던 나으리는 망해촌에서 거할 때부터 어떤 일이든 설명을 자상하게 해줄 뿐 아니라 하인인 자신을 대하는 마음 씀씀이가 깊다는 것을 돌쇠는 느끼고 있었다.

"신기한 글도 많구먼요. 그건 또 어디에 쓰여 있대요?"

"『계신잡지』라는 책이 있다네. 송나라의 주밀이란 사람이 쓴 건데, 일상생활에 관련된 내용을 다루고 있지. 대야에 담긴 물에 비친 별빛을 보고 우물터를 찾는 방법도 그 책에 적혀 있다네."

"쇤네에겐 아주 먼 나라 이야기구먼요."

돌쇠는 자신도 모르게 고개를 떨어트리며 말했다.

"터는 잡아놨으니, 이따 하기로 하고 밭에 가보자꾸나."

"연장은 어떤 걸로 가져갈까요?"

"그냥 가보자꾸나. 아직은 햇볕이 이르다."

돌쇠는 이해가 되지 않는다는 표정을 지었다. 둘은 사립문을 열고 나가 걸었다. 밭은 쇠스랑질과 괭이질 자국을 따라 물기가 고여 축축이 젖어 있었다.

유구는 밭둑을 돌아다니며 밭 이곳저곳을 널찍이 둘러보았다. 이쪽엔 보리를 심고 저쪽엔 시금치, 마늘, 부추를 심으면 될 것 같았다. 그 씨앗들을 챙겨오지 않은 것이 아쉬웠다. 농사일은 준비를 더욱 단단히 해야 한다는 것을 느꼈다. 현실에 부딪히니 절실한 것들이 하나둘씩 늘어나고 있었다. 손에 막상 쥐어지지 않은 것들이 더욱 소중했다.

"씨앗들을 구해야 하는데 걱정이구나. 시금치를 저쪽에 심으면 국거리로 좋겠다만."

"그렇구먼요. 집안에도 텃밭을 작게라도 만들면 좋겠어요."

"나도 그 생각을 좀 해봤다."

밭과 그 주변을 좀더 살피다가 둘은 집에 돌아와 아침을 지어 먹곤 잠시 쉬었다. 서유구는 마루에서 일어나 세면장 쪽으로 가서 흙을 손으로 만지고 냄새도 맡아보았다. 흙은 색깔이 검고 기름졌다.

"여기에 파면 물맛이 좋겠다."

"어떻게 아세요, 나으리?"

"흙의 색깔이 검고 기름지면 좋다고 나와 있단다."

"호롱불이 어제도 늦게까지 켜져 있더군요."

서유구는 빙그레 웃었다.

"우물 바닥을 다진 후에 돌을 한두 척의 깊이로 깔면 물이 맑고 맛도 좋게 할 수 있단다. 우물이 크다면 붕어 몇 마리를 넣어 물맛을 좋게 할 수도 있는데, 물고기들이 물벌레와 흙, 찌꺼기를 먹어 없애니까 그렇게 된단다."

서유구의 손에는 어느새 나뭇가지가 들려 있었다.

"뭐하시려고요?"

"자가 될 만한 것을 가져오너라."

돌쇠는 머리를 긁적이며 방으로 들어가서 자가 될 만한 걸 찾았지만 보이지 않자 갸우뚱했다.

"노끈이 있지 않으냐, 이삿짐을 묶었던 줄. 그걸 길게 끊어 오너라."

서유구는 멀리서도 들리게끔 큰 소리로 말했다.

돌쇠가 노끈을 준비하는 동안 서유구는 의주에 있었을 때 그 일이 슬그머니 떠올라 눈으로 웃었다.

'나으리. 진범이 잡혔습니다.'

이방이 범인을 마당에 꿇리며 아뢸 때, 저잣거리를 풋풋하게 걸어오던 여인의 무명 저고리가 눈에 어른거렸던 일이었다. 유구는 감옥에 갇힌 처녀를 당장 풀어주었고, 처녀가 감옥에서 나와 멀어지는 뒷모습을 그때처럼 지금 먼 허공에서 애절히 보고 있었다. 이방을 통해 처녀가 사는 곳을 알아냈고, 사나흘쯤 후에 처녀의 집으로 찾아갔다. 관복을 입은 선비가 집안으로 들어서자 처녀는 당황해했다.

"얘기를 나누고 싶어서 찾아왔다."

그녀는 다소곳이 서 있었다.

"술상을 봐줄 수 있겠느냐?"

단출하게 술상이 차려졌고, 유구는 처녀의 몸가짐을 살피면서 조용히 술잔을 기울였다.

"내 상처한 지 칠 년이 되었구나. 민어 가게 앞에서 너를 처음 보았을 때부터 눈에 밟혔었다."

처녀는 조용히 고개를 숙이고 있었다.

"내 비록 이 고을의 부윤이나 관직을 빙자해 너를 탐하거나 뭘 어찌할 사람이 아니니 안심하거라."

처녀는 고개를 살짝 들어 유구의 얼굴을 확인하고는 짐짓 알아보는 표정을 지었다.

"혹, 내가 하는 말 때문에 자네나 나나 둘 다 불편한 상황이 될 수도 있을 걸세. 그래도 예까지 일부러 걸음을 했으니 할 얘기는 하고 가야겠네. 내 저잣거리에서 그대를 처음 본 날 참으로 이상하리만큼 눈에 밟혔고 남세스럽게도 잠시 쉴 때마다 자네가 나타나 어른거려 일이 손에 잡히지 않을 때가 많다네. 나를 어찌 생각하는가?"

처녀는 다시 고개를 떨구고 말이 없었다.

"내 오늘 괜한 얘기를 자네에게 하지 않았나 싶어 미안하네. 자네 심기를 건드렸다면 더더욱 그렇다네. 내 오늘 이만하고 며칠 내로 다시 오겠네. 자네가 싫지 않다면 밖에서도 보이도록 빨랫줄에 붉은 색깔의 옷을 걸어두면 어떻겠나? 그럼 이만 조용히 물러남세."

며칠 후에 서유구가 다시 찾아갔을 때 허공처럼 빈 빨랫줄 한쪽에 붉은 댕기 한 줄이 바람에 펄럭이고 있었다. 유구는 가슴이 뛰는 것을 억누르며 사립문을 열었다. 술상을 준비하는 처녀의 얼굴이 발그레해져 있었다. 유구는 그 밤 몇 년을 묵힌 묵정밭을 거칠게 때론 조용히 일궜다.

그녀와 인연이 되어 함께 지낸 의주 시절, 강가에 나란히 앉아 압록강을 바라볼 땐 푸른 물빛 건너 초록의 강둑 아래서 빨래하는 여인들과 물놀이하는 아이들이 보였다. 고개를 들어 하늘을 올려보면, 강 너머 광활한 땅에 대한 갈망이 꿈틀거렸고, 그 갈망을 처녀의 앳된 오이 내음과 청순한 향기가 몸속으로 깊이 들어와 위로해주곤 했다.

뭔가를 두려워하는 마음과 선망하는 마음이 동시에 일 때 마음의 종작없음에 자신을 어디에 놓아야 할지 몰라 초조함이 생기기 마련인데, 그럴 때마다 젊은 여체는 고요하고 신비로운 빛으로 채워주었다.

처녀의 이름은 금이였다. 금이는 유구의 결핍과 상처를 어루만지는 빛이 되었다가도 불안한 현실만큼이나 바닥 모를 또다른 불안감으로 작용하기도 했다. 금이를 한양에 데려와 어머니께 인사를 시킬 때 어머니는 별다른 말씀을 하시지 않았다. 금이의 손을 꼭 잡아줄 뿐이었다. 칠보가 태어난 후에는 금이의 품에서 그 아이를 받아 안고 사랑스러운 눈빛으로 바라보곤 했다.

"가져왔어요."

돌쇠가 팔 길이 두 배쯤 되는 노끈을 내밀었다. 유구는 짐짓 놀라며 세면장을 눈짐작으로 훑어보더니 적당한 곳에 노끈 끝을 놓고 그 위에 큼직한 돌을 주워다 눌러놓았다.

"자 그쪽에 서서 노끈을 바닥에 대고 밟고 있거라."

돌쇠가 노끈의 다른 끝을 쥐고 앉아 바닥에 대고 발로 밟았다. 서유구는 손에 든 나뭇가지로 팽팽해진 노끈을 따라 금을 그었다. 축축한 흙이 서유구의 손에 묻었다. 이번엔 노끈이 그 금의 끝에서 직각이 되도록 놓고, 또 금을 그었다. 같은 작업을 두 번 더 하자 널찍한 사각형이 세면장 곁에 그려졌다. 돌쇠는 신기하다는 표정으로 바라보고 있었다.

서유구는 일어나 모양새를 내려다보았다. 맘에 들지 않았다. 짚신으로 쓱쓱 문질러 지웠다. 서유구는 첫 점을 다시 잡고 거기에서 시작해 다시 사각형을 그려냈다. 그러기를 네 번을 한 후 그제야 유구의 얼굴에 미소가 지어졌다.

유구는 다시 쪼그려앉았다. 사각형에서 대각선 모양으로 노끈을 팽팽하게 대고 줄을 따라 금을 그었다. 이어서 또다른 대각선이 교차해 그어졌다. 그 교차점에 유구는 노끈의 한끝을 돌려서 대었다. 사각형의 변 하나를 골라 정중앙까지 노끈을 가져갔다.

"돌쇠야. 여기 중앙을 잡고 있어보거라."

돌쇠는 중앙에 노끈을 댔다. 유구는 노끈을 사각형의 변의 정중앙에 대고 거기서 다시 나뭇가지를 노끈으로 감았다. 오른쪽으로 천천히 금을 그었다. 원이 그려지고 있었다. 돌쇠는 자기 몸 바깥쪽에 그려지는 원의 모양을 따라가며 눈을 점점 크게 떴다.

"희한하구먼요. 나으리."

고개를 끄덕이던 유구는 어릴 적의 장면들이 슬그머니 떠올랐다. 백탑파 아저씨들과 어울리던 스승 유금의 집, 스승님의 서재인 기하실의 책상엔 각도기, 자, 종이 등이 놓여 있었다. 종이엔 사각형, 원, 세모꼴이 그려져 있었다. 아버지의 서재에 있던 것들이 스승님의 서재에서 색다른 모습으로 보이자 어린 가슴이 두근거렸었다.

명물도수지학(名物度數之學)이 바로 서야 하느니라.

조부(서명응)로부터 귀가 따갑게 듣던 말.

각 사물의 이름을 정확히 하고 그것의 법도를 밝히는 것. 그것을 명물도수지학이라고 한다. 우리 조선이 엉망이 되어가는 것은 이것이 지켜지지 않는 바가 크니라. 이제부터라도 명물도수지학이 나라의 근간이 되고 학문의 바탕이 되어야 하느니라.

각도기와 자, 기하학은 명물도수지학을 위한 기초이자 바탕이었다. 유구는 빙그레 웃었다.

"왜 웃으세요? 나으리."

"내 이름 유구의 유래를 아느냐?"

"제가 어찌……."

"있을 유(有)에 법도 구(榘)인데 구에는 모나다[矩]라는 뜻이 들어 있단다. 사람 이름에 적당치 않지. 모난 구석이라니."

돌쇠는 나오는 웃음을 숨기려는 듯 입을 손으로 가렸다.

"더 재밌는 것은 구 자란다."

돌쇠는 머리를 긁적거렸다. 유구는 다시 몸을 구부려 앉아 손에 쥔 나뭇가지로 땅바닥에 구 자를 그려냈다.

"글자 모양을 보아라. 선이 많고 네모 모양도 있고……. 세상에는 기하학이라는 게 있단다. 쉽게 말해 삼각형, 원 등을 다룬다고 보면 되는데 내 이름의 구 자가 기하학 모양이지 뭐냐. 그러니 내 이름에는 기하학이 있다고 할 수도 있지. 조부께서 지어주신 내 이름, 난 마음에 썩 든단다."

"조부님이시나 나으리시나 희한한 분들이세요. 조부님께서는 남자인데도 부엌에 들어가시질 않나, 나으리는 조부님께서 지어주신 생뚱맞은 이름을 좋아하시니 말이에요."

"허허. 그러게 말이다. 자, 저 원 안쪽을 파내려가면 물이 나오겠지? 우물의 깊이는 물이 솟는 거 보며 정하기로 하고, 계속 파내려가자꾸나. 다 판 다음에 돌로 우물 벽을 두르면 되지 않겠느냐?"

지난밤 책자에서 확인한 내용을 떠올리며 말했다.

"삽과 곡괭이를 가져오너라."

돌쇠가 들고 왔다.

"제가 할게요. 나으리."

"아니다. 내가 먼저 해보고, 그후로는 번갈아가며 해보자꾸나."

유구는 삽자루를 쥐었다. 흙이 질척거리는데도 삽날은 조금 박히다가 더는 들어가지 않았다. 유구는 오른발을 삽날에 얹어 힘을 주었다. 좀 수월했다. 삽질을 계속해나갔다. 얕으나마 조금 깊이가 생기기 시작했다.

"이제 쇤네가 하겠습니다."

삽이 돌쇠에게 건네졌다. 돌쇠는 삽질로 하다가 곡괭이로 바꾸어 내리치기를 반복하며 땅을 파내려갔다.

"근데 원을 그냥 그리면 되지 않나요? 아까 보니 네모꼴을 그린 다음에 그리셨는데 그렇게 하지 않아도 원이 될 것 같아서요. 보는 게 재밌긴 했지만요."

곡괭이질 하던 돌쇠가 머리를 긁적이며 여쭸다.

"허허. 알아챘구나."

"예?"

"원을 그리는 방법이 여럿임을 알면 좋지 않겠느냐?"

돌쇠는 으쓱해졌다.

"우물 파기는 하루이틀 만에 되는 게 아니고 시일이 걸릴 거다. 틈틈이 하기로 하고 저 울타리 근처에 구덩이를 몇 개 파두어라."

점심을 먹은 후에 서유구가 말했다.

"뭐하시게요, 나으리?"

"집에 뽕나무가 몇 그루 있어야겠다. 뽕잎 밥도 해 먹고 오디 청도 담그고 누에를 키워 길쌈도 해야 하지 않겠느냐?"

"길쌈도 하신다고요? 마을 사람들이 흉봐요. 아녀자들이나 하는 일인데요."

"그럼 어디서 옷이 나오겠느냐?"

"……."

"길쌈은 중요한 일이다. 아녀자와 농부가 없으면 이 나라가 지탱되겠느냐?"

돌쇠는 가슴에 야릇한 빛이 돌았다.

"모든 것에는 기본이 중요하다. 작게는 자의 길이, 됫박의 크기, 말, 가마니, 섬의 크기를 제대로 해야 한다. 도로의 너비에도 일정한 한도가 있고, 가옥의 깊이에도 일정한 치수가 있다. 수레의 바퀴통을 바큇살의 세 배 크기로 만들면 진흙이 바큇살에 달라붙지 않으며, 지붕을 이을 때 물매를 가파르게 하면 낙숫물이 쉽게 빠진다. 조부께서 늘 들려주신 말씀이라 기억하고 있지. 얼마나 중히 여기셨으면 내 이름에도 그 뜻을 새기셨을까. 그 기본적인 것이 안 되니……."

돌쇠는 나으리의 얼굴이 굳어지는 것을 느꼈다.

그러더니 어느새 제법 큰 구덩이를 세 개나 팠다. 유구는 위로랍시고 돌쇠에게 냉수 한 바가지를 건넨 다음 다시 재촉했다.

"낫과 삽을 챙겨라. 노끈하고, 지남철도."

"지남철요?"

"한양을 떠날 때 챙겨오라고 하지 않았느냐?"

"아~ 예, 예."

유구가 앞장섰다. 사립문을 빠져나가 오솔길을 걸었다. 느티나무가 있는 곳에서 오른쪽으로 접어들자 산길이 나타났다. 이 마을의 산도 예상한 대로 식생 상태가 형편없었다. 순창 군수 시절에 둘러보곤 했던 채계산, 회문산, 강천산도 그렇더니 여기 또한 그랬다. 소나무들이 도끼로 찍혀 등걸이 여기저기 흉측했다.

백성들의 고통이 참혹할 지경이니 소나무 껍질을 벗겨 송진을 먹고 또 벌채해서 목재를 팔아먹는 게 충분히 이해는 갔다. 그러나 간단한 문제가 아니었다. 소나무는 다시 싹이 나지 않는 나무다. 도끼질 당하면 뿌리가 바로 썩게 되고 나무가 있던 산이 민둥산이 되고 만다. 그 결과는 더 비참해지기 마련이었다. 홍수가 나면 곳곳에서 산사태가 일어나 전답이 모래로 덮이고 개울에 쌓은 둑이 무너질 수밖에 없다.

송금(소나무 벌채를 금지하는 법)을 만들어 시행해도 통할 수가 없었다. 백성들의 삶이 곤궁하고 처참한데, 이 작은 마을 인들 별수가 있었을까. 서유구는 쓰린 마음으로 베인 소나무 등걸 사이를 걸었다. 개암나무, 가죽나무, 층층나무, 엄나무, 물푸레나무가 눈길을 사로잡았다. 산뽕나무도 눈에 띄었다. 걸음을 멈추었다가 다시 떼었다. 한참을 걷자 어린 산뽕나무 가 눈에 띄었다.

"돌쇠야, 이걸 캐면 어떻겠나?"

"예. 어린나무라서 손쉽겠습니다요."

유구는 나뭇가지를 주워 가지가 옆으로 번진 만큼 줄기를 중심으로 둥글게 금을 그었다.

"이 원 바깥으로 파나가면 뿌리가 상하지 않겠지?"

유구는 지난밤에 읽은 내용을 상기하며 말하곤 지남철을 땅 위에 올려놓았다.

"이쪽이 북쪽이다. 이따가 집에 가서 심을 때도 방향을 맞춰 심자꾸나. 이 모양을 잘 기억해두거라."

돌쇠는 그제야 알겠다는 듯이 고개를 끄덕였다.

유구는 원 바로 바깥쪽에 삽을 찔렀다. 흙은 부드러웠다. 푹 파진 흙을 원 밖으로 던졌다. 서유구의 얼굴에 땀이 흐르기 시 작했다.

"쇤네가 할게요. 나으리, 좀 쉬세요."

유구는 삽을 건네주고 곁에 있는 바위에 걸터앉았다. 솔솔 부는 바람에 땀에 젖은 몸을 내맡겼다.

어린 뽕나무 키 삼분의 일 정도 흙을 파냈는데도 뽕나무는 흔들리지 않았다. 유구는 곡괭이를 가져올까 하다가 무거워 관둔 것이 후회되었다. 그러나 돌아가는 것도 좀 그랬다. 유구와 돌쇠는 번갈아 삽질했다. 둘 다 얼굴에 땀이 비 오듯 흘렀다. 옷도 흠뻑 젖었다. 한참 더 파내려간 다음에 유구가 줄기를 쥐고 흔들자 조금씩 흔들리기 시작했다. 조금만 더 파면 될 듯도 했다. 유구는 삽을 받아 쥐고 뿌리가 다치지 않도록 뿌리 밑에 삽을 흔들어가며 집어넣었다. 그리고 아래의 흙을 살살 긁어냈다. 나무가 좀더 흔들렸다.

"저기 저 굵은 나무를 가져와봐라."

유구는 돌쇠가 들고 온 것을 나무줄기 아래쪽에 바깥으로 대고 잡아당겼다. 나무가 딸려 왔다.

"저기 나무 하나를 더 가져와 뿌리 밑에 괴어보아라."

어린 뽕나무가 돌쇠가 가져온 나무로 한쪽으로 기운 채 의지가 되자 서유구는 쥐었던 나무를 놓고는 일어섰다. 괴어놓은 나무 위에 삽을 걸치고 뽕나무의 뿌리 밑으로 집어넣었다. 그러고는 삽을 위에서 아래로 천천히 눌렀다. 어린 뽕나무가 들썩거리더니 결국, 뿌리째 뽑혀 기울어졌다. 두어 번 흔들자 노란 뿌리가 완전히 뽑혀 나왔다. 큰 뿌리에 묻은 흙덩이를 나뭇가지로 떨고 잔뿌리에 묻은 흙은 손바닥으로 빨래를 짜듯 꼭 뭉쳐줬다. 나무 밑동을 위로 해서 드니 들 만했다.

"조금 쉬었다가 내려가자. 저 파놓은 흙도 가져갈 수 있는 한 가져가자꾸나."

"예."

집에 도착한 유구는 울타리 근처에 파놓은 구덩이로 산뽕나무를 가져갔다. 가장 큰 구덩이도 나무에 비해 좁고 얕았다. 유구는 삽으로 구덩이의 크기와 깊이를 조정했다.

"보리를 넣으면 거름으로 좋다고 하던데요."

돌쇠가 말했다.

"거름이라, 옳거니. 좋은 생각이다. 가져오너라."

돌쇠는 부엌으로 향했다. 한양 집에서 가져온 보릿자루에서 보리를 한 바가지를 퍼 가져왔다. 그것을 넓혀진 구덩이 안에 부었다. 지남철을 구덩이 곁에 두고 방향을 가늠한 다음 뽕나무의 원래 방향에 맞추었다. 보리 위에 뿌리가 편안하게 놓이도록 세웠다. 이리저리 뻗고 뒤엉켜진 뿌리들이 원래 형태대로 유지되도록 살살 흔들어줬다. 그리고 퍼 온 산 흙을 펼쳐가며 뿌렸다.

서유구가 마을로 내려갈 때마다 따가운 시선들이 느껴지곤 했다. 대구 서씨 문중 사람 중에도 고운 눈으로 보는 사람들이 있는가 하면 의뭉스러운 눈, 멸시의 눈으로 보는 사람들도 간

혹 있었다. 유구는 그런 불편을 감수하면서도 마을에 내려가는 일을 게을리하지 않았다. 그 일은 농사 못지않게 중요했다. 농민들과의 교류. 그게 아니라면 낙향할 이유가 하등 없었다. 마을 사람들에게서 배울 게 많을 것이라는 생각도 가지고 있었다. 생생하게 살아 움직이는 경험과 실질적인 지식을 직접 몸으로 체득하고 싶었다.

고샅길에는 삐쩍 마른 채 얼굴에 그늘이 드리워진 사람들이 웅성거리고 있었다. 금방이라도 주저앉을 듯한 초가에서 흐느끼는 소리가 들려왔다. 누가 죽었나, 불길한 마음에 집안 이곳저곳을 기웃거리며 안으로 들어갔다. 예닐곱 살 되어 보이는 여자아이가 마루에서 배를 두 손으로 움켜쥐고 데굴데굴 굴러대고 있었다. 유구는 가까이 다가갔다.

"소금을 두어 사발 볶아와 주시오."

어머니 되는 듯한 부녀자가 유구의 얘길 듣고도 망설였다. 둘러선 사람들도 멈칫댔다. 부녀자는 마음이 급해졌는지 옆에 있던 다른 여인네에게 그렇게 하라고 시켰다. 서유구는 삼베 천을 가져오게 해 볶은 소금을 감쌌다. 아이를 진정시켜 똑바로 누이고는 배 위에 그것을 올려놨다.

"혹시 숯불 다리미 있소?"

그을음이 덕지덕지 붙은 다리미가 건네지자 유구는 볶은 소금을 감싼 천 위에 놓고 슬슬 밀어댔다. 고통이 차차 수그러드는지 아이의 신음도 줄어들었다. 유구는 아이를 엎드리게

해 등에도 똑같은 방식으로 했다. 아이가 점점 나아졌다.

"아무것도 먹이지 마시오. 미음도 안 되니, 구토와 설사가 멎을 때까지 기다려야 해요. 한나절이 지나 배가 몹시 고파할 때 멀건 죽을 먹이도록 하시오."

그 일은 알게 모르게 소문에 소문으로 번졌다. 의원이 없는 마을이라 누가 아프면 서유구에게 달려오는 사람들이 생겼다. 서유구는 고민거리가 또하나 늘었다. 자기는 의원이 아니라 약간의 의학적 지식이 있을 뿐이었다. 여자아이가 아파 뒹구는 것을 봤을 때, 어릴 적에 어머님께서 자기에게 해주던 모습이 스쳤고 그렇게 했던 것이었다. 찾아오는 환자들에게 자기가 알고 있는 선에선 도움을 줄 수 있으나 의원이 아니라고 말해도 마을 사람들은 급하면 사립문을 열고 들어왔다. 『동의보감』 『본초강목』 같은 책을 가져오지 않은 것을, 유구는 안타까워했다.

11. 오회연교

서유구가 자신의 삶을 다섯 단계로 나누어 모두 비(費)라고
한 것을 외면해보려고 규철은 애를 써봤다. 그러나 그럴수록
심란해질 뿐이었다.

한 사람의 삶, 아니 어떤 사물이든 보는 각도에 따라 전혀
달라진다. 영웅이 살인자가 되고 살인자가 영웅이 되기도 했
다. 시각이라는 것, 현상을 분석한다는 것은 주관적일 수밖에
없다. 원뿔형을 아래에서 보면 원이고 정면에서 보면 삼각형
이듯 인식이나 사유는 상대적인 성격에서 자유로울 수 없다.
비유클리드 기하학이 탄생해 유클리드 기하학을 상대화했고
불확정성의 원리가 나온 지도 오래되었다.

서유구에 대해서도 얼마든지 다른 식으로 그려질 수 있다.
그까짓 오비거사의 틀에서 벗어나면 오히려 잘 보일 수도 있

을 것 같았다. 그냥 이백 년 전 무렵의 고집 센 노인으로 그려질 수도 있다. 모화사상도 어느 정도 있는 만큼 그에 초점을 맞춰 비판의 칼을 놀릴 수도 있다. 한·중·일 중에서 일본에 대한 독서가 상대적으로 빈약한 것으로도 그를 흔들어놓을 수도 있을 것이다. 노장적인 것도 서유구에게 들이대봤다. 시를 좋아하면서도 왜 멀리했는지도, 부인이 죽고 몇 년간 금욕의 세월 동안 유교적 절제의 부질없음을 느꼈을지도, 거기까지 파고든다면 그의 은밀한 내면을 엿볼 수 있지 않을까도 싶었다.

그를 전혀 다른 지점에서 분석해볼 수도 있다. 극히 개인적인 것으로, 가령 그는 여자가 쓰는 빗접에 과도한 관심을 보인다. 빗, 빗솔을 넣는 나무 궤짝인 그것에 대해 왜 그렇게 집착했을까를 추적해봄직도 했다. 그것이 일찍 여읜 부인 여산 송씨에 대한 추억과 관계가 있고 없음을 시작으로 그의 감추어진 심리를 파고들면서 말이다.

갈퀴, 망태기, 조리, 주걱, 국자, 솥, 도마, 석쇠, 비녀, 화문석, 죽부인, 모기장, 먼지떨이, 요강, 곰방대, 화로, 부젓가락, 부삽, 등잔걸이, 비옷, 썰매, 저울, 숫돌, 아교, 금박, 놋쇠 등등 별별 것이 『임원경제지』에 넘쳐난다. 지금 시대의 눈으로 보면 서유구가 집착하는 것들이 작고 섬세한 것도 많아서 시쳇말로 서유구에게 사무관이라는 별명을 붙여줘도 무방할 듯도 싶었다.

「거대한 뿌리」라는 시를 남긴 김수영이 서유구를 읽었다면 기분 좋게 술에 취했을 것 같다. 사물이나 현상에 대해 그 하나하나를 애정 있게 다루는 서유구는 섬세하고 치밀하며 진지하다. 일상의 어느 하나 빠뜨리지 않으려는 집념으로, 지독하리만큼 무서운 일관성을 지니고 있다.

"서유구 선생은 일상에 대한 거의 모든 걸 수록했잖아요. 물론 실용적인 차원에서죠. 그는 철저히 실사구시를 추구했으니까요. 가렴주구에 부패에 찌든 당시 사대부들과 동떨어져 전혀 다른 길을 외롭게 걸었던 거지요. 가령 그는 새에 대해선 자세히 다루지 않아요. 닭, 꿩, 메추라기, 비둘기, 참새, 촉새, 멧비둘기, 거위, 집오리, 들오리, 능에, 기러기 등 식자재들만 다뤘어요. 근데 이상한 점이 있어요. 그런 그가 지게에 대해선 한마디 없어요. 조선 시대의 일상에서 지게처럼 흔한 것도 없는데 말이에요."

정 소장 말에 규철은 귀가 솔깃했었다. 누락일까? 고의일까? 지게 따윈 쓸 만한 가치가 없어서 빼놓은 것일까? 인간의 눈에 있는 맹점 같은 것일까? 별별 생각이 다 들었다. 이 작은 누락 하나를 통해 서유구를 들여다보고 싶은 충동도 일었다.

서유구는 늘그막에 며느리에게 상자를 선물한다. 그 안엔 소중하고도 눈물겨운 물건이 담겨 있다. 그 행위도 빗접과 통하는 면이 있다. 여성적인 것에도 민감한 이러한 심리와 지게를 빠뜨린 심리 사이의 틈새를 통해 서유구 마음의 결을 세밀하게 따라가보고 싶기도 했다.

그러나 그의 비(費)에 얽힌 까닭 모를 파토스가 가만 놔두질 않았다. 규철은 잠시 멈췄던 호미질을 좀더 하곤 일어섰다. 너른 밭 안에 만들어놓은 농막으로 호미를 들고 걸었다. 소형 냉장고에서 물을 꺼내 단숨에 벌컥벌컥 마시다가 평상에 앉아 조상호에게 전화를 걸었다.

"정조가 마흔여덟에 죽잖아요. 만약 급사하지 않고 계속 살아서 정사를 돌봤다면 조선은 어땠을까요?"

"역사에 대한 상상은 무의미하지만, 정순왕후와 노론 벽파가 주도한 신유박해도 없었을 테지. 그 이후 정권을 거머쥔 김조순에 의한 김달순 옥사 사건도 없었겠지."

조상호는 역시 막힘이 없었다.

"정조 독살설에 대해서도 가타부타 정리가 안 되어 억측만 무성한 상황이지요. 정조의 죽음이 안타까운 건 사실인데 정조를 어떻게 보는 게 좋을까요?"

"'정조 르네상스'라고 하면서 정조를 치켜세우는 게 통념이지. 나는 딱히 그렇게만 보진 않아."

"왜요?"

"치적도 많지만 일을 시스템적으로 해결하지 못한 면도 많이 있었어. 특히 막바지에 더 그랬어."

"막바지라면 오회연교(정조가 사망 전의 경연 석상에서 천명한 하교)?"

"그렇지."

"왕조 시대의 한계가 아니었을까요?"

"그런 면도 있겠지. 그러나 세종은 정사를 시스템적으로 운용한 면이 다분하잖아."

"그러네요."

"세종은 개인적으로도 뛰어났지만, 과학, 음악, 제도 전반에 걸쳐 조선을 시스템적으로 경영한 면이 커. 정조도 물론 규장각, 장용영, 수원성 건립 등을 통해 그렇게도 했어. 그런데도 그의 행적 전체를 보면 자아 중심적인 것이 작용하고 있다고 봐. 특히 마지막은 더더욱 그랬어."

"그래도 그 힘이 삿된 것이 아니고 올바름에서 우러나와 올바름을 향해 갔죠. 지금 우리나라 상황을 봐요. 원칙도 없고 올바름도 없이 엉망이죠. 결기 있고 본연에 충실한 사람들이 그리워요. 특히 정치 지도자에서."

"그건 나도 그래. 정조에게 안타까운 점을 말한 거야. 특히 마지막에. 어쩌면 그것이 독살을 불러일으켰을지도 몰라."

"……."

"세종은 시스템적 창출에 제법 공헌해서 문종이라는 탁월한 임금으로 이어졌지. 문종이 단명하지 않았더라면 조선 초기는 더욱 발전했을 거야. 근데 정조는 순조로, 그리고 세도 정치로, 결국 식민지로……."

"애석한 일이지만 시대 차이도 고려해야죠."

"그렇지. 세종의 시대는 동인과 서인으로 나누어지지도 않앉고 사림은 약한 시대였지. 사림이 훈구파의 등쌀 속에 커지면서 사화와 환국을 거치고 선조 때 동인과 서인으로 갈라지잖아. 정조의 시대는 동인과 서인이 각기 남인과 북인, 소론과 노론으로 갈라지고 북인이 소멸한 상황에서 노론이 또 분열되었고. 그런 상황에서 기득권인 노론에 의한 장악과 부패의 시대라 시스템적 작용에 한계가 있을 수도 있었겠지."

조 대표는 잠시 숨을 고르더니 말을 이었다.

"그처럼 시대 차이는 고려하는 게 맞아. 정조는 물론 당대의 문제를 깊고 면밀하게 파악하고 있었던 사람이야. 평생을 탐구했지. 그것이 오히려 함정이 되었다는 생각도 들어. 자기 완벽을 추구하는 사람이 결정적인 실책을 범하기도 하잖아."

"정조를 너무 깎아내리는 것은 아닌가요?"

"내 해석이야. 사태를 깊고 입체적으로 봐야지."

"그건 그래요."

"정조도 새롭게 조명해야 할 때가 되었어."

"맞습니다."

"이전에 출판사가 어려울 때 소설 한번 써볼까 해서 써놓은 글이 있는데, 일부분이라도 카톡으로 보내볼까? 읽다가 통화를 한 거야. 다시 통화하자고."

"좋아요."

규철은 전화를 끊고 카카오톡을 열었다. 카톡, 소리와 함께 메시지에 파일이 첨부되어 있었다.

"전하! 소생들은 사도 세자의 억울함을 가슴에 묻고 살았습니다. 사도 세자를 죽인 노론 무리를 처단하여주십시오."

만 명 이상의 영남 유생들이 들고일어나 그 주모자가 전하 앞에서 상소문을 낭독할 때 노론들은 얼굴이 하얗게 질려 있었다. 임금의 용안이 무섭게 일그러져 있었다.

지독하게 견디고 견뎌온 세월이었다. 아버지 사도 세자가 뒤주에 갇혀 죽는 것을 열한 살의 눈으로 지켜봤다. 아버지를 살려달라고 애원해도 할아버지 영조는 냉혹하게 등을 돌렸다. 한시도 잊히지 않는 악몽이며 깊디깊은 한이었다.

아버지를 죽게 한 노론을 단칼에 처단하고 싶었다. 뒤주에 갇혀 신음하는 아버지를 농락한 구선복을 즉위 즉시 죽이고 싶었어도 이를 악물고 참아왔다. 그를 오히려 훈련대장으로 삼아 곁에 두었다.

임금인 자기 목도 어찌될지 몰랐다. 홍계능의 손자뻘에 의한 자신의 암살 시도가 또 어떤 순간에 다시 벌어질지 늘 불안에 시달렸다. 구선복을 능지처참한 해가 1786년이었으니 집권 십 년 만에야 분노 한 조각을 떨궈냈다. 그러나 그 이상에까진 손을 쓰진 않았다. 노론은 너무도 막강했다.

"육의전이 그들에게 독식되어 시장이 왜곡되었고 백성들의 고통이 자자한데 무슨 방법이 없겠소?"

좌의정 채제공을 불러 방도를 찾게 한 것이 지난해였다.

시장은 변해가고 있었다. 사상도고(조선 말기에 개인의 경제력을 바탕으로 성장한 도매상)들이 세를 넓혀가고 있었다. 육의전은 그 와중에도 옛날처럼은 아니어도 금난전권(난전을 금지할 수 있는 권리)을 통해 기득권을 유지하고 있었다. 노론이 정치자금인 육의전을 손에서 놓을 리 없었다.

시장의 숨통을 틔우는 것 외에 노론으로 들어가는 자금줄을 차단하는 방법을 채제공은 찾아내야 했다. 임금의 의중을 살펴보건대 거기까지 닿아 있었다.

"통공(신해통공을 이르는 말. 신해년인 1791년에 시행)이 필요할 때이옵니다. 육의전의 금난전권을 폐지해야 하옵니다."

신해통공의 실시로 인해 시장이 노론의 전횡과 폐단에서 어느 정도 벗어나게 되었다. 노론은 움츠러들었지만, 사회 구석구석에 혈관처럼 뻗은 그들의 힘은 난공불락이었다. 군권에도 검은 마수를 뻗쳐 장악하고 있었다. 군영 수뇌부들이 노론이 지목하는 인물들로 속속 채워져온 지 오래되었다. 별의별 이권들이 그들에게 주어졌다. 군대가 토지를 경작하고 광산도 만들었다. 심지어는 물고기를 잡아다 팔았다.

임금은 선왕(영조)의 탕평책으론 한계가 분명하다고 보았다. 그렇게 작은 정책으로 노론이라는 장벽을 넘을 수 없다. 노론 중에 김조순이 영민해 보였다. 눈치도 빠르고 순발력이 좋으며 유연성이 있어 보였다. 이해력도 빨라 말귀를 척척 알아듣고 실천력과 추진력도 갖추고 있었다.

남인에선 정약용이 마음에 들었다. 서학 문제로 골머리를 썩이긴 했지만 그만한 인물도 없었다. 채제공도 정약용을 아껴 칭찬에 입이 마르지 않았다. 소론에선 서유구가 일찌감치 눈에 들어왔다. 자신의 스승이기도 한 서명응의 손자이자 역시 천문 수리와 함께 북학 사상에 밝은 서호수의 아들인데다가 총명한 서형수의 조카이기도 했다. 초계문신(규장각에 특별히 마련된 교육 및 연구 과정을 밟던 문신)이었으며 나서지 않고 차분해 정약용과 함께 서유구에게 임금은 마음이 절로 갔다.

노론의 김조순, 남인의 정약용, 소론의 서유구를 전립투의 삼발이 다리처럼 조선의 정국을 운영할 밑그림으로 그려놓았다. 세 명의 이 젊은 인재들을 잘 다루어나가면 왕실과 국가가 제대로 굴러갈 것 같았다.

그런데도 방해 세력은 여전히 두터웠다. 정조는 송시열을 송자라고 치켜세웠다. 노론의 영수를 극단적으로 칭송해야만 할 땐 가슴이 편치 않았다. 왕으로 등극한 지 십육 년이 되도록 마음을 억누르고 다스리면서도 어쩌다 그것들이 삐져나올 때는 눈이 충혈되고 사지가 마비되는 듯한 고통을 겪어야 했다. 만인소의 상소문을 인정해 아버지를 억울하게 죽게 한 노론 무리를 도륙해버리고 싶었다.

임금의 오열을 보며 연산군 꼴이 되는 거 아닌가 불안해하는 신하도 있었다. 숙종 때의 끔찍한 환국들이 상기되는 신하도 있었다. 노론들의 낯빛이 어두웠다. 그때 김종수가 나섰다.

"전하. 마음을 굳게 하소서. 이 일로 흔들리시면 아니 되옵니다. 선왕의 말씀을 유념하시옵소서. 그렇지 않으면 정국이 요동칠 것이옵니다."

『명의록』에 글을 남긴 좌의정 김종수. 동덕회의 일원이며 정조가 세손일 때 스승이기도 한 그는 노론이면서도 다른 면이 있었다. 정통 주자 성리학자이면서도 성리학만이 진리라는 견해는 잘못되었다는 유연성도 지닌 것이 그러했다.

아들 사도를 죽인 일을 후회하는 내용을 영조는 금등에 담았다. 비밀스러운 금등을 정조 임금은 김종수에게 친히 보여주면서 심하게 흔들렸다. 그때도 임금의 마음을 붙잡아준 이가 김종수였다. 김종수의 정신에는 이이의 예리하고 깊은 정신이 새겨져 있었다. 이이, 송시열에서 자신에게로 조선 선비의 맥락이 이어져 있다고 여기고 있었다.

임금은 침묵에 들어갔다. 곤룡포를 입은 자태가 어느 때보다 근엄했다. 지켜보는 관료들을 주눅들게 했다.

"알겠노라."

노론들은 그제야 안도의 한숨을 소리 없이 내쉬었다.

"연암 선생."

남공철은 서신을 쓰면서도 마음이 편치 않았다.

"공께서 지으신 『열하일기』에 대해 전하께서 심기가 불편하신가봅니다그려. 문체가 시정잡배의 그것과 다름없으니 반성하는 차원에서 반성문을 써서 올리라 하옵니다. 어명을 전달하옵니다."

연암은 서신을 받고는 분노를 간신히 억제하고 있었다. 남공철을 당장 찾아가 호통을 치고 싶었지만 임금의 마음을 헤아려 감정을 겨우 다스렸다.

건륭제의 칠순에 맞춰 북경을 거쳐 열하까지 다녀온 일들이 기록된 『열하일기』는 점점 퍼져나갔다. 백탑파들은 두 손 들어 환호했고 사대부 중에도 탐독하는 사람이 늘고 있었다. 임금은 심경이 복잡했다. 나라는 기강이 서야 하고 문체는 올바르게 써야 한다. 당송팔가문 같은 문장만이 좋은 것이다.

서학 문제 역시 임금의 신경을 계속 건드렸다. 특히 정약용은 목에 걸린 가시 같았다. 그가 서학쟁이인 것은 불편했지만 노론이 그것을 빌미로 음해하는 짓은 막아주고 싶었다.

문체를 잡아 나라의 기강도 세워야 했고, 그걸 빌미로 노론도 잡고 싶었다. 패관 소설을 써서 걸려든 사람들이 주로 노론들이었다. 연암도 노론 출신이었다.

노론에게 손을 대자니 김조순이 또 마음에 걸렸다. 그는 남공철과 함께 패관 소설들을 읽었다. 김조순은 한술 더 떠 아예 쓰기까지 했다.

임금은 김조순 등을 불러 호통을 치고 반성문을 써오게 하는 수준에서 상황을 정리했다. 김조순은 머리가 민첩하게 돌아갔다. 패관 소설 풍이긴 하지만 그의 글은 빛이 났다. 영민함이 문체에서도 도드라졌다. 『오대검협전』이란 무협 소설까지 썼던 능숙함은 반성문을 쓰는 데 큰 도움이 되었다. 임금의 마음에 드는 방향으로 붓의 방향을 잡으면 되는 일인 것을 그는 잘 알고 있었다.

그 이듬해엔 장용영이 설치되었다. 노론에 의해 사병화되다시피 한 군영 체제를 왕권에 귀속시키려는 의도였다. 금권에 이어 군권마저 장악한 정조의 얼굴엔 희색이 돌았다. 위용을 갖춘 장용영 군사들을 사열하며 임금은 뿌듯해했다. 규장각이 문(文)이라면 장용영은 무(武)였다. 문무를 드디어 겸비한 것이다. 임금은 정약용을 불렀다.

"화성 축조는 어찌 되어가고 있는가? 미비한 점이 없도록 더욱 힘써주시오."

임금은 정약용에게 새로운 축성 기법으로 전과 전혀 다른 형태의 성을 구축하라고 이미 지시해놨었다. 기존의 축성 기술과 기법으로는 어림없는 일이었다. 왕은 새로운 곳에서 새 기틀을 마련하고 싶었다. 억울하게 돌아가신 아버지를 기리기 위한 길이기도 했다.

약용은 연구를 거듭했다. 『주례 고공기』 역시 꼼꼼히 살폈다. 도성, 관개시설의 구축, 무기의 제작에 특히 정성을 쏟았다. 거중기를 비롯해 당대까지 나온 과학기술, 거기에 자신이 가지고 있던 과학기술을 실험할 수 있는 일이었기에 더욱더 애착을 두고 일을 진행했다. 정성을 기울인 끝에 「성설」이라는 이름의 설명서를 지어 임금께 올렸다.

화성이 축조되어가는 동안 정조는 마음이 조급해져 진정하느라 애를 먹기도 했다. 신해년의 통공을 통해 금난전권으로 유린되는 시장의 병폐도 사라져가고 있었다. 같은 해 상주가 어머니의 신주를 불에 태운 괘씸한 일(1791년에 전라도 진산에서 일어난 우리나라 최초의 천주교 박해 사건인 신해박해)도 일어났는데, 동덕회 일원인 전라 감사 정민시가 일을 잘 처리했다. 장용영의 군사들도 자신과 왕실을 보호하고 있었다. 힘이 빠지고 있는 노론들의 얼굴을 보며 개혁적인 일에 더욱 박차를 가했다.

화성 축성은 정조가 생각하는 꿈의 집약체였다. 정조는 화성에서 새로운 정치를 펼치고 싶었다. 조정을 어지럽히는 수구세력들의 힘을 약화함과 동시에 나라를 건강하게 개조하려 했다. 북학, 서학이 이룬 공업의 최신 성과까지 따라잡고 상업 체계도 새롭게 탈바꿈시키려고 했다. 수리시설과 둔전까지 화성에 집중시켰다.

화성은 나날이 면모를 달리했다. 팔달문이 세워지고 옹성이 덧붙는가 하면 누조가 설치되고 고구려의 치를 잇는 치성이 축조되었다. 거중기가 돌을 올리는 모습을 보면서 왕실의 안녕과 조선의 미래를 안심해봤다.

화성이 완성되었고 임금은 화성으로 행차했다. 오색 깃발이 휘날리는 가운데 어머니 혜경궁 홍씨가 탄 가마와 왕이 탄 말이 도성을 빠져나갔다. 무수한 관료들과 병사들, 말들이 거리를 채웠다. 한강엔 서른여섯 척의 배를 묶어 만든 배다리가 놓였다. 대대적인 군사 이동 성격도 있기에 청을 자극하는 문제 등 주변국 관계까지에도 주도면밀한 정조는 주의를 기울였지만, 자신이 있었다. 숭례문을 떠나서 화성으로 향하는 능행은 장엄하고 웅장했다. 임금이 어머니의 회갑을 맞이해 아버지의 능이 이장된 화성에서 연회를 연 것이지만 아버지의 복권을 위한 능행이기도 했다.

임금이 그동안 이룩한 위업을 과시하고 신하와 백성들의 마음을 결집해 자신이 추진하는 개혁을 성공시키기 위한 행사이기도 했다.

다산이 활약하는 동안 풍석 서유구는 규장각 안에서 조용히 움직였다. 할아버지와 아버지의 체취가 밴 공간에서 은근과 끈기와 치열로 연구에 임했다. 『주역 강의』『상서 강의』『대학 강의』『논어 강의』『맹자 강의』『시경 강의』 등의 편찬에 참여했다.

화성 행차엔 다산과 함께 서유구도 참여했다. 서유구는 마음이 복잡했다. 임신 칠 개월째인 부인의 몸이 여의찮았다. 불룩해진 배를 하고 잘 다녀오라고 말할 때 파리했던 얼굴이 눈에 밝혔다. 김홍도도 화공들과 함께 참여해 행차의 그림을 주도했다.

행차 이듬해에 화성은 완공되었다. 정조는 세자 때부터 꿔온 꿈을 이루기 위해 박차를 가했다.

신임 의리(1721~1722년, 신축년과 임인년에 경종 대신 연잉군 즉 영조를 지지하다가 곤란을 겪은 노론측의 의리)의 단단한 사슬을 부수리라.

임오 의리(사도 세자를 비판한 신하들의 행동을 대의로 평가하는 노론측의 의리)의 사슬도 부수리라.

김종수가 죽었다.
채제공도 죽었다.
좌의정에 오른 심환지는 마음이 편치 않았다. 밤낮으로 왕이 밀서를 보내기에 심신이 지쳐가고 있었다. 밀서의 내용은 갈수록 정도가 심해졌다. 가슴을 후벼파 들었다 놓았다 하는 통에 노구의 몸으로 과중한 업무를 더이상 견뎌낼 수 없을 지경에 이르렀다.

"내가 이제 대의리(신임 의리, 임오 의리, 명의록 의리 가운데 하나를 절대적 준거로 삼는 것)를 천명하노라."

1800년 5월, 대신들을 향해 임금이 엄숙한 얼굴로 말할 때 조정은 싸늘했다. '과인은 사도 세자의 아들이다.' 즉위 초기에 하신 말이 등줄기를 타고 내려올 때의 불안한 감을 다시 느끼는 신하들도 있었다. 왕은 드디어 칼을 빼 든 것이었다. 『명의록』의리는 『명의록』에 따른 의리, 즉 즉위 직전에 자신의 대리 청정을 반대하는 홍인한 등 노론을 처벌함을 당연시하는 의리였다. 신임 의리와 임오 의리를 산산조각 내며 자기 뜻을 관철하려던 오회연교, 날을 세웠던 의지가 자신의 최후가 될 줄은 몰랐다.

정순왕후가 거하는 '수정전'. 수정전, 그 말을 단말마처럼 마지막으로 뱉으며 정조대왕이 숨을 거두자 권력을 거머쥔 정순왕후는 어깨가 무거웠다. 새 임금이 된 순조가 열한 살의 어린 나이이기에 수렴청정해야 했다.

왕실의 최고 위치에 오른 그녀는 영조에게 시집오던 꽃다운 15살 때와는 달라져 있었다. 소녀 때부터 왕비가 되어 권력의 단맛과 쓴맛을 톡톡히 보았다. 왕비, 왕대비, 대왕대비가 되어도 가슴 한켠은 늘 허전했다. 부군인 영조와는 쉰한 살이나 차이가 났기에 남녀 간의 살가운 정을 느껴보지 못했다. 권력이 가슴을 채웠어도 온전히 채워진 것이 아니었다. 자식도 없었기에 마음이 늘 허했다. 그런 그녀에게 권력이 집중될 수밖에 없는 상황이었다.

정조가 한 일들이 성미에 맞지 않음에도 참을 수밖에 없었다. 규장각이라는 기관은 눈꼴사나웠다. 전에 없던 초계문신들을 중용하는 것도 꼴불견이었다. 반상의 차이는 엄연한데도 서얼 출신들을 검서관으로 등용할 땐 종묘사직과 나라의 근간이 무너지는 기분을 맛봤다. 장용위를 설치하고도 모자라 장용영으로 확대할 때는 눈 뜨고는 더 못 볼 일이었지만 참아야 했다.

"규장각을 축소하고 장용영을 폐지하라."

정순왕후는 꽉 막힌 속이 뚫리는 기분이었다. 정조의 치기어린 정치 놀음들이 사라지고 영조 치하의 찬란했던 시절이 다시 열리는 것 같았다. 창경궁의 아침은 참새 소리마저 아름다웠고 하늘은 어제의 하늘이 아닌 높고 맑은 하늘이었다.

유학의 근간을 흔드는 사악한 무리인 천주교도들을 정조가 포용하는 것도 마음에 들지 않았다. 사람의 근본이 있고 조상이 있는 건데 조상에 대한 예법을 무시하는 사학쟁이들은 짐승과 다름없다. 그들 세력이 들불처럼 번지고 궁궐 안에도 퍼져 어떻게든 수를 써야 했다. 천주교 무리를 척결해야 이 땅에 고유 미풍양속이 되살아나 나라가 견고해질 것이었다.

천주교도인들이 정리되자 정순왕후는 속에 든 앙금이 깨끗이 씻겨져나가는 듯했다. 심환지를 시켜 다산의 형 약종을 참수하게 하고 약전과 약용을 먼 유배에 처하게 했다. 가슴에 짠한 기운이 일순 일었지만, 나라의 미래와 왕실의 건강, 백성의 안위를 위해선 정조의 흔적을 지우는 것이 먼저라고 생각하고 단행했다.

글이 만연체에 고어라 지루했다. 의무감으로 읽고 난 규철은 나른해져 깜빡 잠이 들었다.

12. 소름

스마트폰 벨 소리에 잠에서 깨어났다. 평상에 누워 잠깐 깜빡한 잠이었지만 그간 누적됐던 피곤이 다 풀린 것 같았다.

"읽어는 봤어?"

조상호의 목소리는 밝았다.

"거대 담론이 깨진 후 형이 조상들에게 관심이 깊어졌다고 했죠. 그로 인해 정조 무렵을 파고든 고뇌가 느껴지네요."

"그래?"

조상호는 잠시 뜸을 들이곤 말을 이었다.

"아까 말했듯 정조 시기도 재평가할 필요가 있어. 가령 정조 때에 조선의 전반적인 사정이 크게 나아진 것은 아니었어. 전정, 군정, 환곡 삼정의 문란은 정조 때도 심했거든. 연구자들도 인정하는 내용이야."

"그래서 순조 때 양전 시행령(1819년 정국의 안정화를 꾀하고 삼정의 문란을 해소하기 위해 순조가 내린 농지 조사)이 나왔 겠죠."

"맞아. 땅 문제가 엉망이니까. 그만큼 정조가 땅 문제나 거기에서 파생되는 세금 문제를 거의 해결하지 못했어. 백성의 삶에서 그것만큼 중요한 게 어딨겠어. 물론 정조 시대에 농업 기술이 발전하고 상업도 향상되었지. 그러나 조선은 기본적으로 농본국가이고 그 모순이 땅에서 벌어지고 있는데도 땅 문제는 손도 대지 못했어. 휴우……."

조 대표의 한숨 소리가 그간 서유구 선생에 관한 모든 것을 답답하게 만들었다.

"백성 즉 민중, 민초의 삶은 늘 문제죠. 정조 때도 그 문제는 거의 해결되지 않았잖아요?"

"맞아. 그랬지. 민중은 늘 소외당하고 멸시당하지. 역사의 실제 주역인데도 말이야. 이 지점에서 마르크스의 눈은 역시 날카로워. 동서고금 망라하고 인류사의 보편적인 지점을 찌르잖아. 권력의 갑질하에 민중들의 억압과 저항. 그 반전 가능성."

"그게 마르크스의 매력이죠. 근데 애덤 스미스의 논리도 보편성을 띠죠. 인간은 이기심 위주로 돌아간다는 것. 사실 이기심을 무조건 비판해서도 안 되지요. 이기심은 곧 자기애인데 생명체치고 자기애 없이 존재할 수 있겠어요? 엔트로피 법칙

이 지배하는 우주에서 소멸하고 말겠지요."

"역시 너는 종합적, 입체적으로 바라보는 눈이 있어."

"자본주의와 사회주의. 둘 다 답답해요. 제도라는 자체가 한계가 있는 거고 인간에서 우러나오는 거죠. 인간이란 존재가 물리학의 복잡성을 거론하지 않고 브라만의 범아일여니 동학의 인내천이니 들먹이지 않더라도 오묘한 존재인데 그깟 이기심과 이타심 그 뻔한 이분법으로 나뉘겠어요? 그럴진대 지금 세계를 양분하다가 한쪽이 찌그러진 상태의 자본주의와 사회주의, 그 기반이 둘 다 불완전하잖아요. 그럼에도 현실적으로 자본주의가 승리했다고 다른 편을 악마화하며 탐욕의 극한으로 달리면서 게거품 무는 갑질 꼰대들 생각하면 토할 것 같습니다."

"허허."

"더 끔찍한 건, 제도를 타고 탐욕이나 부조리가 비집고 올라오는 거지요."

"그게 최악이지. 세계적으로 보수파가 권력을 쥐는 것도 그런 문제점을 갖고 있지."

"서유구가 고뇌한 일 중 하나가 표준화였지요. 당대에선 그게 특히 타당해요. 땅에 대해서나 농기구 등에 대해 척도와 치수를 중시했지요. 지금도 법령이나 시행령이나 예산 사용, 기본법, 시민 운동의 원칙 등등에서 표준을 만들어내는 작업이 꼭 필요합니다. 그 표준이 세워지면 한국이 세계의 표준이 되기도 할 것입니다. 서유구 선생은 그 이치를 알고 있는 것 같아요. 협동조합도 표준이 없기 때문에 개인이나 권력에 휘둘리는 경우도 많잖아요."

조상호가 고개를 끄덕였다.

"서유구 선생이 표준이라는 생각을 하게 한 것도 성장 과정과 관계가 깊을 거예요. 어린 시절 청에서 들여온 서구 문물과 자연스럽게 친숙했으니까요. 그런 시각은 일상에서나 시장, 시골 마을, 농업, 어업 현장에서 그가 보고 겪는 것들을 통일화, 표준화해야겠다는 생각을 하게 했을 거예요. 그렇게 어렵사리 획득한 표준화나 제도라는 선물이 오히려 인간을 구속하고 악의 통로가 되기도 하는 게 역사라고 생각하니 허무한 생각도 들곤 합니다."

"그런 점도 있지."

"정조 때나 지금 시대나 불평등 구조가 고착되어서 소외된 계층은 도저히 일어날 수가 없어요. 제 경험담이기도 해요. 형 덕분에 겨우 일어나 다행이지만요."

"시대가 점점 더 무서워져가지."

규철은 조상호와 오래전의 교감을 나누는 기분이었다.

"정조 사후를 봐도 그래."

"뭐가요?"

"순조는 꼭두각시야. 여덟 살 먹은 애가 뭘 알아. 수렴청정을 맡은 정순왕후는 정조의 업적을 못마땅하게 여겼으니 모든

것을 뒤집어놓을 사람이었지. 정조가 몰랐을까? 알았다고 봐
야지. 김조순 역시 보통내기는 아니잖아? 결국, 조선을 말아먹
잖아. 정조의 가장 큰 패착은 김조순에게 조선을 경영하게 했
다는 거였어. 김조순과 그 자녀들에 의해 조선 후기는 철저히
유린당하잖아. 그 생각만 하면 자다가도 분통이 터져. 나라를
고스란히 일본에 바치는 계기가 거기에서 비롯되었다고 봐.
그 비극의 출발이 김조순⋯⋯. 과연 정조는 김조순이 그렇게
변할지 전혀 예측하지 못했을까?"

"형은 지금 결과를 가지고 과거를 재단하는 오류를 범하고
있는 거 아세요?"

"너도 그런 적 있지. 존경하는 진보 정치인도 극보수주의자
들이 다시 활개를 치게 하는 오류를 남겼다고 너는 비판했지.
네가 통합이라는 명목으로 이루어지는 사면에 정치인은 범죄
를 저질러도 괜찮다는 이상한 공식이 강화됐지."

"결과를 가지고 과거를 무조건 재단하는 것도 옳지 않지만,
결과로 나타난 죄과를 무시하는 것도 문제지요. 입체성을 띠
는 것이 좋은 생각일 거예요."

"입체성만 따지면 안 된다고 봐. 그 가중치도 생각해야 하지
않겠어?"

"더욱 깊은 진실에 다가서기 위해서⋯⋯."

"그렇지. 암튼 김조순에게 권력이 쥐어지면 위험해질 상황
이었잖아. 그렇게 될 수 있는 결정적인 끈이 바로 그의 딸이 순

조 비라는 사실이고 싫든 좋든 그것을 정조가 선택했다는 거였지."

"그 일은 우리 역사에서 진짜 안타까운 일이에요."

"그 시기가 우리 역사에서 얼마나 중차대한 시기였는데, 전 세계의 역사를 봐도……."

조 대표는 무슨 말을 하려다가 잠시 머뭇거렸다. 서양사학과를 나오고 출판사에서 뼈가 굵은 만큼 그의 지식은 경계가 없어 보일 정도로 넓었다. 정조 무렵의 세계 상황에 대해선 둘 사이에 이중 혁명(영국의 마르크스주의 사학자인 에릭 홉스봄이 주장한 것으로 프랑스혁명과 산업혁명을 하나로 묶어 부르는 개념)이니 뭐니 제법 많은 이야기를 주고받았었다. 그 이야기려니 짐작했다.

"심환지에게 보낸 서신들을 보면 아슬아슬해. 정조가 건강이 악화되고 사후에 벌어질 일이 염려되었다면 국가의 시스템에 관한 생각을 충분히 해야 했어. 난 대의리 천명에 문제가 있다고 봐. 정조 최후의 결단, 오회연교 말이야. 끝까지 개인적으로 모든 일을 다 하겠다는 거로 해석할 수밖에 없어."

"정조가 독살된 것이 맞는다고 한다면 오회연교도 계기가 되었을 것 같네요."

"그렇겠지. 노론으로선 자기들에게 유리한 두 의리 즉 신임 의리와 임오 의리가 박살나고 자기들의 명줄을 위협하는 대의리를 밀고 나가겠다는 거였으니."

"정조가 과연 어떻게 죽었는지."

"여전히 미스터리지."

"네."

"대의리를 천명하는 것도 중요했겠지만, 왕권 국가에서 왕권이 나약할 때를 대비했어야 한다고 봐. 그러기 위해선 국가의 경영을 시스템적 차원으로 고뇌하고 이루어야 했어. 수원성 건립과 그에 대한 열정도 대단한 거였지만 조선이라는 국가에 대한 현실적 비전으로는 공허한 데가 있어. 난 그렇게 생각해."

"수원성도 제가 볼 땐 시대착오적인 면이 있어요. 일본만 해도 이미 총을 사용하는데 칼과 활 시대의 성곽이라니요."

"구닥다리에 부패한 정치 사슬을 끊고 새로운 정치를 펴기 위한 도전 정신은 훌륭하지만, 네 말도 일리가 있어."

"네. 조선의 당쟁도 아쉬워요. 정조 시기가 세계사적으로 봐도 중요한 시기인데, 그리고 그나마 정조가 나라를 새롭게 하려 몸부림치는데 당쟁이 끝없이 좀먹어 들어오니까요."

"당쟁을 달리 볼 수도 있어. 조선의 당파 간의 분쟁이 잘못된 길로 흘러서 그렇지, 우리나라 민주주의의 시작으로 보는 견해도 있어."

"들은 적 있어요. 일본이 당쟁으로 부정적으로 몰고 갔다고. 하지만 당파라 하더라도 양쪽 다 성리학이잖아요. 성리학만 해도 송나라와 관계있어요. 명은 양명학, 청은 고증학인데 조선은 철 지난 것들에 묶여 있죠. 당파 간 다양성도 없고."

"아쉬운 일이지."

"그건 그렇다 쳐요."

"응?"

"서유구는 자기 삶의 2기 역시 비(費)라고 하잖아요?"

규철은 그간 가슴을 답답하게 했던 것을 넌지시 꺼내놨다.

"그랬지."

"그런데, 그의 삶의 1기가 화려한 금수저의 삶이었다고 한다면 2기는 양극단으로 나뉘잖아요."

"그렇지. 정조의 죽음을 기준으로 그 앞이 황금빛이라면 그 뒤는 추락과 도피, 좌절과 절망, 출구를 향한 뜨거운 모색이라고 할 수 있겠지. 물론 그렇게 단순하진 않지. 노비든 선비든, 여자든 남자든, 수렵꾼, 백정, 왕, 거지, 살인자 그 어떤 삶도 이 분법으로 설명할 수는 없을 테니까……."

"그렇죠. 저는 그 모든 것을 서유구가 왜 비라고 했는지 더 모호해지기만 합니다."

"그게 나도 쉽게 이해되지 않는 부분이긴 해."

"1기는 본인이 그 좋은 환경을 싫어했다면 모를까 어디 견줄 데 없이 좋은 환경이었죠. 근데 그것이 바로 비라는 거죠. 허비했다는 거죠. 저는 이 이율배반, 극단적인 자기 부정을 품은 아이러니가 납득이 쉽지 않으면서도 신비한 그늘이 드리워져 있는 것 같아요."

"역시, 제대로 들여다보고 있었군."

"제2기 역시 당대 최고의 기관인 규장각에서 임금의 총애를 받으며 화려한 관직 생활을 했고 정조 사망 후 우여곡절을 겪긴 했지만, 그 와중에 자기 길을 잘 모색했고 새롭게 개척해나갔잖아요. 그것도 비(費)라고 하니 자세를 너무 잡은 것 같기도 하고 오히려 1기보다 절벽에 더 부딪혔다는 느낌이 들었습니다."

"그런 느낌으로 분석하면 뭔가 가닥이 잡힐 듯도 한데."

"서유구 선생께서 1기와 2기만이 아니라 그것과는 또다른 결과 색을 띤 3기, 4기, 5기도 통틀어 비라고 하니 그 묘한 사유에 저는 아이러니를 넘어 압도감을 느꼈습니다."

"……."

"저는 다산이 쓴 한 문장에 마음을 빼앗긴 적이 있었어요. '목민할 마음은 있으나 몸소 실행할 수 없다. 그 때문에 심서(心書)라 이름한 것이다.' 『목민심서』에 나오는 내용이죠."

"그렇지. 그런데?"

"다산 정약용과 풍석 서유구를 심(心)과 비(費)로 비교해보면 어떨까? 그 생각도 들었어요."

"심과 비라……. 만만치 않겠지만 새로운 해석이 될 수도 있겠는데."

"풍석이 비에서 벗어나지 못했듯 다산도 결국 심에서 벗어나지 못했죠. 강진에서 십팔 년간 유배를 마친 후에도 정계에 복귀하지 못했잖아요. 풍석은 스스로를 비에 옭아매놨다면 다산은 정치 현실에 의해 그렇게 되었다는 것도 차이겠지요. 정약용의 인생에서나 조선 후기에서나 십팔 년간의 유배는 크나큰 손실이죠."

"애석한 일이지."

"암튼 다산이 심(心)으로 상징된다고 한다면 풍석은 비(費)로 상징된다고 해도 생뚱맞지는 않을 거예요. 뭔가 알 듯 모를 듯 기이한 늪으로 끌고 들어가는 맛을 느낄 수 있는 게 풍석의 비 같아요."

"그럴듯해. 정약용의 깊은 세계가 협소하게 처리된 느낌이 들긴 하지만……."

"저는 이런 생각도 들었어요. 정약용은 평가절상 됐지만 서유구는 평가절하 되었다고요."

"합리적 의심일 수도 있어."

"만약 제 생각이 맞는다면 우리나라 지식계가 문제였던 거죠."

"예리한 지적이야. 역시 너를 그날 발표의 적임자로 잘 정했어."

전화를 끊고 나서 규철은 농막에서 빠져나왔다. 이번엔 호미를 들고 고추밭으로 걸어갔다. 이랑 이곳저곳을 다니며 엊그제 내린 비에 흘러내린 북을 호미로 다시 돋웠다.

정조 사후 조선이 곤두박질치는 것과 더불어 서유구의 삶도 무너졌다. 정약용이 유배당한 신유박해 땐 서유구는 큰 해를 입진 않았다. 그러나 노론과 남인과 소론이 가까스로 균형을 이루다가, 남인이 붕괴하자 균형은 무너지기 시작했고 그 여파는 서유구에게도 고스란히 전해졌다. 김조순 무리는 김달순을 죽이려 온갖 수단을 다 동원했다. 죽이지 않으면 피의 복수가 되돌아오리라는 과거의 기억이 각인되어 있었다. 도륙하지 않으면 도륙당한다. 당쟁질의 더러운 핏물은 초기의 순진한 갈등에서 추잡하게 변질해 있었다.

김달순 옥사로 인해 노론 벽파는 완전히 궤멸했다. 망나니의 칼부림 같은 복수가 숙부 서형수를 내침을 넘어 집안 전체로 향할까봐 서유구는 움츠릴 대로 움츠러들어 있었다. 서유구의 삶은 김달순 옥사와 떼려야 뗄 수 없었다. 특히 그의 제2기의 삶은 그 사건이 결정적일 수도 있었다. 별다르게 부침 없던 삶이 정조 사후 여기저기 휩쓸리다가 김달순 옥사로 치명타를 받은 것이었다. 그 기간 전체를 한마디로 꿰뚫는 말이 가능할까? 불가능해 보였다. 서유구는 다만 비(費)라는 한마디로 일축했다.

외직으로 내쳐진 이후 서유구는 관직에서 이리저리 적응 기간도 없이 부유하듯 옮겨다녔다. 의주 부윤 시절의 의주에선 송상, 만상, 보부상, 광산 노동자, 몰반과 신흥 부농, 빈농 들로부터 수상한 움직임을 감지했다. 홍경래라는 이름도 언뜻언

뜻 들려왔다.

아무리 본인의 처지가 그렇다손 치더라도 서유구는 그런 일에 눈길을 안 보낼 수는 없었다. 그러나 어떻게 해야 할지 막막했다. 실체가 드러나지 않고 소문만 무성한 일들을 나서서 깊게 파헤칠 수도 없었다. 모호한 소문을 조정에 알리기도 그렇고 알리기도 싫었다. 선왕 시절이라면 충성이 우러나겠지만, 이미 곪을 대로 곪은 조정에 확실치 않은 정보를 전했다간 되려 난처한 상황이 벌어질지도 모른다는 생각을 아니 할 수도 없었다. 자신이 감시와 눈총을 받는 위치에 몰려 있는 상황에서 처신 자체가 어려웠다.

복잡한 상념과 상황 속에서 근면한 성격대로 수상한 움직임에 눈길을 주며 민형사 소송들을 열심히 처리하다보니 갑갑증만 늘었다.

금이와의 관계는 굳이 밖으로 드러내고 싶지 않았다. 관료 중에 눈엣가시처럼 자기를 보는 사람들도 있었고 자신도 그럴 만한 성격이 아니었다. 오히려 금이는 자신이 처한 녹록지 않은 상황에서 벗어날 수 있는 도피처였다. 남녀 간의 절차 없이 사랑을 나눈다는 미안한 마음에 자신이 처한 정치 현실을 외면해야 하는 일들이 육체에 대한 탐욕으로 돌파구를 마련하고 있었다.

떠밀리다시피 온 타지이다보니 외로움은 걷잡을 수 없었다. 압록강 중간 무인도의 버들들이 길게 늘어져 연둣빛을 내뿜고 강둑의 봉곳한 벚꽃 송이 속 이리저리 날아다니며 교태롭게 우는 새소리를 들을 때면 자신도 모르게 손이 금이의 젖가슴 속에 있곤 했다. 마흔 살의 상처투성이 사내 몸뚱어리와 스물두 살의 앳된 여자 몸뚱어리는 의주의 횡한 방에서 서로의 몸과 마음을 거칠게 부서뜨리며 서로의 몸속으로 빨려들었고, 그 애정 행각은 사별한 부인과는 전혀 다른 양상을 띠고 있었다. 사정이 끝난 후에는 미안함과 안쓰러움으로 서로를 위로했다. 금이의 배는 위쪽부터 볼록해졌다.

다산이 강진에서 제자들과 여인들에게 둘러싸여 외력을 발산하는 삶을 살았다면 풍석은 제자도 없이 한 여인의 품속에 집중하며 꿈틀거릴 뿐 조용했다. 다산은 유배지에서 학문을 깊게 파고 썩어빠진 조정 행정에 질타를 가하며 쇄신의 길을 모색했지만, 풍석은 조용하고 소심한 기질 탓에 세상과는 좀 동떨어져 내면으로 들어가고 있었다. 풍석은 다산 못지않게 아니 그 이상으로 학문을 첨예화, 실용화할 수 있었겠지만, 생각과 현실이 달라지자 길은 기질을 따라갔다.

풍석에게 길은 농부로서 농사를 짓는 것이다. 제자들이 올 턱이 없었다. 오히려 자신이 그 마을 농부들의 실질적인 제자가 되어 배우도록 위치를 바꿨다. 마을 부녀자들의 실질적인 제자가 되어 밥 짓는 일, 빨래하는 일, 길쌈, 된장 만들기, 떡 찧는 일을 배웠다.

망해촌 시절은 칠흑같이 어두운 절망을 침묵으로 견디는 시간이었다. 절체절명의 어둠이 서유구를 처박아버렸다. 그 처절한 통과의례가 없었다면 지금의 유구는 이름조차 없었을 것이다. 그 어둠이 결코 어둠만이 아니었음은 내면의 결로 삶과 현실을 대면하고 허투루 넘기지 않는 기질 때문이었다. 그 것이 다산과는 또다른 구체성으로서 조선 후기사에서 중요한 사건이 되었다.

　　망해촌에서의 회심은 금화로의 낙향으로 이어졌다. 다산이 어쩔 수 없는 강압적 유배인 반면 풍석은 자발적 유배를 택했다. 금화는 스스로 선택한 땅이었다. 조선 시대 선비들의 일반적인 낙향과 근본적으로 다르고, 현실 도피적인 낙향과도 차이가 있었다. 관직에 있을 땐 할 수도 없었고 생각할 수도 없는 것들을 새로운 땅에서 새로운 마음으로 하고 싶었다. 흙, 농사, 곡식을 가슴속으로 끌어들였다.

　　신유박해와 김달순 옥사. 정약용은 앞의 사건으로 내쳐졌고, 서유구는 뒤의 사건으로 내쳐졌다. 규철은 불쑥 소름이 돋았다.

13. 땜장이를 뒤따르며

　초겨울로 들어서는 마을은 더욱 휑뎅그렁했다. 얼마 전엔
상여가 또하나 요령 소리와 함께 개울을 건너 구부러진 논길
따라 산으로 갔다. 요 며칠 상간에 역병으로 죽더니 이번엔 굶
어죽었다는 소문이 번졌다. 세 살짜리 아이 하나도 죽어 가마
니에 둘둘 말려 지게에 실려 마을 어귀의 애장터에 버려졌다.
피 끓는 울음소리가 석양을 물어뜯었다.

　"백지 독촉장에 아전들이 사납게 닦달해대지……. 갑절로
조세 바치고……. 있는 대로 뇌물을 마련해도 끝이 없당께. 토
지세 기한 되어 독촉당하니 몸뚱어리를 세 대신 바쳐도 도무
지 감당할 수 없쓰이."

　"이정(里正)도 저짝 편이여. 저 너머 집에 두 노인네만 살지
않는가……. 이정이 팔 걷고 소를 빼앗아 갔는가봐. 할미가 주

저앉아 눈물만 흘리는데 영감이 그 눈물 닦아주는 걸 봤다네. 그 집에 가진 게 그 소 한 마리뿐인데 내년 밭 갈 일은 글렀을 거여."

유구는 귀가 쏠렸다.

"그 이후의 얘길 자네도 들었지? 이정에게 소를 받아서 끌고 가던 관리란 놈이 도중에 소의 코뚜레를 빼버리고 백정 놈을 불렀다지. 술판을 벌여 반은 그 자리에서 먹어치우고 반은 팔아 빚을 갚았다던데. 에이 썩어 문드러진 세상!"

"아니 도살 금지법이 있잖여?"

"그게 무슨 소용? 송금이 있다고 해서 소나무 벌채가 안 되는 걸 봤나? 그러면 저 앞산이 푸르딩딩하게스리. 그렇게 억울하게 뺏긴 사람들이 좀 많은가. 저 재 너머 사는 갖바치 있잖은가. 가죽신 만드는 솜씨는 끝내줬는데, 갖바치랑 그 옆집에 사는 장정도 전답을 빼앗겨 통곡하며 가족을 이끌고 타지로 떠났잖은가. 갑자기 보고 싶네. 갖바치랑 그자랑 셋이 주막에서 막걸리를 마시곤 했었는데. 갖바치가 도라지타령을 흐드러지게 부르면 그자는 쇠북을 징하게 쳐댔었지. 그들이 떠난 빈집에도 조세가 매겨지니 그건 또 누가 갚을까."

"구질구질한 말 듣기도 싫네. 조세가 이웃에게 덮어씌워지니 한 집이 세 집 세금을 감당할 판 아닌가? 집도 땅도 빼앗겨 기약 없이 떠나는 사람이 쌔빠지게 많지 않은가. 징글징글하네."

"해마다 세 갚다 도망친 자들이 늘어만 가니 닭이 염병 걸린 모양새일세. 소작농도 집을 비우니 누가 밭매고 벼 심을지…….."

서유구는 마을 사람들이 툭툭 던지는 사연들을 주워 담기가 버거웠다. 관여할 수도 없었고, 해결할 능력도 되지 않았다. 모른 척할 수밖에 없는 자신이 경멸스러웠다.

'공이 이 정도인 줄 몰랐소! 내가 있는 한 관직은 바라지도 마시오!'

'바라지도 않소!'

김조순과 언쟁이 오갈 때만 해도 김조순이 권력의 핵심까지는 아니었다. 지금은……. 생각만 해도 가슴이 으깨지는 기분이었다. 자칫 오지랖을 떨었다간 자기 이야기가 이 작은 마을에서 궁궐까지 올라갈 것 같은 강박도 한쪽에서 꿈틀거리고 있었다. 잎을 거의 떨어낸 대추나무 가지가 허름한 담 밖으로 삐죽 나와 있는 초가에서 노인 둘이 뭔가를 짜는 게 보였다.

"어르신들, 무엇을 짜십니까?"

"도롱이입죠. 나으리."

"그렇군요."

서유구는 지그시 지켜보았다.

"제가 잠깐 해볼 수 있을까요?"

노인의 표정이 난감해졌다. 서유구에 대한 인심이 상당히 누그러졌음에도 마을 사람들은 서유구를 막상 대할 때면 주춤

하곤 했다. 노인은 천천히 고개를 들어 서유구를 올려보았다. 먼발치에서 볼 때는 근엄하고 조용해서 범접하기 어려웠는데, 가까이서 보니 온화해 보였다. 한갓 도롱이 짜기를 유심히 바라보는 순진한 면이 있었다. 노인은 짜고 있던 도롱이를 주저주저 내밀었다.

서유구는 지켜본 대로 해보았다. 될 듯하다가도 막혔다. 다른 노인이 하는 것을 곁눈질하며 따라 해나갔다. 겨우 한 매듭이 맺어졌다.

"어르신. 조금 천천히 하시면 안 될까요?"

노인은 겸연쩍게 웃으며 속도를 늦추었다. 유구는 노인의 호흡에 맞춰 볏짚을 손에 쥐어 손바닥으로 비벼 얽히게 만든 다음 노인의 손놀림에 따라 빚었다. 엉성하나마 모양새가 갖춰져나갔다. 그렇게 두어 시간이 흘렀다.

"내일도 짜시나요?"

"식구가 많으니 그래야겠지요."

"그럼 내일 또 와서 배우겠습니다."

"아이고, 이깟 게 뭐라고……."

서유구는 공손히 인사를 했고 두 노인도 허리까지 숙여 인사를 했다. 서유구는 집을 향해 천천히 걸었다. 비가 올 것에 대비해 짜놔야 한다. 서조모(할아버지 서명응의 첩. 평안도 출신으로 평양 감영에 소속된 노비의 딸) 것부터 시작하면 돌쇠의 것까지 일곱 개 아니, 돌쇠의 처 옥분인 것까지 여덟 개를……. 남자 것과 여자 것이 따로 있는 것인지……. 볏짚을 어떻게 구할 것인지, 사소한 질문들로도 낯선 덤불로 들어서는 기분이었다.

"돌쇠야. 도롱이 짜는 법을 아느냐?"

장작을 패는 돌쇠에게 물었다.

"아버지가 하는 모습은 봤구먼요."

"그렇구나."

밥을 지어 먹고 숭늉까지 끓여 마셨다. 밥상을 물린 후 서유구는 툇마루에 앉아 있다가 텃밭으로 갔다. 파, 마늘, 시금치가 자라고 있었다. 서유구는 쪼그려앉아 파에 손을 댔다. 서늘하면서도 시원한 촉감이 좋았다. 코끝을 대보았다. 약간의 매운 냄새가 가을의 서늘함을 닮아 있었다.

채소. 채소(菜蔬)의 소(蔬)가 서유구에게 불쑥 섬광처럼 스쳤다. 어디에서 봤더라. 부리나케 방으로 잰걸음으로 걸었다. 책 앞에 섰다. 『식물본초』였다. 꺼내 뒤적거렸다.

트이고 흐르게 하는 역할을 주관하는 것이 채소이다. 채소(菜蔬)에 소(蔬)를 쓴 까닭은 소통(疏通)의 뜻이 있기 때문이다. 이것을 먹으면 장의 기운을 잘 펴지게 해서 막히고 정체되는 질환이 없다.

채소의 소(蔬) 안에 소통의 소(疏)가 들어 있구나. 유구는

146

그 문장에 다시 눈길을 박았다. 원나라의 의학자 주진형, 그의 총명함이 새삼 돋보였다. 유구는 먹을 갈기 시작했다. 붓을 먹 물에 찍어 종이에 글을 적어나갔다. 사위가 어둑해져가는 것 도 몰랐다.

"가라비장(경기도 양주시 광적면 가납리에서 열렸던 오일장) 에 다녀오마."

"뭐 사 오시려고요?"

"마침 오늘이 오일장이구나. 못과 장도리를 사 와야겠다."

노인의 초가에 또 가서 도롱이 짜기를 좀더 익힌 다음날, 서 유구는 섬돌로 내려서며 말했다.

"쇤네를 시키시죠."

"이번엔 혼자 조용히 다녀오고 싶구나."

"네. 그렇게 하세요."

유구는 사립문을 열고 나섰다. 모처럼 집을 떠나 걷자 혼자 라는 게 기분을 호젓하게 하는 힘이 있었다. 돌쇠가 곁에 늘 붙 어 있기에 편하면서도 호젓함은 느낄 기회가 없었다. 느긋이 걷다보니 장단에 다녀오고 싶은 마음도 출렁였다. 어릴 적에 아버지를 따라가곤 했던 곳, 문중의 본향, 그곳의 고풍스러운 기와집에서 만나 뵌 선조들의 단아한 삶이 그리워졌다. 약산 춘을 서로 따르며 담소를 나누던 기억으로 뭉클해졌다.

"유구야. 맹인 할머니를 기억해라. 너의 중시조인 성(渻) 자

할아버지, 그분의 어머니는 맹인이셨어. 남편도 여의었고. 가엾은 분이셨지. 오직 아들밖에 몰랐어. 아들을 성공시키려는 일념으로 앞이 안 보이는 몸에도 불구하고 아들을 데리고 기어이 한양으로 올라오셨지. 만리동에 주막을 차렸단다. 떡도 빚고 술도 빚어 팔았었지. 그 술이 약산춘이란다. 우리 집안의 가양주로 그때부터 내려오게 되었단다. 맹인 어머니의 희생적인 사랑으로 성(浩) 자 할아버지는 호조판서에까지 올랐단다. 우리 문중은 그후 번창해 대제학, 정승 들이 줄줄이 나오지. 다 맹인 어머니 덕분이었지."

그런 가문이 이렇게……. 서유구는 가슴이 저렸다.

가라비장에 들어서자 미곡, 면포, 삼베, 생선, 소금, 대추, 밤, 목기, 옹기 들이 여기저기 쌓여 있었다. 목청껏 외치며 호객하는 장사치들로 인해 왁자했다. 쌀쌀한 날씨였지만 햇볕은 온기가 있었다.

우시장엔 소가 몇 마리 없음에도 거간꾼의 흥정 솜씨에 열기가 높았다. 의주에서 송상, 만상을 봐왔고 한양의 육의전이 어떻게 돌아가는지, 정조 때의 신해통공 정책으로 인해 사상도고들이 어떻게 꿈틀거리는지 촉이 빠른 서유구는 감을 잡고 있었다.

가라비장 말고도 몇 개의 장이 더 있는 양주는 고려 때 양주와 광주를 칭해 양광도로 불린 만큼 경기도에서 가장 큰 곳이었다. 그런데도 의주나 한양처럼 큰 시장들이 아닌 오일장 위주로 장이 열리다니! 문득 의아해졌다.

시장은 더 변할 것이다. 세상의 변화는 할아버지와 아버지, 숙부, 스승 연암 어른과 유금을 포함한 백탑파 아저씨들로부터도 익히 들어 알고 있었다.

의주 부윤 시절이나 그 이전 순창 군수 시절에도 그런 시각을 놓치지 않으려 애썼다. 그러나 지금의 유구는 공포와 불안에 찌들어 망해촌에 이어 금화의 귀퉁이에 움츠린 듯 살아야 했기에, 그간의 세상을 보는 안목과 해석 능력을 며느리발톱처럼 숨기고 살아갈 요량이었다.

이런저런 생각을 다스리며 걸어가는 중에 명주 장수가 보였고, 그 너머 옹기장수도 있었다. 무말랭이, 고춧잎, 시래기, 곶감, 청국장, 유자가 좌판에 쌓여 있었다. 유자를 보는 순간 스치는 것이 있었다.

"유자 좀 주시오."

유자꾸러미를 들고 걷는 사이 대장간이 눈에 들어왔다. 그 을음이 시커멓게 얼룩진 곳에서 새빨갛게 달궈진 쇠가 모루에 놓여 망치를 맞고 있었다. 대장장이는 제법 추운 날씨인데도 무명 반소매를 입었다. 근육질의 팔뚝이 망치를 또 내리갈겼다. 호미, 낫, 못, 보습, 삽날, 칼, 장도리, 톱이 여기저기 어지럽게 널려 있었다. 유구는 부엌칼 한 자루를 골랐다. 왼손으로 칼자루를 쥐고 오른손 손가락으로 칼날을 살폈다. 살까 하다가 참았다.

"못하고 장도리 주시오."

대장장이가 일을 마치기를 기다렸다가 말했다.

닭장을 이제 만들 수 있겠다고 생각하자 얼굴에 잔잔한 미소가 돌았다. 등에서 바랑을 내려 물건들을 집어넣고 겟말에서 엽전을 꺼내 값을 치렀다. 대장간을 빠져나와 장터 이곳저곳을 돌아다녔다.

"땜해유! 솥이나 냄비 때워유!"

유구는 땟국이 줄줄 흐르는 땜장이를 조용히 뒤따랐다.

"이보시오. 말이나 나눕시다."

땜장이가 뒤를 돌아다보곤 몸을 움츠렸다. 자기를 부른 사람이 예사 사람 같지 않았다. 목소리에 근엄한 힘이 배어 있었다. 유구가 안심시키려 몇 차례나 몸짓 손짓으로 부탁하고 나서야 땜장이가 말문을 열었다.

"쇠가 갈라진 곳은 조각 쇠를 붙이고 닳아 구멍이 난 곳을 쇠못으로 죄고 두드려 얇은 곳을 넓혀주고 달궈 녹은 쇠로 메꿉니다유."

"이렇게 말이지?"

서유구는 그의 어수선한 도구함에서 쇠못을 하나 빼 그의 작은 솥에 구멍이 난 곳에 대며 물었다.

"네네, 그렇구먼유. 그러고는 쇠를 녹여 구멍에 붓지유. 작은 솥 조각을 대고 두드리고 토닥거려 평평하게 해줍니다유."

"옳거니, 이제 알겠네. 그렇게 하는 거로군."

유구는 손바닥이라도 맞부딪칠 기분이었다. 흥이 돋은 땜장이는 말에 힘이 들어갔다.

"터진 자국의 길이를 가늠하며 두세 개의 구멍을 뚫지유. 네 개를 뚫을 때도 있구유. 다 되면 물을 부어도 새지 않습니다유."

"그렇구나. 그런데 물이 새진 않더라도 땜질한 솥은 흠이 나기 쉽고 땜질 흔적으로 인해 기우뚱거려 오래 쓰진 못할 것 같은데 그러진 않느냐?"

땜장이는 섬뜩해졌는지 몸을 바로 세웠다. 지체 있는 양반 같은데 왜 이리 끈질기게 묻는지 겁이 날 지경이었다.

"네 그렇습쥬, 그렇습니다유."

"집이 어딘가?"

"저기 재 너머에 있습니다유."

"한번 들러봐도 괜찮겠는가?"

땜장이 얼굴에 난처한 기색이 돌았다.

"아닙니다유. 오실 곳이 못 됩니다유."

"내 궁금해서 그런다. 자네에게서 배울 것도 많이 있고……."

"누추함도 누추함이지만 위험하기도 해유. 갖바치, 백정, 그런 천민들이 들이닥치곤 하는데 냄새도 심하고 오실 곳이 못 된다니까유."

땜장이는 말을 급히 거둬들이며 도구를 챙기고 몇 번이고

고개 숙여 인사하고는 내빼듯 멀어졌다. 땜장이가 한 말들을
유구는 기억하려 애썼다.

"지금 오세요?"

돌쇠의 인사말에 짧은 대꾸를 하고는 방에 들어가 먹을 갈
았다.

14. 잔혹한 지혜

유구는 이른아침부터 서둘렀다. 삽을 들고 닭장을 지을 자리로 갔다. 삽질을 시작했다.

"또 뭘 하시려고요?"

돌쇠가 달려들어 삽을 빼앗으며 여쭸다.

"땅광을 파야겠구나."

"땅광은 어디 쓰시려고요?"

돌쇠가 재차 여쭙자 서유구는 미소를 지었다. 둘이 번갈아가며 삽질했다. 점심을 먹고 잠시 쉰 다음 또 열심히 노동하자 제법 큰 구덩이가 파였다. 유구는 장독대로 갔다. 작은 항아리 중에 쓸 만한 것을 찾아 들고 나왔다.

"항아리 소독을 해본 적 있느냐?"

"그깟 일이야 식은 죽 먹기지요."

"자기(瓷器) 항아리가 좋다고 쓰여 있던데, 그게 없으니 이 것이라도 한번 해보자."

돌쇠는 우물가로 항아리를 들고 갔다. 두레박으로 물을 길 어올려 수세미를 적셨다. 항아리 속부터 닦아나갔다. 바깥쪽 도 닦고는 볏짚에 불을 붙여 항아리 안에 넣었다.

"따스한 게 좋구나."

"항아리에는 숨구멍들이 있는데 나쁜 기운이 거기에 고여 있어 열과 연기로 없애야 한다고 아버지가 말씀하셨지요. 이 렇게 소독하면 항아리의 구멍이 깨끗하게 뚫려 바람이 통하겠 지요."

유구는 어제 사 온 유자를 하나하나 깨끗이 씻었다. 부엌으 로 가 벌꿀이 담긴 통과 나무 주걱을 들고 왔다. 벌꿀을 떠 항 아리에 담았다. 유자 한 알 한 알을 손으로 집어 벌꿀 속에 쟁 여 넣었다. 항아리 뚜껑을 닫고는 돌쇠에게 천을 가져오게 했 다. 천으로 싸고는 지난번 엮어놓은 새끼줄로 꽁꽁 묶었다. 파 놓은 땅광에 유자 항아리가 정성껏 조심스럽게 놓였다.

"내년 봄이 되면 맛있는 유자장이 되어 있을 것이다."

깨진 자기 항아리가 스친 것은 늦은 오후였다. 어디서 읽었 더라. 서유구는 기억날 듯 나지 않았다. 읽은 책 중에 깨진 자 기를 때우는 방법이 있었는데……. 서유구는 마당을 거닐었 다. 하릴없이 발길을 이리저리 옮기다보니, 그 대목이 떠올랐다. 잰걸음으로 책장으로 가 『열하일기』를 뒤적거렸다.

중국에서는 깨지거나 이가 빠진 자기를 버리지 않고, 자기의 바깥쪽에 쇠못을 대어 온전한 그릇을 만들었다. 다만 이해할 수 없었던 점은, 못이 자기 안으로 뚫고 들어가지도 않는데 단단히 물려 빠지지 않고 딱 붙어서 깨진 흔적을 없앤다는 점이다.

마침 쇠못도 어제 사 왔겠다, 실험하고 싶어졌다. 유구는 깨진 자기와 쇠못을 마루로 들고 왔다. 『열하일기』의 그 내용을 다시 읽어도 이해가 되지 않는 부분이 있었다. 그게 어떻게 가능하단 말이지. 의심이 가시지 않은 채 쇠못을 자기의 바깥쪽에 댔다. 쇠못은 미끄러지며 떨어졌다. 몇 번이고 그랬다. 이상하다. 연암 스승님 말씀이 틀릴 리가 없는데…….

서유구는 시무룩하게 앉아 있다가 다시 서재로 갔다. 『증보산림경제』를 꺼내 살폈다.

좋은 옻에서 맑은 부분을 골라낸다. 이를 고운 비단 체로 체질을 한 밀가루와 갠다. 그것으로 붙이면 자기가 매우 단단해진다. 깨진 도기나 깨진 벼루도 붙일 수 있다.

이 방법은 이해가 되었다. 실제로 되는지 안 되는지를 실험하고 싶었다. 산에 가서 옻을 받아 올까 했으나 당장 그 일이 급한 것은 아니었다. 비단 체는 화지를 썼던 비단 주머니의 깃을 풀면 얼추 만들 수 있을 것 같았다. 밀가루도 가져온 것이 조금 남아 있었다. 옻만 있으면⋯⋯. 유구는 설렜다.

그래, 옻을 다루는 공부도 마음 한편에 담아두자. 더 읽어나갔다.

땅에 심은 파의 잎 안에 환대(環帶)가 흰 큰 지렁이 한 마리를 넣고 잎끝을 묶는다. 하루가 지나서 보면 지렁이가 녹아 물이 되어 있다. 그중 맑은 부분으로 자기를 붙이면 때운 흔적도 없이 단단해진다.

15. 겨울에서 봄

눈이 내렸다. 어린 뽕나무는 흰 눈을 맞고 있었다. 감나무, 봉선화, 분꽃의 마른 가지들도 눈을 맞으며 세밀한 수묵화의 한 장면이 되어갔다. 장독대의 항아리에도, 부추, 파를 심었던 텃밭에도 흰 눈이 소복소복 쌓였다.

유구는 텃밭으로 나가 파에 쌓인 눈을 떨어낸 후 푸른 잎을 바라봤다. 무어라 할 수 없이 마음이 무거웠다. 저 안에 지렁이를 넣고 잎끝을 묶다니! 다음날이면 지렁이가 형체도 없이 녹아 끈적거리는 액체가 된다는 것 아닌가. 께름칙한 여운이 아직도 남아 있었다. 깨진 그릇 구하자고 산목숨을 지우다니…….

성리학과 불가에서 동물에 사람에게 있는 본성이 있고 없음에 대한 논쟁들이 계속되고 있다. 망해촌에서 회심한 그후로는 그따위 추상적인 논쟁을 버리고 현실에 밀착된 삶을 살기로 작정했었다.

아직도 갈 길이 멀다. 관념보다는 현실에 보탬이 되는 길을 개척해야 한다. 이 작은 마을의 세간살이, 살림살이 하나하나에도 불편이 끝없이 붙어다니질 않는가. 명물도수지학, 각 사물의 이름을 정확히 하고 그것의 용도와 장단점을 명확히 밝히는 것, 이 땅에 있는 모든 것을 표준화해야 한다는 것, 조부와 아버지, 숙부에게 귀가 따갑도록 듣던 그 실행의 기회를, 유구는 개인과 시대의 불행 속에서 만들어내고 있었다.

세상이 하얗게 변해 있었다. 초가집 굴뚝에서 나는 뽀얀 연기가 유일하게 살아 있다는 것을 암시해주는 듯할 정도로 눈이 쌓여 있었다. 유구는 텃밭을 벗어나 집 주변을 살폈다. 발목까지 쌓인 눈은 어설픈 닭장에도 외양간에도 툇마루 끝에도 흰 쌀가루처럼 곱게 쌓여 있었다. 돌쇠는 하얀 김을 내뿜으며 우물 주변에 쌓인 눈을 쓸고 있었다.

"나으리 계세요?"

사립문 밖에서 마을 장정 최가의 소리가 흰 싸리울에 쌓인 눈이 떨어질 듯 고요를 깨웠다. 무명으로 된 창옷(상민이 주로 입는 옷)이 목소리와는 달리 설경에 녹아드는 풍경을 만들고 있었다. 유구는 반갑게 맞았다. 돌쇠도 이 마을에서 처음 사귀었고 또 죽이 맞는지 대하는 낯빛이 환했다. 최가는 마당을 가로질러오다가 어깨에서 꿩을 내려 돌쇠에게 건넸다.

"운이 좋았습니다. 눈먼 꿩인가 봅니다. 제게 잡히다니요. 나으리 생각이 나서요."

"집 식구들과 들지……. 여하간 고마우이."

유구는 그를 방안으로 들였다. 남자 둘이 사는 집이라 마땅히 내놓을 게 없어 무안해졌다. 한 동이 가져온 가양주는 이미 바닥이 나 있었다. 한양의 저택이라면 어머니나 금이가 식혜나 수정과라도 내놓을 텐데. 여자들의 빈 자리가 불쑥불쑥해졌다.

"번번이 고맙네. 요전에는 닭장도 자네 없으면 못 지을 뻔했네그려. 돌쇠도 울타리를 두르는 것은 잘하던데, 홰까지는 고개를 저었었지. 옻나무로 홰를 만들면 전염병을 막을 수 있다는 것을, 자네를 통해 알게 되었다네."

"별말씀을 다 하십니다요, 나으리."

최가는 재주가 많았다. 도롱이를 짜던 노인의 장남으로, 산에서 나는 버섯이며 나물이며 꽃이며 나무에 대해, 그 쓰임새며 생태에 대해 소상히 알고 있었다. 더덕을 캐어 오기도 했고 머위, 취, 칡을 채취해 소쿠리째 갖다놓기도 했다. 문짝이건 토끼장이건 그의 손을 거치면 뚝딱뚝딱 만들어졌다. 진흙을 개어 메꾸고 매흙을 발라 초가의 허물어진 벽을 다듬어준 것도 그였다. 초가이엉, 굴뚝 청소, 마을의 아이들을 위해 썰매나 연, 대나무 작살을 만들어주는 것도 그에겐 즐거움이었다.

그의 재주와 남을 위한 삶은 그의 속에서 그를 지탱하는 아이 같은 마음에서 생겨난 것이 아닌가 했다.

"저 닭장에 병아리가 들어서면 또 어찌 길러야 할지, 먹이는 뭐가 좋은지 난감한 게 한둘이 아니라네."

"염려 마세요, 나으리. 다 수가 있습니다요. 차조나 쌀겨에 구더기가 생기게 놔둡니다. 그걸 먹이로 쓰면 아주 좋습죠."

"아하, 그런 방법이 있구나."

"먹이에 참깨를 섞어주면 암닭이 알을 품지 않아요. 닭 먹이 하나하나에도 신경을 써야 해요. 밀을 쪄서 먹이거나 꼬리털을 빼주면 닭이 쉽게 살찌기도 하고요."

"허허. 그렇구나. 난 깊은 밤에 자네의 집에서 나는 개 짖는 소리가 참 듣기 좋다네. 밤의 정적을 흐트러뜨리고 시름을 깨우고, 시끄럽지만 시끄럽지 않고 마음을 아늑하게 해준다네."

유구의 말 하나하나가 농촌 사람들의 삶을 제법 습합해내고 있었다.

"여보게, 자네 집 개는 꼬리가 짧던데? 일부러 자른 건가?"

돌쇠가 최가에게 물었다. 천민과 상민 사이인데도 허물없이 지내는 게 서유구는 흐뭇했다. 돌쇠가 입고 있는 무명옷(천민이 주로 입음)이 최가가 입고 온 창옷으로 인해 좀더 초라해 보이긴 했다.

"잘 봤구먼. 일부러 잘랐지."

서유구의 귀가 솔깃해졌다.

"개는 추위를 싫어하잖아요. 꼬리를 잘라주면 꼬리로 코를 덮고 싶어도 못 덮어 밤새도록 집을 지키지요."

실용이란 잔혹도 포함된다는 것 정도는 예상했었지만, 그 실체를 확인할 때마다 소름이 일었다.

"개가 심하게 맞아 죽을 지경이면 좋은 황토를 몸에 바르고 멍석으로 덮어주면 한나절 지나 살아나기도 해요. 나으리."

돌쇠가 말을 보탰다. 서유구는 사대부들 사이에선 들을 수 없던 이런 이야기가 소중했다. 생각지도 못한 말들에 무엇이 맞고 무엇이 틀리는지를 확인할 길이 없기에 답답한 마음도 있었지만 신기하고 경이로웠다.

유학 13경 전체에 대한 주석서를 쓰고 싶었다. 조선에서 경학에 대한 가장 방대한 기획이었다.

규장각 시절에 꿨던 원대한 꿈. 그것을 완전히 접고 농사를 지으면서 농서와 백성의 실생활과 관련된 것들을 기록하고 완성하는 방향으로 결단을 내리는 순간, 가슴을 송두리째 앗아가는 통증과 함께 가슴 저 한구석에서 작지만 큰 기쁨이 생기고 있었다. 유구는 좌절 속에서 싹트는 새순을 내면으로 조용히 들여다볼 수 있는 사람이었다.

농서를 정리할 필요성을 가지고 귀촌했지만, 농사를 짓는 이들을 살피는 것만이 아닌 그 일에 직접 뛰어들어 실천하는 일임을, 유구는 머리가 아닌 몸으로 체득하고 있었다. 『여씨춘추』를 지은 여불위가 세상의 일들을 자료를 모아 집대성했지만 유구는 실천을 통해 하나하나 집대성해야 한다는 것을 알고 있었다.

『농상집요』는 고려 때의 농서로 원나라에서 수입한 것이었다. 『농사직설』은 세종 때 만들어진 것으로 내용이 빈약했다. 강희맹의 『금양잡록』은 경기도 금양(경기도 광명시, 시흥시와 서울 금천구 일대)에서 강희맹이 경험을 통해 쓴 책인데, 농촌의 현실로는 충분히 들어가지 않은 부분이 있었다.

효종 때 만들어진 『농가집성』은 그 이전 것들을 모아놓은 것에 불과했다. 박세당의 『색경』도 중국의 자료들만 모아놓았다. 『산림경제』는 농업 외에도 심신 단련법, 전염병 물리치는 법, 길흉 일을 가리는 법 등 다채롭지만 방만할 뿐 농업에의 집중도는 떨어졌다. 연암 어른의 『과농소초』는 농업의 결함이나 사회 모순, 토지 분배 문제를 다루며 비판력과 창의성이 돋보이지만 자기가 생각하는 농업의 전체적인 그림과는 거리가 멀었다. 『증보산림경제』는 『산림경제』를 확장한 성격이다. 『해동농서』……. 유구는 가슴이 답답해졌다.

『범승지서』『제민요술』『왕정농서』 같은 중국의 농서들에 비하자면 우리의 것들은 턱없이 부족했다. 아버지가 쓰시다가 유작이 된 『해동농서』도 마찬가지였다. 우리 농서를 서광계의 『농정전서』 정도의 수준으로 끌어올려야 한다. 중국과 조선, 일본에서 지어진 농서들을 수렴해서 하나의 큰 체계를 이루어야 한다. 조선은 농업이 주된 나라가 아닌가. 그런데도 이렇다 할 농서가 없다면 그보다 황당한 일이 또 있을까. 나라도 조선

의 농사와 관련하여 표준이 되는 농사 관련 서적을 만들어야
한다.

아버지가 못다 한 일을 자식으로서 풀어드릴 것이다.

아버지는 정조 임금의 갑작스러운 서거 몇 개월 전에 돌아
가셨기에 그후의 더러운 세상 꼴을 못 보셨으니 차라리 나은
삶인가. 벼랑으로 떨어지는 고통 속에 상의할 아버지가 계시
지 않아 더 애통한 시절이었다. 아버지가 완성하지 못한 한을
품고 남긴 『해동농서』, 기필코 내 손으로 더 훌륭하게 만들어
아버지의 은혜에 보답할 것이다.

선왕께서 이루지 못한 『농가지대전農家之大全』 사업에 대한
나의 의무이기도 하다.

최가와 돌쇠 사이에 오가는 자잘한 대화들은 그래서도 중
요했다. 이 마을 농민들의 삶에 직접 들어가 동고동락해야 일
과 삶을 파악하고 그 방향을 잡을 수 있을 것 같았다. 다행인
것이 서유구의 성향이 사람들 사이에서 선동하고 주동해서 끌
고 가는 것이 아니라 살피고 함께하는 것이었다. 내면으로 백
성들과 자연스럽게 괴리 없이 만날 수 있다는 것이 일을 추진
하는 데 선한 작용을 하고 있었다.

"암탉을 이렇게도 써먹기도 한다고 해요. 달걀 속 내용을 빼
고 대신 물고기알을 넣으면 암탉이 품어서 부화시키기도 한대
요."

돌쇠의 말에 의해 현실로 돌아온 유구는 잠깐 다른 생각을

하는 동안 돌쇠와 최가 사이에 오간 대화들이 아쉬웠다. 돌쇠는 맘 편하게 통하는 친구 덕에 낯선 타지 생활에 빨리 적응해 나가는 듯했다.

"나도 들었다네."

최가도 흥분을 감추지 못하고 있었다. 생김새와 행동과는 달리 서유구가 신분에 개의치 않고 사람을 편하게 해주는, 타인에 대한 너그러운 품성도 한몫했다.

"제가 꿩을 잡아 왔잖아요. 연못 주위에 꿩고기를 매달아두면 수달로부터 물고기들을 보호할 수 있대요. 수달이 물고기만 보면 환장하잖아요. 그리고요."

최가는 돌쇠가 무슨 말인가 하려는 걸 막고는 이어 말했다.

"아직 모르실 테지만요."

최가의 시침뗀 표정에 잠깐 긴장감이 돌았다.

"호랑이가 가끔 마을에 나타나기도 해요."

유구와 돌쇠는 놀란 표정을 지으며 서로 얼굴을 살폈다.

"나으리의 집이 마을에서 좀 동떨어져 있어 신경이 쓰였습죠."

최가의 말에 흡입력이 있었다.

"작년에도 아이 하나가 호랑이에게 물려 갔어요. 산에서 피범벅이 된 팔 하나만 발견되었지요. 그 어미 되는 여자가 울고불고하다가 혼절했구요."

서유구는 등골이 오싹해졌다.

"돌쇠. 자넨, 호랑이를 어떻게 잡는 줄 아는가?"

최가가 돌쇠 쪽으로 고개를 돌렸다. 돌쇠는 어리둥절한 표정을 짓고 있었다.

"호랑이 잡는 법이 꽤 되는데 끈끈이를 이용하는 방법도 있다네."

"끈끈이?"

"그렇네. 커다란 끈끈이를 땅에 깔고 길가 여기저기에 펼쳐놓지. 호랑이가 왔다가 머리와 발 털에 닿게 되면 발톱으로 자기 얼굴을 후비면 후빌수록 끈끈이는 더 엉겨붙게 되고 땅에 주저앉게 되지. 그러면 잠깐 사이에 온몸이 끈끈이 범벅이 되어 성이 나 울부짖고 팔짝팔짝 뛰다가 죽게 되는 게지."

내용은 절박한데도 괜히 웃음이 나왔다. 유구의 눈에도 최가의 입에서 이렇게 말이 술술 나오는 게 처음이었다. 최가의 아버지는 아들 얘기만 나오면 한숨을 폭폭 내쉬었다. 나이는 서른여덟이고, 부인은 몇 해 전에 이질을 앓다가 죽었다고 했다. 자식 하나는 태어나 며칠 만에 죽었고, 또 한 녀석은 산에 지게질 갔다가 뱀에게 물려 죽었다고 했다. 딸 하나도 우물에 빠져 죽었다. 타고난 팔자가 서럽기 그지없는 게 최가였다. 어린 자식 둘이 딸려 있었지만, 조그만 농사일로 배가 곯지 않는 것이 그나마 다행이었다. 버섯도 따고 나무도 해 와 오일장에서 간간이 팔아 버는 것을 더해도 찌그러진 초가집은 펴질 기미가 보이지 않았다.

그 집 마당엔 오동나무 한 그루가 무성하게 자라고 있었다. 딸이 커서 시집갈 때 없는 살림에 가구라도 짜주려고 최가가 심어놨다는 말을 노인이 전했다. 그 딸이 죽자 최가는 그 오동나무를 부둥켜안고 통곡했다고 말하면서 노인은 눈시울이 벌게졌었다.

최가가 돌아간 후에도 유구는 마음이 스산했다. 집 주변을 하릴없이 거닐다가 최가가 놓고 간 꿩을 마루에 놓고 요모조모 살폈다. 긴 꽁지깃을 자랑하는 장끼였다.

"나으리. 또 시작이시네요."

돌쇠가 치대왔다.

"뭘 그렇게 뚫어져라 보신대요."

"오늘은 꿩 만두를 빚어보면 어떨까?"

유구가 돌쇠를 바라보며 미안한 듯 말을 건넸다.

"좋아요. 그런데 어쩝니까요? 해본 적이 없어서요."

"내가 한번 해보마."

서유구는 함지박에 죽은 꿩을 담아놓고 돌쇠에게 물을 끓이라고 했다. 돌쇠는 우물에서 두레박으로 물을 길어와 아궁이에 솥을 올려놓고는 그 안에 부었다. 물이 끓자 함지박에 부었다.

"끓는 물에 오래 담가놓으면 털을 뽑을 때 살점이 떨어질 수 있으니 잠깐만 담갔다가 털을 뽑고 배를 갈라보거라."

해본 적이 없다면서도 돌쇠는 눈치껏 꿩을 손질해나갔다.

꿩이 삶아지는 동안 서유구는 밀가루를 물에 풀었다. 질척해진 덩이를 건져내 손으로 치대며 반죽했다. 반죽에서 한 줌 떼어내어 도마에 놓고 밀대로 밀어 만두피를 만들었다. 본가에서 어머님이 하시던 것을 곁눈질로 본 것을, 그대로 해보는데 그런대로 흉내를 내었다.

최가가 가져다놓은 콩으로 만들어놓은 두부도 마침 있었다. 꿩이 알맞게 익었을 때쯤 유구는 꺼내어 가슴살을 떼어내어 도마 위에 올려 칼로 잘게 다졌다. 두부, 파, 마늘, 부추, 간장, 후추로 소를 만들어냈다. 소에선 매콤하면서도 달짝지근한 내음이 풍겨왔다. 서유구는 만들어놓은 피에 소를 올려놓고 만두를 빚었다.

"메밀가루를 가져오너라."

돌쇠가 일어나 바가지에 담긴 물로 손을 씻고는 메밀가루를 가져왔다. 유구는 솥과 찜기 사이에 남은 밀가루 반죽을 발라 수증기가 빠져나가지 않게 하고는 만두에 메밀가루를 입혀 찜기 위 하얀 무명포에 가지런히 올려 만두를 쪄냈다.

"이제 초간장만 만들면 되겠구나."

손을 씻는 얼굴에 엷은 미소가 번졌다.

긴 겨울이 조금씩 걷혀갔다. 개울가 버들가지에 노란빛이 새어나오더니 며칠 상간에 산마다 연둣빛이 돌고 마당 주변의 나무들에서 여린 움이 터지기 시작했다. 닭장은 마을에서 얻어온 병아리 세 마리로 채워졌다. 다섯 마리를 얻어왔는데 두 마리는 추위를 견디지 못하고 폐사했다. 병아리의 샛노란 색채는 귀엽기도 했지만 애처롭게 보이기도 했다. 병아리 세 마리가 삐악거리는 것만으로도 적막한 공간은 생기가 돌았다.

어머니가 꾸려준 비단이 시골 생활에 요긴하게 쓰였다. 최가에게 넉넉히 쳐주고 외양간에도 송아지 한 마리를 들였다. 밥상에 냉잇국이 올라왔다. 유구는 어머니 생각에 가슴이 저려왔다. 효도를 할 수 없는 상황이 애달팠다. 어머니와 형수 빙허각 이씨(조선의 여성 실학자)가 함께 요리할 땐 고부간에 손이 척척 잘 맞았다.

유구는 음식에 대해서도 갈증이 생기기 시작했다. 땅에 관한 책, 집에 관한 책, 살림 가구와 농기구에 관한 책, 채소나 나물 혹은 길쌈에 관한 책 들을 찾아보다가 음식 관련 책으로 손길이 자꾸 가곤 했다. 산과 들에서 따온 나물들, 밭에서 키운 시금치와 부추, 파, 한양의 집에서 가져온 소금, 액젓, 장, 된장이 유구의 손을 끌어당겼다.

유구의 손은 이미 규장각에서 붓을 잡던 손이 아니었다. 손바닥이 거칠어졌고 외양간을 만들 때 서투른 망치질로 손을 때리기도 했고 빨래며 밭일이며 집안일에 적합하게 변해갔다.

연둣빛이 초록으로 변해가고 있었다. 보리가 이삭이 패며 보리 내음이 바람에 살랑거리는 것을 몸으로 느꼈다. 깜부기를 솎아내기 위해 보리밭 고랑을 헤맬 때 맡은 보리의 풋풋한 냄새는 압록강 강가에서 얼굴을 묻었던 그때, 금이의 품을 그리워하게 했다. 품앗이 모를 찌고 논둑에 앉아 쉬다가 유구는 돌쇠에게 다가갔다.

"가족을 데려올 때가 된 것 같구나. 옥분이도 데려오자."

돌쇠는 눈에 눈물이 살짝 맺히더니 샐쭉 웃었다.

16. 다시 모인 식구

　육의전 저포전에서 서(西)로 방향을 잡고 오른쪽으로 돌아나가자 멀리 경희궁 숭정전의 용마루가 보이기 시작했다. 정조 임금은 자주 창덕궁 규장각까지 이어하시어 격려를 아끼지 않으셨는데……. 궁궐 기와 끝 수막새에 맺힌 이슬처럼 유구의 눈 가장자리에 눈물이 맺혔다.

　"나으리."

　돌쇠가 유구의 마음을 읽었다. 하고픈 말 다 못하는 노비 신세로 사는 돌쇠는 그만큼 마음을 읽어내는 힘을 가지고 있었다. 궁궐을 언제라도 드나들 수 있었으며 임금을 면전에서 모시던 곳이었다. 순조 임금이 왕위에 올랐을 때, 그 어린 용안을 뵌 적도 있었다. 그러나 지금은……. 서유구는 입술을 질근거렸다. 그리운 집 솟을대문과 기와가 멀리서 조금씩 드러나 보였다.

"어머니. 절 받으셔요."

조모님에 이어 어머님께 큰절을 올렸다. 어머님께서는 서유구의 굳은살투성이 손을 꼭 잡았다.

"손이……. 이 어미는 자랑스럽다. 고생 많았구나."

"어머님, 농사일이 서툴다보니 손만 고생해서 이 모양이에요."

돌쇠에게서 시금치, 파가 든 보자기를 받아서 드렸다.

어머니는 보자기를 정성껏 펼쳤다.

"이걸 어찌, 내가 내 입으로 먹을 수 있겠느냐? 평생 호미 한번 잡아본 적 없는 서울의 선비들이나 베틀이 어떻게 생긴지도 모르는 아낙들은 세상의 이치를 잘 모르고 아는 척하는 자들일 것이다. 아들아, 네가 정말 대견하구나."

과연 어머니다웠다. 밥알 한 톨 바닥에 떨어져도 반드시 먹게 하던 어머니였다.

"돌쇠도 애 많이 썼다."

"괜찮구만요. 마님."

아들 우보는 마루 한쪽에 서 있었다. 그사이 좀더 자라 있었다. 서유구는 흐뭇하면서도 짠한 마음이 들었다. 우보는 할머니가 시키는 대로 다가와 큰절을 올렸다.

"잘 지냈느냐?"

"네. 아버지."

유구는 아들의 머리를 쓰다듬었다. 금이는 무명 저고리 차림으로 갓난이 칠보를 등에 업은 채 마당에서 서성였다. 옥분이는 절굿공이를 잡고 절구통 곁에서 옷고름을 손으로 만지며 반가운 미소를 지었다. 서유구는 금이에게 다가갔다.

"고생이 많소."

"나으리가 고생이시지요."

금이의 등에 업힌 칠보의 빨간 볼에 초봄의 길고 가느다란 햇살이 내려오고 있었다. 저녁이 되어 방에 들자 금이와 둘이 자도록 이불이 펴져 있었다. 술상도 마련되었다. 칠보를 데려간 것을 보면 어머님의 배려였다.

"이리 와서 같이 한잔하십시다."

내외하듯이 다가오지 못하는 금이를 유구는 눈짓으로 불렀다.

"네에……."

나지막하게 대답하며 무릎걸음으로 다가왔다. 유구는 금이의 손을 어루만지며 칠보 이야기, 그간의 생활에서 겪은 일들을 주고받았지만, 입으로 주고받는 말보다 몸으로 주고받는 몸의 언어로 서로 그간 겪은 외로움과 두려움을 풀어냈다.

다음날 아침 일찍 유구는 용산으로 향했다. 채전 한쪽에서 일하던 형수 빙허각 이씨가 상추를 따다가 반가운 얼굴로 다가왔다. 서유구는 형수께 조용히 눈웃음을 했다.

"형수님, 고생 많으시죠?"

"서방님이 늘 걱정이죠. 형님도 서방님 생각 많이 하셔요."

유구는 형수를 대할 때면 가슴 한쪽이 늘 시렸다. 자식 열한 명을 낳아 대부분 잃고도 고아한 기품을 잃지 않는 형수였다.

"집필하시는 책은 잘 되지요?"

형수가 언문으로 부녀자들의 살림에 관련된 책을 쓰고 있다는 소식을 형 서유본의 서신을 통해 전해듣고 있었다.

"어머나. 알고 계셨군요. 조금씩 준비하는데 다른 일들이 바빠 진척이 쉽진 않네요."

얘기를 나누며 걸었다. 형 유본이 마루에서 채소를 고르다가 신발을 신는 둥 마는 둥 마당으로 내려섰다.

"형님!"

"왔구나. 얼굴이 아주 건강해졌구나."

형제는 솟구치는 감정을 절제하기 어려웠다. 사랑채에 들어서자 빙허각 이씨가 어느새 차와 다과를 내왔다. 차 향기처럼 이런저런 대화가 조용히 오가다가 유본이 아내 이씨를 불렀다.

"여보. 오래간만에 아우와 술을 마시고 싶은데, 괜찮겠소."

"예. 그러잖아도……."

형수가 들고 온 소반에는 술병과 북어 껍질을 튀겨 만든 안주가 올려져 있었다.

"변변치 않지만, 이거라도 우선 드시고 계셔요."

서유구는 가슴이 뭉클해졌다. 집안 술을 맛본 것이 얼마 만인가. 형제는 술잔을 주거니 받거니 했다.

"추자도에 유배중인 숙부님을 생각하면……."

유본이 말끝을 흐렸다. 유구도 가슴의 응어리가 새삼 만져졌다.

"풀려날 날이 있을까요?"

"어려워 보인다. 다산이 벌써 몇 년째냐."

"그렇지요."

"숙부를 죽일 수도 있을 텐데, 차라리 그 방법이 후환도 없고 나을 텐데, 왜 유배형으로 했을까. 그 생각도 안 해본 건 아닌데……."

"저도 그 점이 의아했습니다."

"김조순이 워낙 영악하다보니……."

"세간의 이목도 있고……. 다산처럼 유배지에 처박아두는 게 정치적으로 효과가 있겠다고 생각했을지도요."

"추자도엔 황사영(1775~1801. 천주교 순교자. 황사영 백서 사건이 있음)의 어린 아들도 있다고 들었다. 그 어미 정난주(정약용의 질녀)가 아들을 노비로 만들고 싶지 않아 제주도 유배길에 그 섬에 홀로 떼어놓았다는 얘기도 돌고……."

"그랬었군요. 시골에 처박혀 살다보니 소식이 영……."

말하면서도 유구는 섬뜩해졌다. 신유년의 박해 사건과 김달순 옥사, 정조대왕의 급작스러운 죽음 이후에 터진 중차대한 그 두 사건이 추자도의 상징이 되어 세간에 떠돌고 있는 듯했다. 유본은 지난 몇 개월이 몇십 년을 산 것같이 보였다. 술이 한 병씩 비워질 때마다 형제는 만남의 기쁨보다는 시름이 더 깊어졌다.

"이건 남과자라고 합니다. 늙은 누런 호박을 잘 저장하면 이듬해 봄 삼월까지 둘 수 있죠. 솔잎에 새순이 나올 즈음 호박을 손가락 한 개 두께로 썰어요. 이를 송순으로 꿰어 참기름과 장을 발라 화톳불에 돌려가며 푹 구우면 호박의 단맛과 솔향기가 조화를 이뤄 그 맛이 비할 데가 없지요."

이씨가 남과자를 쟁반에 올려 들여오며 유구에게 권했다.

"역시 형수님 솜씨는 일품이십니다."

"이건 해대전이라고 해요. 다시마를 물에 담가 하룻밤 묵힌 다음에 건져내요. 칼로 이삼 촌 길이로 잘라 달구어진 쟁개비 안에 기름과 함께 넣고 약불에 지져내요. 누렇고 향기가 나면서 거품이 일면 꺼내서 볶은 참깨를 뿌려요. 그걸 식혀서 내온 거예요. 정조대왕께서 즐겨 드시던 수라 음식이기도 해요. 드셔보세요. 연하고 담백해서 작은 서방님 입맛에 맞을 거예요."

"형수님이 건강하셔서 다행입니다."

"난 참으로 복이 많은 사람인 것 같아……. 내겐 분에 넘치게 과분한 사람이지."

"어찌 그런 말씀을……."

"집사람이 안쓰러워 못 보겠네. 우리 집안이 풍비박산임에도 불구하고 저 사람은 내색은커녕 부지런히 집안일에 농사를…….. 누에에 길쌈까지 궁색한 살림살이를 여자의 몸으로 꾸려나간다는 게…….. 봄이면 매화, 진달래 등으로 백화주를 빚어 내오고…….. 내가 가장 노릇을 못하니 면목없고 집사람한테는 고맙고 미안하고…….."

"여보. 그런 말 그만하시고 서방님과 정담 나누세요."

이씨의 얼굴이 살짝 붉어졌다.

"우리 형수님 진짜 대단하지요. 그 와중에 책을 또 쓰고 계시니."

말하면서 유구는 마음 한구석이 허전했다. 부인 여산 송씨가 스쳐갔다. 금이가 그 자리를 채우고 있음에도 어딘가 빈구석이 있었다. 여산 송씨는 형수에 비하면 건조하고 메마른 사람이었다. 병으로 끝내 쓰러졌지만 살아 있다 한들 성격상 유구 내면의 허함과 섬세함을 채워주는 사람이 못 되었다. 그런데도 가족이나 주변 사람들과 어우러지지 못하고 쓸쓸하게 살다 간 사람이 유구를 안쓰럽고 아쉽게 했다.

"두 형제분께서 술이 더 필요하신가보군요. 술 더 가져올 테니 소첩에 관한 얘기는 그만하시지요."

술잔이 비워질수록 형제간의 대화는 깊어졌다.

"농사일이 힘들지는 않으냐?"

"힘든 만큼 보람도 큽니다. 돌쇠가 고생이 많지요. 마을 사람들과도 관계가 점점 좋아져가고 있습니다."

"다행이구나. 김조순이 이렇게 변할 줄 몰랐네."

"그러게 말입니다. 홰에 올라가 내려오지 못하는 닭 정도로 판단했던 게……."

조카들이 뒤늦게 귀가해 어우러졌다. 밤이 깊어 유구는 자리에서 일어섰다. 형님께 큰절을 올렸고, 형도 가볍게 맞절했다. 형수님과는 서로 묵례로 화답했다. 조카들도 유구에게 큰절을 올렸다. 형 가족의 배웅을 뒤로하고 떠나는 유구는 눌러 놓았던 감정이 자꾸 올라왔다.

이튿날 새벽부터 이삿짐 꾸리느라 온 집안이 부산했다. 형님 내외분도 일찌감치 오셨다. 한양의 큰 살림을 시골의 자그마한 거처로 옮겨야 했기에 짐들을 줄일 수밖에 없었다. 서재에서 『동의보감』『본초강목』에 이어 『황제내경』을 꺼내던 서유구의 눈에 『음산대렵도』가 들어왔다.

'김홍도의 그림 병풍을 가져왔다.'

아버지가 즐거워하시며 돌쇠의 아버지를 시켜 저것을 가져오던 풍경이 어른거렸다. 비단 여덟 폭을 이어서 만든 병풍이었다.

"아버지가 생각나는 모양이구나."

어머님께서 이불을 안고 지나가는 말로 하셨지만, 말씀 속에 배인 쓸쓸함이 배어 나왔다. 유구는 병풍에서 눈을 거두곤 책들을 안고 건넛방으로 걸었다. 구석에 거문고가 놓여 있었다. 유구는 머릿속이 하얗게 비는 것 같았다. 거문고 곁에 다소 곳이 앉아 술대를 조용히 들었다. 다당 낮게 튕기자 그윽한 음이 낮고 넓게 퍼져나갔다. 소리가 빠져나간 후에도 그 자리에 한동안 서 있었다.

대기하고 있는 우마차들에 짐들이 실린 후 서조모와 어머니도 우마차에 올랐다. 금이는 우보와 칠보를 데리고 한쪽 구석에 앉았다. 우마차들이 저택의 골목을 천천히 빠져나갔다. 어머니는 몇 번이고 뒤를 돌아다보았고 형 내외는 우마차가 보이지 않을 때까지 손을 흔들었다.

"애야, 멥쌀 좀 퍼 오너라. 팥하고."
"어디에 쓰시려고요? 마님."
"이사를 했으니 동네에 떡을 돌리는 것이 예의가 아니겠니. 시루떡을 만들어 조금씩이라도 돌려야 할 것 같구나."
"예, 알겠습니다. 마님."
금이는 옥분이 퍼 온 쌀을 씻기 시작했다. 돌쇠가 절구를 들고 와 봉당 아래 내려놓았다. 미처 정리하지 못한 이삿짐에서 함지들을 찾아내어 우물물로 채웠다. 어쨌거나 옥분이 곁에서 얼쩡거리고 싶은 것이다.
옥분과 금이가 팥을 삶고 으깨는 동안 어머니와 서조모는 쌀가루에 물을 뿌려 골고루 비벼 떡시루에 올려놓았다. 유구는 어머님과 가족들이 오랜만에 음식을 만드는 것을 보자 집안에 생기가 돌고 사람 사는 집이 되어간다는 것을 실감했다.

"마님."

다 만들어지자 금이는 겸연쩍은 얼굴빛을 띠며 말했다.

"그래. 네 마음 알겠다."

어머님은 미리 준비해 온 보자기들을 꺼냈다. 남색, 치자색, 보라, 주황, 형형색색의 보자기들을 하나하나 펼쳐 시루떡을 담아 쌌다. 보자기의 매듭을 지을 때는 나비가 날개를 펴고 날아가는 모양을 만들어내셨다.

어머님께서는 감색 저고리에 청잣빛 치마로 갈아입으셨다. 감색 저고리에 청잣빛 치마가 주는 양반집 마님의 위엄이 집안의 사람들을 조용하고 차분하게 만들었다. 우보를 불러 함께 들고는 마을 쪽으로 천천히 걸어가셨다.

17. 이중 혁명

정조 사후 정치적 입지를 잃고 깊은 좌절에 처했다가 자발적 유배를 통해 그 바닥을 차고 오르는 학. 인생 3기를 살아가는 서유구의 모습이 규철은 그렇게 보였다. 추락 속에서 누구도 가고 싶지 않은 길을 보았고 그 길을 향해 생을 어떻게 내던질지를 몸이 먼저 알고 가슴이 뒤따라가는 실천적 지성이 뒤이어 떠올랐다.

규철은 밭둑에서 일어나 농막에서 막걸리를 가져왔다. 사발에 가득 부어 단숨에 들이켰다. 취기가 올라오면서 밭둑 끝을 주시했다. 언제부턴가 가슴에 박힌 1776년이라는 숫자가 걸어오고 있었다.

1776년.

애덤 스미스는『국부론』을 그해에 발간했다. 미국이 독립을 선포한 해도 1776년이었다. 공교롭게도 그해에 조선에서는 정조가 즉위했다.

"서양이 동양보다 언제부터 앞서는지 알아?"

조상호가 물은 적이 있었다. 서유구의 삶을 정리해 발표해 달라는 제안을 한, 그 무렵이었다. 의아한 표정을 짓자 그가 말했다.

"실크로드가 봉쇄된 시기야."

"왜 그렇게 보시는 겁니까?"

"실크로드는 유라시아를 관통하는 중요한 교역의 길이자 문화의 통로였잖아. 콜럼버스의 아메리카 발견, 이 발견이란 말도 실은 서구적 시각이지. 아메리카 아니 그 대륙은 이미 그 자체로 존재해 있었으니까. 암튼 콜럼버스의 그 사건 이후 대륙의 길에서 바닷길로 대전환이 일어나게 되지. 동양보다 뒤처졌던 서양이 다양한 교역과 식민 지배를 통해 동양을 넘어서기 시작했다고 보는 시각이 있지."

그래, 실크로드가 봉쇄되기 이전에 동양이 서양보다 우위에 있었다고 치자. 물론 문명의 우열을 말할 수 없고, 우열을 따지는 자체가 모순일 수 있다. 그렇다손 치더라도 세계를 보는 객관이 완전히 무너지는 것은 아닐 것이다. 아무튼, 유럽에서는 르네상스 이후 프랑스혁명과 산업혁명 즉 이중 혁명이 서구를 변화시키는 결정적인 역할을 한다. 애덤 스미스의『국부론』으로 더욱 촉발된 영국의 산업혁명과 프랑스혁명을 한데 묶어 이중 혁명이라고 부르는 것은 타당한 면도 있어 보인다. 현대 문명이 그 이중 혁명에 커다란 빚을 지고 있다는 것이 역시 공감을 받는 편이다. 이중 혁명이 지금 우리가 사는 문명을 이루는 초석이라고…….

그럴 것이, 이중 혁명은 유럽 사회를 급변화시켰을 뿐 아니라, 세계 전체에 막대한 영향을 끼친 것이 사실이었다. 긍정적으로든 부정적으로든…….

그후 1830년에 유럽은 혁명의 물결에 휩싸였다. 자유의 정신, 경제적 동력, 평등에의 지향 등등이 얽혀 있었다. 격동을 거치면서 부국강병과 불평등한 갈등들이 동시에 발생했다. 불과 십여 년 지난 1840년에 아편전쟁이 일어난다. 거대한 대륙인 중국에 아편을 먹여 중국은 무릎 꿇고 유럽은 비대해지고 강렬해졌다.

1848년에 유럽은 또다시 강력한 혁명의 물결이 휩쓰는 동시에 공산당 선언이라는 정치사적으로 사상 초유의 사건이 일어났다. 『국부론』이 나온 지 불과 칠십이 년 만이었다. 상대적으로 잔잔했던 서구가 경제적 효율성을 앞세우다보니 부작용의 골짜기가 깊어져 노동과 소외라는 심각한 질병이 생길 수밖에 없었다. 프롤레타리아는 산업혁명의 주역인 부르주아에 대립해 죽음을 결사한 항전을 격렬히 치렀다. 1917년엔 러시아에서 혁명의 꽃이 피어났고, 자본주의 국가 간에 불평등으로 인한 갈등이 원인이 되어 파시즘으로도 분기되면서 유럽은 세계대전의 아수라장이 되었다.

유럽이 요동칠 때 동아시아를 포함한 나머지 세계는 상대적으로 자신의 성안에 갇혀 있었다. 동아시아에선 일본이 재빠르게 부국강병의 흐름에 편승했다.

일본은 중국이 아편전쟁으로 휘청거리자 충격을 받았다. 『임원경제지』엔 일본의 옻칠 이야기가 나온다. 일본 사람들은 옻칠 잘하기로 천하에서 유명했다. 물건에 옻칠할 때 가장 꺼리는 게 티끌이었다. 티끌만큼 미세한 먼지도 칠을 뭉치게 했는데, 왜인들은 칠을 할 때 먼지가 미치지 않도록 배를 타고 바다에 나가 고치솜이나 초나 견으로 수없이 옻을 거른 후에 옻칠했다.

일본은 이처럼 훌륭한 내적 잠재력을 가지고 외부로부터 오는 충격을 적극적으로 수용해 새로운 기틀을 마련해나간 것이다. 거기에 실용적인 것을 규격화하고 표준화시켜 농공 산업의 기틀을 마련해나갔다. 조속한 근대화의 틀이 이뤄진 것이다. 아편전쟁 이후 불과 이십몇 년 만에 메이지유신을 일으켰다. 동아시아에서 서양과는 좀 다른 부국강병의 바탕을 마련해나갔고 그 힘을 주체할 수 없자 외부로 눈을 돌릴 수밖에 없어지면서 전쟁광이 되어갔다.

산업혁명과 프랑스혁명을 함께 아우르는 이중 혁명, 그것으로 유럽이 급변하는 사이, 일본과 조선의 운명은 비극적으로 엇갈려나갔다. 일본이 욱일승천했지만, 조선은 우물 안 개구리에 착취와 무능으로 고꾸라져 일본의 식민지로 전락하여 일본의 밥이 되었다.

규철은 막걸리를 한 잔 더 들이켰다. 취기 속에 가슴속의 통증이 올라왔다. 지금 이 나라는 케케묵은 좌우 이데올로기에 묶여 서로서로 죽이지 못해 안달이 나 있다. 정부를 검언 교착으로 흔들어 정치를 수구로 되돌려놨다. 코로나19의 기세는 한풀 꺾였으나 언제 또 변종으로 터질지 모른다. 생태계 파괴와 기후 변화로 폭염, 폭우, 가뭄, 남극과 북극의 온도 상승으로 인한 해수면 상승 등 지구 재난이 전 세계를 덮치고 있다……

현재 벌어지는 상황 전체를 통시적으로 아우를 수 있는 큰 그림을 누군가가 그려내야 한다. 지식인들과 정치가들과 종교 지도자들은 지금 무엇을 하고 있는가? 지식인들은 자신의 영역 바깥으로 나오질 않고, 큰 그림을 그리겠다고 정치판에 뛰어든 자들의 경우 대부분이 시정잡배 수준보다 못하니 정치는 언제까지 환멸일 것인가. 종교 지도자들도 타락한 사람이 많아 그들에게 선한 양심을 기대한다는 것도 어불성설이 된 지 오래되었다.

신자유주의의 폭력에 대한 대안도 방향도 없다는 것이 우리를 더 좌절케 만들고 있다. 과거 사회주의나 이상적인 기치가 뚜렷할 땐 그 방향을 향한 힘이 있었다. 신자유주의가 세계를 평정하다시피 한 지금은 새로운 대안이 만만치 않다. 세상은 이미 한 방향으로, 그것도 좋지 않은 방향으로 치닫고 있다. 어떤 사상도 어떤 종교도 어떤 정치도 과학도 선한 양심과는 별개로 흘러가는 상황에 맞닥뜨렸다.

씨앗도 생각만 하면 분통이 터졌다. IMF 때 씨앗만큼은 절대 내주지 말아야 했다. 우리나라 토종 씨앗들이 다국적 기업에 팔린 결과 논밭에 씨앗을 뿌리고 심을 때도 씨앗에 대한 로열티를 지불해야 한다. 그렇게 해외로 빠져나가는 돈만이 문제가 아니다. 우리 씨앗임에도 불구하고 종자 개량이 되어 아무것도 할 수 없다는 좌절을 맛보고 있다.

종묘 시장에서 거래되는 씨앗은 대개 일 년용이다. 그렇게 조작을 해놓았다. 다국적 종자 회사는 그런 방식으로 매년 수익을 올리고 있다. 신자유주의 방식이 세상을 돌리고 있다. 씨앗마저 세계 굴지의 종자 회사들의 금고만 더 두둑해지게 하고 있다.

농약과 비료의 과대 사용으로 땅은 이미 병들었다. 거기에 기후 변화로 인해 사막화가 가속화되고 토양의 유실이 심해져 지구촌 전체가 몸살을 앓고 있다. 과잉 생산이 필요했던 시기엔 그럴 수도 있었다. 그러나 지금은 그런 시대를 넘어서 있다. 땅이 더 병들지 않도록 해야 한다. 병든 땅을 살려내야 한다.

신자유주의자들, 다국적 농업회사들의 농업정책은 작물들을 뺀 생명체들은 죽도록 고안된 체제 속에 농업을 돌리고 있다. 인류는 그런 농촌에 의지할 수밖에 없다. 땅이 원초의 생명력을 잃고 생명체들은 인간에 의해 선택적 배제를 당하고 있다. 땅은 순환 장애가 생겼고 생태계 파괴는 가속화되고 있다. 현대의 세계 구조는 생태계 파괴와 환경 오염을 벗어날 수 없다.

멀리서 도란도란 소리가 들려왔다. 규철이 소리 나는 쪽을 바라봤다.

"혼자 뭐하세요. 규철 선생님?"

논살림 회원인 미연이 가까이 다가오면서 말을 걸었다.

"이리 와서 한 잔씩 해요."

"좋죠."

"옛날엔 논에 거름을 일 년에 한 번밖에 안 줬잖아요. 벼가 자랄 때 논에 들어가 거름을 줄 수 있겠어요? 모를 내기 전에 딱 한 번, 그런데도 어떻게 벼들이 잘 자랐을까? 궁금해요."

전국씨앗도서관 협의회에서 총무를 보는 왕골 모자 쓴 남자가 물었다.

"옛날엔 논들이 집 앞에 있었잖아요. 그걸 문전옥답이라고 했죠. 쌀뜨물이나 구정물을 버리면 논으로 들어갔고, 그 물은 또 순환해서 그 아래 논으로 들어갔지요. 옛날엔 대개의 논이 다랑논이었지요. 논은 그렇게 매일 영양을 공급받고 그러다보니 미생물도 풍부할 수밖에요. 천연적인 양분이 돌고 도니 논은 다양한 생명체들의 보고였던 거지요."

미연이 말을 받았다.

"식물은 대기 중의 이산화탄소를 흡수해 광합성을 하잖아요. 광합성을 하고 남은 탄소를 땅에 저장하고요. 땅에 탄소가 많아지면 작물 재배에 좋은 비옥한 땅이 된다는군요. 땅이 대기의 이산화탄소를 계속 제거해 기후 변화에도 좋은 영향을 주고요."

왕골 모자 회원의 목소리가 밝았다.

"맞아요. 농약을 많이 뿌리는 논은 벼 외의 생명체들이 죽을 수밖에 없어요. 송사리, 물방개, 게아재비, 잠자리 유충, 왕우렁이, 미꾸라지, 물자라, 산개구리, 거머리, 장구애비, 깔따구, 물달팽이, 논에 살던 그 많은 생명체……. 이제 거의 볼 수 없잖아요. 그것으로 끝나는 것도 아니지요. 논에서 먹이를 찾을 수 없는 새들은 논에 날아올 리 없습니다. 황새, 왜가리, 두루미, 백로, 흰뺨검둥오리가 논에 서식하는 풍경은 사라지다시피 했잖아요."

규철은 말하면서도 슬픔이 밀려왔다.

"슬픈 현실이죠. 그런데 흙을 되살려놓으면 더디지만 회복할 수 있답니다. 자연 퇴비를 주고 땅이 비옥해지면 작물이 건강하게 잘 자라고 대기 중의 이산화탄소도 포집되어 기후가 좋아진다는 거지요. 땅, 작물, 공기가 선순환 구조로 변화되는 것을 저는 요즘 눈으로 확인하고 있습니다."

미연이 들뜬 목소리로 말했다.

"난, 이 소로리 마을이 좋아요. 미호강도 이쁘구요. 이 마을에 반딧불과 방개가 많았대요. 그 생각만으로도 기분이 좋아요."

"토탄층도 풍부해서 쌀맛이 좋다고 하던데……. 집에서 나눠 먹은 사람들이 한결같이 밥맛 좋다고 칭찬이 자자해서."

"난 그분도 너무 멋있게 보여요."

왕골 모자 곁의 여자가 입을 열었다.

"누구요?"

"이십 년 이상 토종 농사를 고집해온 농부 있잖아요"

"아. 턱수염이 어울리고 잘생긴 분요?"

"밭에 검정찰옥수수를 심을 때였어요. 그 농부가 운동화 뒤축으로 흙을 찍으며 걸어나가더라고요. 그가 발을 뗄 때마다 검은 흙에 작은 구덩이가 만들어졌는데, 검은 흙보다 더 반질거리는 게 꼭 검정찰옥수수 빛깔 같았어요. 한 사람은 그를 뒤따라가며 구덩이에 옥수수 알을 놓고, 또 그 뒤에 오는 사람이 쇠스랑으로 흙을 긁어 덮어주면 끝이었습니다."

"한 폭의 그림이었지요."

"올봄 밭에 작물을 심을 때 그분은 어디서도 본 적 없는 방식으로 디자인했지요. 자주감자와 검정찰옥수수, 흑수박, 먹참외, 개똥참외, 너브내 상추, 파란꽃 상추, 토종 생강, 조선오이, 토란, 동부, 단수수, 외대해바라기를 모양 좋게 심고 밭의 가장자리를 앉은뱅이 밀로 채워놓더군요. 특히 가장자리를 앉은뱅이 밀로 채운 이유가 멋졌어요."

규철도 그 장면이 떠올라 한마디 던졌다.

"뭐라고 했는데요?"

자리에 있던 사람들이 궁금했는지 일제히 재촉했다.

"밀이나 보리는 겨울을 나고 이른봄부터 성하게 자라나는데, 다른 작물이나 풀들은 달포 후쯤에나 성하게 자라난대요. 밀, 보리에는 보리수염진딧물이 기생한대요. 그 보리수염진딧물을 좋아하는 토착 천적들이 있는데 진딧벌, 무당벌레, 꽃등애, 사마귀, 풀잠자리가 그 천적들이랍니다. 그들이 보리수염진딧물을 잡아먹기 때문에 살충제를 줄 필요가 없다고 합니다. 오월 중순쯤 되면 밀, 보리가 이삭이 패고 영글어가면서 잎줄기가 마르면 보리수염진딧물도 세력이 약해지고, 그 진딧물에 의존하던 토착 천적들이 밭 안쪽 농작물에 생기는 진딧물을 먹이로 삼느라 옮겨간다는 거예요."

"멋지네요. 천적을 이용한 자연 방제네요. 밭엔 약을 뿌리지 않으니 미생물도 살고 흙도 살고. 선순환이 가능한 구조가 되는 거지요. 그리구요."

미연 곁에 선 여자가 규철의 설명에 맞장구치며 종이컵에 따른 막걸리를 한 모금 마시곤 이어 말했다.

"먹방 문화가 유행이잖아요? 단맛이 지나치게 평정해버렸어요. 단맛이 모든 맛을 없애버렸어요."

"맞아요. 단맛에 우린 너무 길들어 있어요. 온통 단맛, 단맛뿐이에요. 브릭스. 다음 세대는 그게 맛의 전부인 줄 알 것 같아 염려돼요. 쓴맛, 떫은맛, 심심한 맛, 무미건조한 맛, 신맛, 밍밍한 맛, 맛없는 맛 같은 고유의 맛이 다 상실되어가고 있어요. 그 짧은 기간 동안 단맛이 모든 맛을 삼켜버렸어요. 그렇지 않나요? 규철 선생님."

규철은 심심한 맛이란 말에 귀가 열리는 기분이었다. 심심한 맛의 매혹, 조 대표와 대화할 때 나온 그 말의 여운이 새삼 가슴을 훈훈하게 했다. 떠들썩하고 요란하고 표피적인 즐거움들이 난무하는 세상, 그게 다인 양 그리로 블랙홀처럼 빨려들어가는 사람들……. 잠식되는 줄도 모르고, 심심한 맛의 매혹과 그로 인한 반란, 그 너머를 보여주는 것……. 심심한 영혼, 심심한 삶이 떠올랐다. 서유구의 삶이 그랬다. 그 심심해 보이는 삶의 이면도 과연 심심했을까?

"심심한 맛의 묘미를 사람들이 잃어버렸어요. 여운도 사라지고 여백도 증발하고 허허로움도 찾아보기 어려운 세상이 되었어요. 온통 빽빽하고 여유를 부렸다간 이용당하기 십상이지요. 밀도니 표준화니 그것들이 세상을 발전시키긴 했지만 도리어 옥죄는 현상이 이미 나타났죠. 채플린의 영화 〈모던 타임

즈)에서도 톱니바퀴 속에 끼인 주인공으로 형상화된 것도 오래전이지요. 서유구 선생은 중용을 중시했는데 세상이 온통 극단적으로 가고 있어서 끔찍합니다."

"정말 그래요. 중용이나 무위, 모두 우리 고유의 전래 사상이자 결인데 서구적인 것들이 휩쓸어버렸어요."

"얼마 전에 조카 결혼식이 있어서 참석했는데 평소에 익숙한 풍경인데도 전혀 다른 식으로 보인 적이 있었어요."

왕골 모자 쓴 남자가 말했다.

"뭔데요?"

미연이 물었다.

"신랑 신부의 어머니 두 분만 한복을 입었어요. 아버지 두 분도 양복을 입었고 하객들 모두 양복을 입었죠. 늘 그래서 당연히 여겼는데 그날따라 이상하게 보였어요. 생각을 해보세요. 아버지, 어머니 두 분조차 양복, 한복으로 갈라지고 양복이 장악한 사실을요. 그게 문화의 흐름이라 하겠지만 달리 보면 전통의 상실이죠. 상실 자체도 모르게 되었구요. 저는 토종 운동을 하기에 전통문화에도 관심이 깊어요. 그런 저마저도 결혼식장에서의 그 장면이 문득 낯설었어요."

"말씀 듣고 보니 그러네요."

"상실한 게 한둘이 아니지요. 세계화, 글로벌이니 해서 이상한 기류가 휩쓸더니 그 저항으로 탈세계화, 지역화 운동도 일어나긴 했지만 우리나라뿐 아니라 세계 곳곳의 고유문화에서 상실투성이예요."

"좋은 말씀들입니다."

규철이 말을 받아 이어 말했다.

"서유구의 삶도 무미건조하면서도 담백했죠. 그러나 그 이면은 얼마나 매섭고 치열했을까요. 서유구의 그런 점이 끌려 저도 조합원이 되었어요. 여러분들을 만나게 된 것을 행운이라고 생각합니다."

"맞아요. 서유구 선생은 참 특이한 분이세요. 『임원경제지』가 분량이 너무 많아 다 못 읽었지만, 가끔 들여다보면 서유구 선생의 진지한 탐구 정신과 실천, 백성을 위한 마음에 감격스러워져요."

미연의 말에 모두 공감했다는 듯 고개를 끄덕였다.

"단맛에 치우친 문화, 진짜 문제예요. 소비자들이 그러니 생산자들도 그에 맞출 수밖에 없고요. 단맛……. 그 단맛 이외에 매운맛 짠맛만 우리의 미각이 될 것 같아요. 방송에서도 온통……."

왕골 모자 쓴 남자가 말을 받았다.

"씨앗 없는 과일? 먹기 편하게 한다고, 생선 가시를 없애지. 2000년대 초반에 털 없는 닭을 만들었다고 뉴스에 나온 적 있지. 일명 뻑 닭이라고 놀려먹던, 미친놈들."

미연 왼쪽의 남자가 목소리를 높였다.

"수박이건 포도건 먹을 때 씨앗을 입안에서 골라내면서 혀

와 뇌가 발달한다고 해요. 씨앗을 뱉어내고 턱턱 씹을 때 턱관절도 발달하고 그게 또 뇌에 이어지고. 사람 몸이 그렇게 되어 있대요. 그걸 자연의 이치라고 설명해야 할 것 같아요. 단맛에 편리에……. 미래의 인간은 굉장히 단순한 동물이 돼 있을 것 같아요. 인간이 가지고 있는 섬세한 기능을 상실한 인간, 끔찍하지 않아요? 확대 해석인가요? 요즘 엄마들이 자식들을 그런 방식으로 망치는……. 사랑이라는 이름으로……. 뭐라 할 말이 없어요."

취기가 오르면서 잘못된 미디어나 사회에 대한 성토장이 되어가고 있었다. 규철은 이 시간 이런 광경이 취기 탓만이 아닌 지금의 현실이라고 더욱 절감했다.

18. 둔전

"협동조합 운동을 소로리 마을에 뿌리내리게 한 것은 잘한
것 같아요."

L 출판사의 사무실. 규철은 커피잔을 테이블에 내려놓으며
말했다.

"처음엔 파주에 하려 했었지. 서유구 선생의 고향이 장단이
잖아. 두지리에서 임진강을 건너면 바로 여름이 긴 그 장단. 아
직도 토종 콩 등 토종 식물이 발견되는, 지금은 파주 관내지만
분단의 현실이 고스란히 적용되는 비무장지대가 포함된 리 단
위의 마을이었지. 장단이 아쉽기는 하지만 소로리로 방향을
튼 게 신의 한 수 같아. 세계에서 가장 오래된 볍씨가 발견된
곳이기도 하니까. BBC 등 언론이나 해외의 유명 연구소에서
인정하는데도 정작 국내에선 인정받지 못하니 거참 아이러니

하기도 해."

"안타까운 일이죠. 토탄층에 만 오천 년에서 만 칠천 년 전에 걸친 볍씨가 묻혀 있다가 발굴되었지요."

조 대표의 말을 받았다.

"보통 볍씨가 낙곡이 되면 그 끝에 떨켜가 생기지. 나뭇잎 떨어질 때와 똑같지. 근데 소로리 볍씨엔 모체와 붙어 있는 부분이 있다는군. 누군가 덜 익었을 때 훑은 흔적이야. 그 부근에 살던 고대인들이 식용을 위해 볍씨를 훑었다고 볼 수 있는 거지."

"순화벼라고 부른다고 들었어요. 소로리 볍씨는 자연종에서 재배종으로 넘어가는 단계의 벼라는 얘기죠."

"맞아. 통상 세계에서 볍씨의 기원으로 인도나 중국을 치지. 그것들보다 무려 몇천 년 앞서 소로리에서 벼를 식용으로 삼았다는 증거지. 물론 그런 의견을 인정하지 않는 측도 있어. 하지만 순화벼일지라도 그 자체로서 세계사적, 인류학적 의미를 담고 있다고 할 수 있지. 세계사의 한 페이지를 바꿀 중차대한 사건임에도 인정을 제대로 받지 못한다는 게 비참해. 우리 학계나 국가의 현실이 그대로 드러났다고 할 수 있는 거지. 서유구 선생도 마찬가지야. 제대로 인정받지 못하고 있지."

조 대표가 쓸쓸한 미소를 지었다.

"비교가 좀⋯⋯."

"알아, 알아. 그저 답답해서 그랬어."

"서유구 말이 나왔으니 말인데 정약용과 비교가 돼요. 같은 시기를 살았죠. 둘 다 뛰어남에도 한 사람은 지나칠 정도로 띄워지고 한 사람은 이름조차 거의 알려지지 않았으니……."

"제대로 파악하고 있군. 위당 정인보 선생도 비슷한 말을 했었지."

"뭐라고요?"

"시대 상황을 잘 살펴봐. 3·1 운동 후의 1920년대는 항일 무장 투쟁이 격렬해졌고 국학 운동도 뜨거웠었지. 위당 선생도 그때 주동자 중의 한 분이었지. 참혹한 식민지 시대, 민족혼을 불어넣고 항일의식을 고취하기 위해선 뿌리를 찾을 필요가 있었겠지. 그래서 백탑파를 주목할 수밖에 없었을 거야."

"아, 네에."

"백탑파 모임에 실학이란 이름을 붙였어. 영정조 시대에 실학이란 말은 아예 없었어. 1930년대에 와서야 붙여진 거야."

"그렇군요."

"그 흐름 속에 정약용은 그 시대에 절실했고……. 그럴 수밖에 없었던 거지."

규철은 솔깃해졌다.

"다산에 대해 심층적으로 연구할 틈도 없었을 거야. 그리고 다산에 대해 깊게 공부하면 약점이 나와. 다산이 쓴 저서 중에 『아방강역고』란 책이 있어. 지금 진보 사학에서는 그 책엔 심각한 오류가 있다는 주장들이 제기되고 있어."

"오류라고요, 어떤……?"

"그래. 『아방강역고』의 아방은 우리나라, 강역고는 강역을 고찰한다는 뜻이야. 즉 우리나라의 강역을 고찰한 책이지. 정약용의 『아방강역고』가 정도전의 『조선경국전』을 답습했다는 거지. 그런데 『조선경국전』에 나오는 조선은 고조선의 조선이 아니야. 기자 조선의 조선이야. 주체성이 없는 사대주의이며 사실과는 다른 왜곡으로, 달리 볼 경황을 두지 않았다는 거지. 다산의 『아방강역고』도 그 흐름을 고스란히 이어받았을 테고……. 우리나라의 강역이 사대주의에 휘둘린 채 왜곡되어 쓰였다는 결론에 도달하는 거지."

"그럴 수가요."

규철은 흥분한 나머지 테이블에 놓인 커피를 쏟을 뻔했다.

"부인하고 싶지만 사실이야. 일본은 3·1 운동 이후 식민체제를 교묘하게 강화하고 있었고 정인보는 급한 불을 꺼야 했겠지. 그런 시대적 절박성과 한계가 만들어낸 게 지금의 다산인 거지. 그때는 그럴 수 있어. 설령 그렇다손 쳐, 문제는 그 이후야. 그때 정해진 위상이 단 한 번도 이의 제기 없이 지금까지 그대로야. 다산을 폄하하자는 건 아니야. 그의 공과를 정확히 하자는 거지. 재평가는 필요한 거야. 누구든지 간에. 광해군도 재평가되었고 선조도 재평가될 수 있어. 정약용에 대한 재평가 작업은 역사 인식에 대한 과학적이며 학문적이기도 한 작업이야. 그걸 소홀히 한 거지. 한마디로 방기한 거야. 우리나라

학자들이나, 정치가들이나, 한심하기 짝이 없다는 증거지. 정약용이 뛰어난 업적들을 쌓은 건 맞아. 그건 인정해야 해. 그러나 액면보다 부풀려진 면은 실제로 밝혀내야만 해. 이것만 그러겠어? 이것만 그러겠냐고……."

조 대표는 흥분하고 있었다.

"그 불균형을 바로잡고 정확한 평가를 해야 하는데, 정부건 학계건 눈이 감겨 있어. 한심하기 짝이 없어……."

"애석하네요."

"……."

"협동조합이 일반 협동조합과 사회적 협동조합으로 나뉘잖아요. 사회적 협동조합으로 방향을 잡은 것은 왜죠?"

"고민을 많이 했지. 서유구 선생이 남긴 책을 현대적으로 재해석하고 생태, 생명의 가치를 되살리는 일을 하기 위해 어떤 성격의 조직이 필요할까, 고민하는 시간이 길었어."

"그렇겠지요."

"자본주의와 사회주의 둘 다 궤도를 이탈해 뻘짓을 해나갔잖아. 자본주의는 신자유주의로 이어져 지나치게 폭력적으로 되었고 세계를 초연결사회로 만들어 인간사회를 자본의 노예로 전락시켰지. 『피로사회』니 『위험사회』니 하는 책들이 그래서 나왔고, 코로나19 팬데믹이니 생태 파괴니 하는 것들도 그 연장선에 있지. 사회주의도 마찬가지야. 조지 오웰의 『1984』를 예로 들지 않더라도 마르크시즘의 순수성에서 일탈해 관료화, 일당 독재, 일인 독재화되는 면이 다분했지. 전 세계가 이 데올로기들에 의해 신음하던 와중에 북유럽에선 복지주의가 나왔고 또 작지만 새로운 흐름으로 협동조합 운동도 그 궤도 중 하나일 수 있지."

조 대표는 대학 시절 마르크스의 『자본론』과 레닌의 『유물론과 경험비판론』을 묵직하게 얘기할 때보다 폭이 넓어지고 유연해져 있는 것 같았다.

"애덤 스미스는 '보이지 않는 손'으로 분업을 말했지만, 윤리도 말했죠. 자본가들과 권력자들이 윤리를 빼버리고 보이지 않는 손, 분업만 절대화시켜 차가운 경제, 지금의 신자유주의가 된 것 같아요. 사회주의나 공산주의도 마찬가지예요. 계급투쟁이니 프롤레타리아 혁명도 있지만 소외된 계층에 대한 애정이 근본에 있었죠. 그것이 안 되니 폭력이라는 대안을 쓰는 거죠. 저는 이런 게 참 안타까워요. 자본주의나 공산주의나 그이론엔 기본적으로 윤리나 사랑이 있었어요. 권력에 의해 그런 것들은 배제되고 살벌한 경쟁이나 일당 독재만 남는 거죠."

"일리가 있어."

"분업과 평등. 이 두 개가 같이 갈 수 있는 거죠. 이 단순한 것이 안 되는 게 우리가 사는 지구예요. 권력 잡은 놈들이 길을 다 막아놨죠. 자기들만의 길을 위해."

"허허. 오늘은 세게 나가네."

"서유구는 가령 분업과 평등 그 둘 다 중시해요. 적어도 그런 씨앗이 들어 있어요. 장인들을 중시해 그들이 도량형에 맞는 일들을 해서 효과가 커지길 바라고 품앗이나 마을 공동체도 중요시하죠. 사람이라면 꿈꿀 수 있는 극히 상식적인 일이기도 해요."

"그렇지. 물론 협동조합 운동도 불미스러운 일이 많아. 우리나라 실태만 봐도 정부 돈 빼먹는 엉터리 조합들이 넘쳐나지. 사악한 것들이지. 그런데 운용만 잘하면 경제적 혜택과 더불어 잃어버린 공동체의 향수를 누릴 수 있지."

"동기야 좋죠. 협동조합 운동을 하는 사람들 상당수가 이미 자본의 단맛에서 빠져나오지 못하는 것 맞아요. 협동조합 운동을 그 도구로 여기는 경향도 많을 겁니다. 일이 절대 쉽지 않을 겁니다."

"서유구 선생도 둔전을 모색했어. 협동조합과 비슷한 성격이 있어."

규철은 깜짝 놀랐다. 자신도 그 지점이 끌렸었는데, 조 대표도 간파하고 있었다.

"서유구 선생이 늘그막에 다시 관직에 들어가 전라도 관찰사를 할 땐데, 그해 역병이 돌고 흉년마저 심했었지. 해안가와 섬마을이 특히 극심했었어. 유리걸식들이 무섭게 늘어났고……. 서유구 선생은 그들이 눈에 밟혀 고뇌를 거듭하다가 경작되지 않은 땅을 생각해내지. 그 땅을 유리걸식하는 사람들의 터전으로 삼으면 뭔가 될 것 같은 생각이 들었지."

"그랬었죠."

"유랑 걸인들을 경작되지 않은 땅에 모이게 하고 군역을 면제해주려 했었지. 그들이 생산하는 물건에 십 년간 세금을 물리지 않고 토지 개간을 협동으로 이루어나가고……. 종자를 살 돈은 비책으로 마련하고 도살 벌과금을 통해 소를 얻으려 했었지. 한갓 관찰사로선 도저히 할 수 없었고 해서도 안 될 일을 시도하려고 몸부림쳤었지. 비록 미완에 그쳤지만, 그 생각만 하면 가슴이 울컥해지곤 해."

"저도 감동한 내용이에요. 4기에 해당하는 시절이지요. 십팔 년간 시골과 강가에서 농사도 짓고 물고기도 잡으며 농서를 지어온 3기 다음요."

"그렇지. 4기."

"네."

"내가 사업 방향을 기업 아닌 협동조합으로 돌린 것도, 서유구의 둔전과 관계 깊다고 보면 될 거야."

"……."

"그 둔전이 뇌리에서 떠나지 않았어. 정조도 수원성에 둔전을 설치했지. 서유구 선생의 가슴속 깊게 담겨 있는 뜻이었을 텐데 실패로 끝나 얼마나 가슴이 아팠을까. 서유구 선생의 삶을 진정으로 기리기 위해선 그분이 못다 한 일을 현대에 맞게 해야 할 것 같았어. 서유구 선생이 정조대왕과 부친이 못다 한 꿈을 이루고자 맘먹었고 그걸 기어코 해냈듯이 나 역시 그러고 싶었지. 협동조합을 차려서 서유구 선생이 미완한 둔전 사업을 현대적인 버전으로 성공시키기로 방향을 잡은 거지."

"『임원경제지』의 출판에다가, 둔전을 지금의 현실에서 현실화시켜보려 하셨군요."

"알다시피 사회적 협동조합은 일반 협동조합과 달리 공익을 중시하지. 수입이 생겨도 조합원들이 가져가는 몫이 크지 않아. 공공선을 위해 재투자해야 하거든."

"바로 그 점이 마음을 내게 했어요. 그래서 저도 조합원이 된 거였죠. 형이 적극 받아주었고요."

"그랬지."

"저도 조합원이 되면서 농사도 짓고 흙과 작물을 만지다보니 건강도 회복되고 마음이 편해졌어요. 귀농을 결심해 실행에 옮긴 건 잘한 일이었고요."

"그렇겠네. 서유구 선생이 너에겐 귀농의 선구자라고 말할 수도 있겠네. 허허."

"당시는 농촌 사회라 귀농이란 말은 어울리지 않죠. 썩어빠진 사대부들을 놓고 볼 땐 희귀한 선택이었죠."

"그렇지. 너도 심신이 이젠 건강해졌어. 내가 서유구를 처음 얘기할 때만 해도 찌들어 보였었는데."

"그랬을 겁니다. IMF 때였으니 죽을 맛이었지요."

"그땐 서유구를 처다보지도 않더니. 허허."

"하하. 그땐 눈에 들어올 일이 없었죠."

"너 설득하느라 얼마나 힘들었는데."

"고마워요. 형."

"어렸을 때도 가난으로 고생하더니 고생 많았어. 나도 고마워."

"IMF 때 씨앗들을 해외에 팔아넘기는 거. 그 일로도 속이 뒤틀려 있었어요."

"그랬었군."

"나라가 거덜났으니 IMF에 구제 요청을 한 통에 뭐라도 팔아야 할 처지에 있던 건 맞아요. 무수한 기업이 해외로 넘어갔잖아요. 몸담았던 종묘 회사에서 브리핑 자료를 제가 만들었지요. 토종 씨앗의 중요성을 담아내려 애썼어요."

"운동권 할 때의 기상이 살아 있었네. 너의 멋진 점이지."

"뭘, 형이 멋지죠. 형은 저와 차원을 달리해서 이렇게 훌륭한 일을 해나가잖아요. 과거 운동권 할 때의 진정성을 유지하되 실천은 해체적 다양성의 일환으로……."

"그런가. 허허."

"토종 씨앗이 다국적 기업에 팔리게 될 때 미래에 닥칠 비극들을 가늠해서 적었지요. 브리핑 자료를 들고 농림부의 공무원들을 찾아가 설명하고 어떻게 하든 설득을 해보려 했어요. 그들은 눈길조차 주지 않았어요. 어찌나 실망스럽고 화가 치밀던지……."

"늘공들이 다 그렇지 뭘. 지금도 뭘 하나 해보자고 하면 안 되는 이유를 백 가지 이상을 만드는 게 그들이야."

"다니던 회사마저 미국 기업에 팔렸잖아요. 직원들이 엄청나게 잘렸고, 저는 잔류했는데, 그거 뭐 그런 시 있잖아요. 「살아남은 자의 슬픔」 그게 확 떠오르고 그게 더 쪽팔렸어요."

"그랬다고 했었지."

"그건 그래도 나아요. 결국 회사를 나왔는데 갈 데가 있어야지요. 놀다보니 막막해지더라고요. 아내가 일하기에 버틸 수는 있지만, 눈치도 보이고 제 꼴이 영 말이 아니었어요. 농약 회사에 들어갔잖아요. 그건 진짜 더 못 할 짓이었어요. 그땐 지금과 달리 농약의 독성이 훨씬 컸어요. 마치 독을 파는 느낌이었다니까요."

"하하. 넌 너무 예민해서 탈이야. 요샌 좋은 농약들도 많이 나왔다더라. 우리처럼 토종 운동 하는 사람들과는 맞진 않지만."

"가뜩이나 취약한 생태계를 죽이고 생물 다양성을 파괴하는데, 제가 그 일에 일조했다는 것을 여기 협동조합에 들어와서 처절하게 절감했어요. 그땐 고통스럽다보니 술에 의지했고 건강이 엉망이 되었죠. 아내도 이러다가 이 사람 큰일나겠다 싶었나봐요. 그야말로 인생 바닥이었는데 여기 와서 좋아졌어요. 아내도 처음엔 반대하더니 제 몸이 좋아지고 얼굴이 밝아지는 걸 보곤 뒤따라 들어와 잘 지내고 있잖아요."

"제수씨가 자네보다 더 열심인 것 같아. 그러다 몸 상할라.

좀 살살하라고 해."

"최근엔 음식에 빠져 있어요. 서울 여자라서 먹는 것도 현대
풍이었는데 「정조지」(『임원경제지』의 열여섯 서책 중 하나. 음
식에 관한 책)에 나오는 전통 음식 레시피가 재미가 있나봐요.
완두 미숫가루도 만들고 미나리 김치, 봉선화포도 만들고, 난
리예요."

"잘됐네. 참 키위 말이야."

"네?"

"그 과일이 아편전쟁과 관계있는 거 알지?"

난데없는 조 대표의 말에 규철은 엔도르핀이 확 올라왔다.

"아편전쟁으로 청나라가 휘청거리자 수많은 외국인이 중국
땅으로 몰려왔었지. 그들은 정원을 중국 식물들로 가꾸다가
묘한 덩굴나무를 찾아냈지. 「만학지」(『임원경제지』의 열여섯
서책 중 하나. 나무에 관한 책)엔 미후도라고 나오지."

"네, 우린 양다래라고도 불렀죠."

"미후도는 그들에 의해 차이니즈 구스베리라고 이름이 바
뀌어, 시간이 더 지나선 미국의 캘리포니아와 뉴질랜드로 이
동하게 되었지. 1930년대엔 뉴질랜드의 원예가들이 그 나무
의 열매를 식용으로 바꾸는 데 성공했어. 이름도 키위라고 바
뀌지."

"아. 그렇게 되었군요."

"응. 근데 키위 이름에 참 묘한 구석이 있어. 키위는 뉴질랜

드의 국조(國鳥)야. 한 나라의 대표적인 새가 과일 이름이 된 유례를 달리 찾아볼 수가 없어."

"참 그렇기도 하네요."

"마케팅으론 뭔가 독특하지. 그후 전 세계로 퍼져나가서 우리나라엔 1970년대 말에 소개되었고……."

규철은 듣고 보니 키위의 이동 경로가 제국주의의 경로와 묘한 박자와 리듬을 맞춘다는 느낌이 들었다. 중국의 식물이었다가, 영국이 눈독을 들였지만, 생장 기후가 맞지 않자 캘리포니아로 건너갔고 결국 뉴질랜드에 적합했고, 그 이후 재배 기법의 변화를 타고 우리나라를 포함해 전 세계로 확산…….

결과를 보면 이럴 수가 있나 싶지만, 식민지의 물건 중에 제국주의 경로를 따라 이동한 게 어디 한둘이겠는가. 우리 밭둑에서 흔하던 패랭이가 카네이션이 되었다는 얘기며 강가나 바닷가에 흔하게 자생하는 나리가 백합이 되었다는 것과 일맥상통해서 그런지 키위 얘기가 좀더 구체적으로 다가왔다.

섬에 가닿았을 것이다. 섬에서 새롭게 특화되고 새로운 이름으로 태어나서 전 세계로 퍼져나갔다. 제국주의의 순서와 슬프게 비례하다가 어느 순간 그 틀을 벗어난 것이다. 새처럼 자유롭게…….

"자. 김기백 회장과 만나려면 지금 일어나지 않으면 늦어져."

상호 형이 엉뚱한 상상을 깨웠다.

19. 김기백 회장

인사동의 찻집 경인미술관.

대개 성공한 사람들이 그렇듯 김기백 회장은 미리 와서 기다리고 있었다. 잘 다려진 양복에 예의바른 얼굴, 여전히 인자한 미소를 짓고 있었다.

"일은 어찌 잘되어가고 있어요?"

"네. 올해 추수까지 잘 마치면 행사를 하려 합니다. 소로리 마을 공터에서 할 예정인데요, 회장님도 꼭 참석해주세요."

담소중에 김기백 회장의 말을 받아서 조 대표가 운을 떼었다.

"그러리다. 사회의 안녕과 미래를 위해 좋은 일을 하시는데, 제가 기꺼이 도와야 마땅하죠."

"그리고 여기 이규철 씨가 서유구 선생의 삶을 정리해서 그날 발표할 겁니다. 보통 기념행사에서는 그런 일을 약식으로 하는 게 관례죠. 저희 협동조합은 공익성과 사회성을 중요시하고 시들해진 시민사회 운동에 신선함을 주기 위해 기획 발표에 공을 들이다보니 그렇게 하는 게 순리라고 여기게 되었습니다. 서유구 선생이 워낙 알려지지 않았고 평가절하된 면이 커서 이 기회에 알리려 합니다. 이규철 씨의 글이 타당성이 있으면 영화든 드라마든 유튜브든 만들어봐야 할 것 같습니다."

"그 의미는 이미 들어서 충분한 것 같습니다. 기획하신 대로 잘 추진해보시지요."

"네. 지구 전체가 신음하고 있잖습니까? 생태계는 파괴되고 환경은 쓰레기로 넘쳐나고 코로나19가 아니더라도 자연을 도구화하는 세태 속에서 극도의 경쟁과 승자 독식 주의로 인해 고통이 넘치잖아요. 우리 풍석 사회적 협동조합은 미미하고 어떤 정치 세력이나 NGO도 아니지만, 땅과 생명을 중시하고 아름다운 공동체를 지향하고 있어요. 시민운동 차원도 있는 거지요. 상실한 전통에 기반하고 그 아름다운 복원에 이바지하려 하니 충분히 그 가치가 있다고 생각합니다."

"여러분께서 좋은 가치를 추구하시니 나도 어떻게 하든지 도움이 돼보려 하는 거지요."

"저희와 협업하는 단체들도 훌륭해요. 논살림은 논의 다원적 기능을 알리고 논 습지에서 다양한 활동을 하는 단체입니다. 논에 사는 생물들도 조사하고요. 농약과 제초제에 의해 논이 시달리고 논의 생명체들이 죽어가는데 논도 자연적으로 되살리고 그 안의 생명체들도 살아나는 걸 논살림의 활동가들과 협업하다보니 알게 되었어요."

"그렇군요."

"전국씨앗도서관 협의회는 토종 씨앗들을 보존하며 살려나가는 동시에 학술, 농업, 음식, 유통, 문화 분야에서 협력하자는 취지로 설립된 단체입니다. 그 협의회의 대표는 평소 수원에서 회원들과 어울려 농사를 짓습니다. 농한기엔 전국의 산간 오지를 다니며 노인분들로부터 그들이 지닌 토종 씨앗들을 얻지요. 의성배추, 구억배추, 너브내 상추, 자주감자, 동부, 유채, 조선 녹두……. 귀한 토종 씨앗들을 모아 수원의 밭에도 심고 전국의 회원들에게 나눔 운동으로 확산시켜나가지요. 산간 오지에서 노인이 죽으면 소멸할 토종 씨앗들이 아슬아슬하게 명맥을 유지할 길이 열려 퍼지고 있습니다. 소로리에도 저희가 논과 밭을 크게 빌려 재배하는데 전국씨앗도서관 협의회에서 얻어온 토종 씨앗들을 많이 심었어요."

"훌륭한 분들이 많이 계시군요."

"네."

"GMO 문제도 심각하잖아요. 기후 변화가 더 심해지면 농산물에도 큰 타격이 오겠죠. GMO 종자들은 기후 변화에 아무래도 취약할 테니까 말입니다."

"그래서 토종의 중요성이 강조되는 거지요."

규철도 거들었다.

"수천, 수만 년 야생적으로 살아온 토종들은 강할 수밖에 없기에 기후 변화에도 살아남을 수 있습니다. 그건 인류의 먹거리에 직결되겠지요. 인류의 생사, 문명의 존폐와도 긴밀할 수밖에 없고요. GMO 종자들이 기후 변화에 몰살된다 해도 토종은 강하니까 살아남을 확률이 높지요. 종자 다양성으로 가야 맞는데, 현실은 오히려 거꾸로 가고 있으니 안타깝습니다. GMO가 세계 식량문제를 해결할 핵심 기술이라고도 하는데 전 사실 끔찍합니다. 그 작물로서는 유전적 변질이 되는 건데 인체에 해로울 수도 있구요."

"근데 규철 씨는 어떤 주제에 초점을 맞춰 준비하나요?"

김기백 회장은 규철을 바라보며 물었다.

"몇 가지가 있는데, 그중 하나는 어떤 사건을 다루려고요."

"사건이라고요?"

"네. 한 사회를 깊고 구체적으로 들여다보려면 특정 사건에 집중할 필요가 있지요. 그 사건이 중차대하지만 외면되어 있다면 특히 그렇죠."

"좋은 말이네요. 그런 사건이 있다면 당연히 부각해야죠. 나도 언론에 인맥도 많고 정관계에 지인들도 있으니 기꺼이 돕겠소. 근데 어떤 사건인지 말해줄 수 있나요? 궁금합니다. 허허."

"김달순 옥사 사건입니다."

"우의정 김달순 말이죠? 제가 그분의 팔 대 직계손입니다. 억울하게 돌아가셨죠. 나라를 위해 목숨을 걸고 임금께 진실을 고했는데 말이죠. 가문의 자랑이고 영광이지요. 저도 존경하고 있고요. 아, 순교와도 같은 그 사건이 역사적으로도 중요한 사건인가보군요."

규철은 뜨악했다. 우연도 이런 우연이 있나 싶었다. 김기백 회장이 김달순의 직계손이라니, 김달순에게 후손이 있을 수 있단 말인가? 대역적 죄인으로 참사를 당했는데? 삼족이 멸했을 텐데, 그리고 순교라니! 이런 개뼈다귀 같은 생각을 하고 있었다니, 속이 뒤집히다못해 멍한 표정으로 조 대표를 바라보았다. 조 대표는 느긋한 표정을 지으며 미소를 짓고 있었다.

"회장님께서 소유하신 부지가 우리 협동조합 운동에 꼭 필요합니다. 마음 한번 크게 내주시면 공익과 가치를 위해 정말 잘 활용하겠습니다. 선처를 부탁드립니다."

조 대표가 진지하게 말했다.

"저의 직계 선조가 관계된 사건이 크게 조명된다니 감개무량합니다. 부지 문제는 다른 문제들과 얽혀 지금 당장 말씀을 드리기는 어려우나 내가 마음을 쓰고 있으니 기다려봐주세요."

셋은 경인미술관을 빠져나왔다. 김기백 회장은 대기하고 있던 BMW를 타고 떠났다.

"이럴 수가요? 김기백 회장이 김달순의 팔 대손이라니요?"

규철은 흥분이 사라지지 않은 목소리로 말했다.

"뜻밖일세."

"혹시 윗대 어디쯤에서 족보를……."

"글쎄."

조 대표도 이제야 긴장을 풀고 말했다. 조 대표와 헤어지자 규철은 머리가 깨질 듯 아파졌다.

20. 토갱지병

대가족이 다시 모인 금화의 초가 흙마당을 봄 햇살이 잔잔
히 어루만졌다. 옥분이 곁에 있자 돌쇠는 어깨춤이 절로 났다.
장작을 도끼질하는 손목에도 힘이 더 실렸다. 유구는 밭에서
돌아와 땅광을 덮은 짚을 거둬냈다. 땅광은 입구가 좁지만 내
려가면 그 안은 널찍했다. 자그마한 항아리를 꺼내와 부엌으
로 가져갔다.

"뭔가요? 제가 할게요."

금이가 잰걸음으로 걸어오며 말을 건넸다.

"기다려봐요. 내가 하는 걸 곁에서 보기나 해요."

유구는 뚜껑을 열고 손에 쥔 숟가락을 항아리 안에 넣었다.
숟가락 가득 퍼 사발에 담았다. 사발과 주전자, 잔을 개다리소
반에 올려 안방으로 걸었다.

"할머님, 어머님 이거 드셔보세요."

사발에서 잔에 옮겨 담고는 잔에 물을 부으며 말했다.

"유자장이구나. 아범이 만들었느냐?"

어머니는 단박에 알아보았다.

"아범이 시골 생활도 잘해나가서 이 어미의 마음이 조금은 놓이는구나."

어머니는 성품상 말을 아끼는 분이셨다. 유구의 품성은 어머니의 영향도 있었다.

"모두 와서 함께 먹자꾸나."

서조모의 밝은 목소리에 우보도 다가왔고 금이도 칠보를 안고 들어왔다. 돌쇠와 옥분이는 보이지 않았다.

"우보야, 네 나이 올해 열네 살이냐?"

"예. 아버지."

"그래. 많이 먹어라."

"예."

식사 후 서조모는 곰방대에 살담배를 채워넣었다. 한번 피우고는 빨랫줄에서 옷가지들을 걷어 와 다듬이 앞에 앉았다. 며느리도 맞은편에 앉아 방망이를 들었다. 고부간의 다듬이질 소리가 초봄의 나른한 공기를 뒤흔들더니 어떤 때는 변주되기도 하고 엇박자를 만들어내고 있었다. 금이는 솥을 재로 닦고 있었다. 손과 소매가 까맣고 얼굴에도 재가 묻어 있었다. 유구는 금이를 보다가 빙그레 웃고는 툇마루에 앉았다. 지난 금화의 생활에서 겪은 검은 악몽들은 어느덧 지나간 듯했고 다사로운 햇살이 느껴졌다. 보리 수확과 모내기 준비, 김매기, 닭 키우기, 송아지 기르기, 독서, 음식 연구, 글쓰기, 서조모와 어머니 봉양……. 머릿속은 복잡했어도 어깨는 한결 가벼워졌다.

금이는 시어머니 곁에서 칠보에게 젖을 물리고 있었다. 봄 햇살이 뽀얀 젖가슴을 떠나지 않고 오래도록 머물렀으면 하는 생각이 들었다. 돌쇠는 돌아와서 그 상황이 민망했던지 멀찌 감치 사립문 쪽에서 비질했다. 옥분이는 닭장에 모이를 들고 들어가려던 참이었다. 마당엔 최가가 가져다놓은 맷돌이 놓여 있었다. 유구가 쭈그려앉아 맷돌을 골똘히 들여다보고 있는데, 우보가 물었다.

"아버지, 뭐하세요?"

"이게 뭔지 아느냐?"

"맷돌이요."

"그래. 아는구나."

"네."

"맷돌에도 종류가 있다는 거 아느냐?"

유구의 표정이 인자했다.

"모르겠는데요."

"콩 맷돌도 있고 보리 맷돌도 있단다. 이건 보리 맷돌이란다."

"그렇군요."

"보리를 수확할 때가 되어 구해놓았지."

"콩 맷돌은 어떻게 생겼어요?"

"콩 맷돌이 보리 맷돌보다 두세 배는 작지. 콩을 갈도록 만들어진 것이니."

"네."

"콩도 심어놨으니 수확해보면 알게 될 게다. 콩 맷돌은 아녀자 한 사람의 힘으로도 돌아가지."

"네."

우보는 보리 맷돌에 살짝 손을 대봤다.

"중국에서는 소나 나귀, 수력으로도 돌린단다. 서둘러 중국의 방법을 써봤으면 하는데……."

우보는 말없이 듣고 있었다.

"중국에서는 힘센 수소를 이용해 큰 맷돌을 돌릴 때 소의 눈을 유동(油桐)의 열매껍질로 가려준단다."

"유동이 뭐예요?"

"기름오동 나무라고 있단다. 우리나라에서는 나지 않고 중국에서 나지."

"근데 왜 그걸로 소의 눈을 가려줘요?"

"소가 어지럼증을 타니 그렇게 한단다."

우보는 신기하다는 표정을 지었다.

"배에는 통을 달아 배설물을 받아내야 한단다. 그렇지 않으면 맷돌 주변이 엉망이 될 테니 말이다."

우보가 웃었다.

"기름오동 나무 열매에서 기름을 짠단다. 그 기름을 동유(桐油)라고 부르지. 그 용도 또한 많단다."

"어떤 게 있어요. 아버지?"

"옻칠에 대해서 아느냐?"

"모릅니다."

"광에 옻나무 가지가 있을 것이다. 가져와보아라."

우보가 들고 와 유구 앞에 앉았다.

"실제 자라는 이 나무의 껍질에 흠을 내면 즙이 나오지. 그것을 생칠이라고 한단다."

"네."

"옻나무 가지를 베어 불 가까이에 대어도 즙이 나온단다. 그즙을 숙칠이라고 하지. 숙칠은 생칠만 못하단다. 생칠이 더 고급스럽단다."

서유구는 아들과 대화를 나누는 시간이 즐거웠다. 멀리서 서조모와 어머니도 흐뭇해하며 바라보고 있었다.

"칠이 7~8할 정도 마르면 금가루를 체로 쳐서 뿌린단다. 그러고는 기다리지. 인내는 언제나 중요하단다. 명심하거라. 그런 후에 기름종이로 눌러 평평하게 해준단다."

"할머니께서 아끼시는 함도 그렇게 만든 거네요?"

"그렇단다."

"할머니. 할머니 방에 있는 함이 어떻게 만들어졌는지 배우고 있어요. 재밌어요."

우보가 큰 소리로 말했다.

"그래. 우리 손자 신통하구나."

목소리가 밝게 퍼졌다.

"허허. 녀석."

유구는 우보의 머리를 쓰다듬더니 어느새 텃밭에 가서 호미를 들고 앉아 있었다. 부추, 상추, 쑥갓, 아욱, 파, 근대가 소복이 올라오고 있었다. 우보도 아버지를 따라왔다.

"농사는 풀과의 전쟁이기도 하단다. 머잖아 풀들이 마구 자랄 것이다. 옥수수, 고추, 오이, 수박도 심어야 하는데 나중에 이 아비랑 같이 풀매기도 하자."

"네. 아버지."

"벽돌 틈 사이로 풀이 나 있구나."

"그러네요."

"어떻게 하면 저 풀을 없앨 수 있겠느냐?"

"호미로 파면 되죠."

"그렇지. 근데 풀이 아예 자라지 않도록 하면 더 좋겠지?"

"예."

"어떻게 하면 좋겠냐?"

우보는 머리를 긁적였다. 서유구는 한 번 더 물었다.

"모르겠어요. 아버지."

"관계(官桂)라는 것이 있단다. 부엌에 있으니 어여 가져오너라."

우보는 부엌으로 가며 할머니를 불렀다.

"관계가 어떤 거예요? 할머니?"

"계피 중에 품질이 가장 좋은 것을 관계라고 한단다. 우보야, 아버지 일하는 걸 도우니 어떠니. 옛말에 아버지가 마당에서 콩 도리깨질할 때 아들이 마당 구석에 서 있기만 해도 반은 해준 거나 마찬가지라는 말이 있단다. 네가 아버지 곁에 있는 것만으로도 아버지께 큰 힘이 될 테니 어여, 가보거라."

찬장 구석에서 작은 병을 꺼내주면서 말했다.

"저기 뿌려봐라."

우보가 가져가자 서유구가 말했다.

"관계 가루를 매년 봄에 벽돌 틈을 따라 넣어두면 풀이 저절로 나지 않는다. 그뿐 아니라 뱀이나 지네도 관계 냄새를 싫어해서 집안으로 들어오지 않는단다."

우보는 아버지가 새로운 말씀을 할 때마다 막막하다가도 뭔가가 조금씩 열리는 기분이 들었다.

"아버지는 그런 걸 다 어떻게 아세요?"

"관계 얘긴 『천기잡록』이라는 책에 나온단다."

서유구는 온종일 가만히 있질 못했다. 새벽부터 밭에 나가 농사를 짓고 농기구가 고장나면 마을 사람들에게 물어 고칠 뿐 아니라 그 하나하나를 기록해나갔다. 책도 끊임없이 읽었다. 뭔가 적혀나가는 종이들이 계속 쌓였다. 그러던 어느 날 우보는 아버지가 시무룩해져 있는 모습을 보았다.

"무슨 언짢은 일 있으세요?"

조용히 다가가 여쭈었다.

"토갱지병!"

서유구가 입 모양을 야무지게 하며 말했다. 표정도 일그러졌다. 우보는 아버지의 이런 모습이 처음이었다. 아버지는 손마저 부들부들 떨었다.

"무슨 뜻이에요?"

아버지를 근심어린 눈으로 바라보며 여쭸다.

"흙 토(土)에 국 갱(羹), 종이 지(紙)에 떡 병(餠)……. 흙으로 끓인 국, 종이로 만든 떡이라는 뜻이다. 그런 국과 떡을 백성들이 먹을 수 있겠느냐? 성리학을 두고 한 말이다."

21. 추자도

가족은 조금씩 안정을 찾아갔다. 닭장엔 중닭들이 홰치는 흉내도 내며 종종거렸고 비단을 내어 사 온 송아지 한 마리는 하루가 다르게 쑥쑥 커갔다. 오디가 새까맣게 익어가는 뽕나무는 연한 잎들이 바람에 흔들리며 바람을 만들어내고 있었다. 밭작물들과 보리밭에서는 깜부기가 까만 연기를 털어내기 시작했다. 보릿고개가 끝나고 있었다.

"도련님. 왼쪽 발을 뒤로 빼요. 자칫하면 낫에 다쳐요. 자 이렇게 해보셔요."

보리밭에서 돌쇠가 우보 곁에서 낫질 시범을 보였다.

"이렇게?"

"그렇지요."

돌쇠와 우보의 대화가 유구의 귀에 보리 이삭을 흔들며 오는 바람을 타고 아득하게 들려왔다. 바람은 보리 내음을 더 물씬 나게 했다. 하늘은 푸르렀고 앞산에선 땅종다리가 하늘로 치솟아오르며 부르는 노랫소리가 보리밭을 드넓게 만들었다. 뽕나무 너머 밭에서도 보리 베기를 하고 있었다. 최가 옆집의 아낙이 새참거리를 담은 소반을 이고 보리 베는 식구들에게 걸어가고 있었다. 주전자에서 막걸리가 쏟아질까봐 어깨에 힘을 준 채 팔을 쭉 펴고 걸어가는 모습이 우스꽝스럽기까지 했다. 베인 보릿단들이 밭두렁을 차곡차곡 차지해나갔다.

보릿단이 마르자 수레에 실려 흙이 반들반들해진 바깥마당에 부려졌다. 금이는 보릿단을 도리깨로 털기 시작했다. 보리알들을 모아 멍석에 펼쳐 말리는 일까지 순서에 따라 진행되어가고 있었다. 오뉴월 햇살에 보리들은 금세 말랐고 옥분이는 멍석에 쌓인 보리알들을 키에 얹어 까불렀다. 가벼운 쭉정이들이 바람에 실려 마당 저쪽으로 날아갔다. 옥분이는 다시 광으로 가더니 방아 찧는 도구를 가져왔다. 갈무리된 보리알을 넣어 방아를 찧었다.

저녁엔 햇보리밥 익어가는 내음이 구수하게 온 집안에 퍼졌다. 금이는 부엌에서 쟁개비에 된장을 풀고 소금으로 간을 맞추며 강된장 찌개를 끓였다. 텃밭에서 상추를 뜯고, 조촐한 밥상이 차려지자 보릿고개는 그렇게 또 넘어가고 있었다.

"우보야, 돌쇠야. 입맛에 맞을는지는 모르겠지만 한술 뜨자.

아범이 우리 식구를 위해 돌쇠와 함께 작년 가을부터 이 시골 구석에 내려와 고생 참 많았구나. 밭에 씨를 뿌리며 수고한 덕에 밥상에 보리밥이 올라왔구나. 돌쇠야. 너도 애 많이 썼다."

"마님도 참, 제가 뭐 한 게 있다고요."

툇마루 끝에서 귀 떨어진 소반을 안고 보리밥을 싼 상추를 욱여넣던 돌쇠가 웅얼거렸다.

"며늘아기와 옥분이도 밥하느라 고생 많았다."

"우보야, 돌쇠야. 보리를 수확했으니 이제 모내기 준비를 해야겠구나. 올가을엔 우리 가족이 농사를 지은 쌀로 쌀밥을 먹자꾸나."

우보와 돌쇠의 얼굴이 환하게 빛났다.

서유구는 송아지에게 여물을 쑤어 먹이고는 텃밭으로 갔다. 밭 한쪽에 묻어놓은 항아리엔 닭똥과 사람 오줌, 보리 찌꺼기가 버무려져 역하면서도 구수한 냄새가 올라왔다. 돌쇠는 자기가 예전에 나으리께 한 말이 실제로 이루어짐에 어깨가 으쓱해졌다. 거름으로 쓰일 그 곁엔 오줌 항아리가 묻혀 있었다. 남자들은 요강을 사용하지 않은 지 오래되었다. 여자들은 요강에 누어 거기에 부어왔다.

"거름엔 사람의 오줌똥보다 좋은 것이 없지."

유구의 말투엔 시골티가 점점 배어갔다. 유구는 오줌장군에 오줌을 퍼 담고 지게에 싣고는 지게를 등에 졌다. 셋은 번갈

아 오줌장군이 실린 지게를 지고 밭으로 날랐다. 우보가 팬 흙
구덩이에 발을 헛디디자 오줌장군이 출렁거렸다. 오줌이 등에
튀었다.

고추밭에 이르자 고추가 영 부실했다. 유구는 오줌장군을
잘 놓아두고 쭈그려앉았다. 우보와 돌쇠와 함께 고추밭 고랑
을 따라가며 병든 잎들을 솎아나갔다. 얼굴엔 오줌과 흙냄새
에 절은 땀이 범벅이었다. 오줌장군을 기울여 고추 뿌리에 직
접 닿지 않을 만큼 조금 떨어진 곳에 살살 뿌렸다. 오줌이 흙속
으로 스며들면서 지린내가 확 올라와 밭을 뒤덮었다. 그 냄새
가 싫지 않은 게 이제 농부가 되어가고 있음을 유구는 느끼고
있었다.

허리를 손으로 두드리며 밭둑에 앉았다가 그대로 누웠다.
우보와 돌쇠도 유구를 따라 누웠다. 파란 하늘에 새털구름이
천천히 흘러가고 있었다.

추자도엔 황사영의 아들이 버려졌다고 하는데, 숙부님은 그
애를 만나보기라도 했을까? 숙부님은 어찌 지내실까? 식사는
제때 들고 계실까? 숙모님은? 어쩌다가 유배에 처한 죄인의
부인으로 전락하여서, 그 고통과 원한과 사무침, 고독, 그리움
이 자식들인 내 형제들과 함께한들 사그라질 수 있을까? 수확
한 보리쌀로 가족끼리 밥을 지어 먹어서인지 송구스러운 마음
이 들었다.

신유년 박해 사건의 또다른 희생자인 황사영, 그 상황들을

되짚어나가자 공포가 몰려왔다. 그간 그 사건을 떨쳐버리려 해봤지만 그럴수록 더 지독하게 따라붙고 있었다. 황사영은 어쩌다가 다산의 가족이 되어 아까운 나이에 능지처참으로 세상을 하직했을까?

그 부인인 다산의 질녀 정난주가 제주도 노비로 팔려가면서 두 살배기 아들만큼은 노비로 만들지 않으려고 추자도에 버렸다는 얘기는 인생무상이 당장 옆에 있음을 느끼게 했다. 신유년의 끔찍한 피가 얼룩진 추자도에 숙부님이 갇혀 있다. 구체적인 죄도 없이 홍계능이라는 구닥다리 유물로 칭칭 얽어매어져서. 정치란 그런 것인가? 자파의 이익을 위해선 말도 안 되는 조작을 하고 도모하는 것인가? 죄 없는 사람들을 쥐도 새도 모르게 가두고 유배 보내고 죽이고 하는 것인가?

다산 형제만 해도 한 명은 참수되고 한 명은 흑산도에, 또 한 명은 강진에 유배되어 있다. 큰형의 사위인 황사영은 능지처참 되고, 딸은 제주도에 노비로, 손주는 추자도에, 그 어린아이가 무슨 죄가 있다고. 또 약용의 부인과 두 아들, 딸은 기약 없는 생이별의 고통을 짊어진 채 생업을 해야 하다보니 버거운데, 평민도 아닌 노비 돌쇠의 삶이란. 아비도 여의고 허구한 날 힘겨운 일을 떠맡아야 하는데, 이곳 금화 마을 사람들의 고통은 또……. 세상의 슬픔의 바닥은 어디까지일까, 대체 어디까지란 말인가…….

유구의 가슴은 울화에 시달리고 있었다. 할아버지 서명응을 처와 함께 용산에서 모실 땐 할아버지가 관직을 벗고 나온 후였다. 처음엔 할아버지께서 관직을 왜 벗었는지 몰랐었다.

"작은할아버지(서명선)께서도 사도 세자를 비판하는 측에 섰었지."

형 서유본은 이전에 그 말도 했다. 정조대왕은 그 일도 알았다고 했다. 그런데도 서명선의 상소를 높이 사 동덕회의 일원으로까지 삼았던 것이었다.

"채제공이 그 일로 상소를 하게 되었지. 채제공과 작은할아버지 사이에 골이 깊어졌지. 우리 할아버지가 규장각 제학에서 물러난 적 있잖아. 바로 그 일 때문이야."

"그 일 때문이라뇨?"

"우리 할아버지가 아우 서명선이 관직에 계속 있게끔 자신의 희생을 선택한 거였지. 아우 대신 관직에서 물러났던 거야. 할아버지는 형으로서도 훌륭한 분이셨지."

유구는 돌아가신 할아버지의 성품과 삶을 자신의 처지와 비교해봤다. 집안 어른들이 이미 그렇게 정리를 다 하고 돌아가셨는데도 또다시 죽임이 되풀이되고 있다는 것은 의리와 신념과는 또다른 어떤 것들이 세상을 끌고 가고 있다는 뜻이리라.

며칠 후 유구와 함께 밭으로 향하던 우보는 풀이 죽어 있었다. 오래전 김조순의 아들을 본 적이 있었다. 규장각에서 김조순이 자랑스럽다는 듯 인사를 시켰다. 우보와 같은 또래였다. 유구는 김조순의 아들이 아비 덕분에 조정에서 승승장구하고 있을 것이라고 상상했다. 다섯 살 때 어머니를 여의고 이 촌구석에서 오줌 똥장군이나 지는 우보가 겹쳤다. 배필을 만날 나이가 지났음에도 엄두조차 낼 수 없었다. 과거에 유구는 좋은 혼인 자리가 널려 있었지만, 우보는 선택이 좁았다. 정조 대왕에게도 칭찬을 들었던 아이인데. 누가 이 작은 시골 마을까지 올 것인가. 우보가 측은해 보였다.

"우보야."

"예, 아버지."

"흑수박을 하나 따서 들고 오너라."

우보에게 흑수박을 들려 집에 온 유구는 흑수박을 받아들고 부엌으로 들어갔다. 부엌엔 이미 금이가 아궁이 앞에 앉아 불을 땔 때 밥을 짓고 있었다. 밥 익는 냄새며 반찬냄새가 금이의 저고리에 배어 허기와 외로움이 아랫배에서 치밀고 올라왔다.

"어머. 이게 뭐래요? 흑수박이구먼요."

"맞아. 색이 좀 그렇지"

"거기 놓아두세요. 저녁 진지 후에 제가 잘라서 소반에 들고 갈게요."

"아니야. 내가 뭘 좀 해볼까 하고……."

"에구. 또 뭔 별스러운 생각이 나셨구먼요."

금이가 살짝 웃었다.

유구는 칼을 들고 꼭지 둘레의 사방 한 치 정도를 도려냈다.
흑수박의 속을 정성스레 파냈다.

"꿀을 좀 가져와봐요."

금이가 찾아내준 백밀 한 잔을 사발에 부었다.

"관계도…….."

"계핏가루요?"

"그렇지."

금이는 관계가 든 항아리를 찬장에서 꺼내 따서 유구에게
건넸다. 유구는 백밀이 든 사발에 관계를 가늠하며 차분히 부
었다.

"산초가루도…….."

"여기 있어요."

산초가루도 적당히 뿌렸다. 유구는 뽀얀 꿀이 스며들기를
기다렸다가 사발을 기울여 흑수박 안에 부었다. 한 차례 더 반
복한 다음 오려뒀던 흑수박 뚜껑을 덮었다.

"감쪽같네요."

금이의 얼굴이 아궁이 열기에 달아올라 금방이라도 볼이
터질 것 같았다.

"될지 잘 모르겠네. 그냥 생각나는 대로 해본 건데."

"나으리 생각이에요?"

"그럼."

유구의 얼굴에서는 언제 그랬느냐는 듯 근심이 사라지고

미소를 띠고 있었다.

"두 분 깨가 쏟아지는구먼요."

옥분이가 물항아리를 들고 부엌으로 들어서며 말했다.

"옥분아, 저 흑수박 좀 보렴. 나으리께서 뭘 또 만드시고 계시는구나."

"에구머니. 이게 또 뭐래요?"

"으음, 나중에 보면 알게 될 게다."

서유구는 대꼬챙이로 습지를 고정해 잘라낸 부위를 감쌌다. 솥에다 겁지 두 마디만큼 물을 붓고는 조심스레 흑수박을 안쳤다. 꼭지가 위로 향하게 해 물을 부으며 수박이 잠기지 않도록 조심했다.

"밥이 다 된 후에 이것을 삶자꾸나."

"저녁 진지 후 느지막이 간식으로 먹으면 되겠네요."

"아니야. 아주 오래 삶아야 해. 내일 오후쯤까지 삶았다가 꺼내야 할 것 같은데……."

"어머나. 그렇게 오래요?"

"그래야 맛이 제대로 날 것 같구나. 내일 꺼내보면 알겠지."

"나으리는 정말 종잡을 수 없는 분이에요."

옥분이가 미소 지으며 엉덩이를 샐룩거리며 밖으로 나갔다.

22. 일상

다음날 오후 유구는 부엌에 들어갔다. 솥뚜껑을 열어 흑수
박을 살폈다. 더 삶아야 할 것 같았다. 솥뚜껑을 닫고 장작을
더 넣고 밖으로 나왔다. 몇 번을 반복한 다음 다시 들어갔다.

"우보야. 새끼줄을 가져오너라."

우보가 새끼줄을 찾아 들고 오자 유구는 흑수박을 십자로
묶고 매듭지은 부분을 들고 밖으로 나갔다. 우물 속으로 천천
히 넣었다. 우보가 신기하다는 표정으로 바라봤다.

"이따 꺼내면 시원한 흑수박꿀조림이 되어 있을 거야."

"이 우물도 아버지가 파셨다면서요?"

우보는 우물에 잠긴 흑수박을 내려다보며 말했다. 우보의
목소리가 우물에 공명하여 윙윙대다가 우물 밖으로 빠져나
갔다.

"돌쇠와 같이 팠지."

"우물 자리를 어떻게 알아요?"

"좋은 질문이구나. 물기로 시험하기, 불로 시험하기, 대야로 시험하기, 물동이로 시험하기, 이 네 가지가 고서에 나온단다. 물기로 시험하기 위해선 우물 자리에 구덩이를 파고 그 안으로 사람이 들어가 눈을 땅에 바짝 대고 살피지. 물기가 있으면 그 아래에 수맥이 있다는 증거지. 불로 시험하는 방법은 땅을 파고 그 바닥에 구등(篝燈)을 놓고 불을 지피는 거지."

"구등이 뭔가요?"

"바람막이를 씌운 등불이다. 연기가 위로 올라가면서 구불구불한 굴곡이 있으면 물기가 응결된다는 뜻이야. 그 아래가 수맥인 거지."

우보는 놀랍고 신기한 나머지 연신 고개를 끄덕였다.

"이 아비가 본 책에 저 네 가지로 적혀 있는데 그중 대야로 실험한 거지. 물동이로 시험하는 거나 이치는 같은데 대야가 수월해서. 그리고 우물이나 샘을 팔 때는 미리 살펴볼 것이 있단다."

"뭔데요?"

"첫째 땅을 잘 골라야 한다. 산기슭이 가장 좋다. 우물과 강은 지맥이 관통하니 물의 깊이도 같다는구나. 우물을 파다보면 독 기운이 나올 수도 있으니 피해야 해. 독 기운이 다 빠졌는지 알아보려면 등불을 줄에 매달아 내려보면 된단다. 수맥을 살피는 일이 중요한데 흙의 색으로도 구분할 수 있단다. 붉은 찰흙이면 거기서 나오는 물맛은 나쁘고 흩어지는 모래흙이면 물맛이 싱겁고, 모래 속에 잔돌이 섞여 있는 흙이면 그 물맛이 가장 좋다. 빛깔이 검고 기름진 것도 좋다는 속설이 있단다. 하날 더 한다면 버드나무가 있는 곳도 수맥이 있단다. 버드나무가 물을 좋아하기 때문이지."

"예."

흑수박꿀조림이 우물 속에서 식어가는 동안 유구는 안방에 들어가 먹을 갈았다.

"제가 할게요. 아버지."

우보가 다가와 말했다. 우보가 먹을 갈기 시작하자 먹의 향이 사랑채 바닥에서부터 올라와 잔잔히 퍼졌다.

"우보와 함께 차 한잔하세요."

금이가 다반에 산자와 함께 차를 내왔다.

"이거 누영춘 아닌가?"

"네. 누영춘이에요. 나으리가 말씀해주신 대로 한번 만들어봤어요."

"처음일 텐데, 솜씨가 남다르다는 것을 진즉 알았었지만, 막상 이렇게 보니 정말 예쁘군."

꽃무늬 모양이 뚫려 있는 종이를 찻잔에 붙인 다음 찻잎 가루를 뿌린 뒤에 종이를 걷어내면 몸체가 꽃처럼 만들어진다.

잣이나 은행잎으로 꽃술을 만든 뒤, 끓인 물을 부어 섞는다. 『청이록』이란 책에서 읽곤 금이에게 말한 적이 있었던 차인데 막상 만들어 내오니 서유구는 흐뭇해졌다.

"이 산자는 뭐지?"

"메밀산자예요."

"어떻게 만들었지?"

"메밀쌀을 빻아 가루를 내지요. 고운 체로 친 다음 밀가루를 약간 넣고 소금물 반죽을 해요. 이를 홍두깨로 밀고 편 다음에 칼로 얇게 썰어요. 이것을 기름에 지지고 그 위에 엿을 끼얹었었지요. 흑임자를 향이 나도록 볶은 다음에 엿을 끼얹은 산자에 옷을 입혔어요."

유구는 금이가 말하는 모습에서 형수 빙허각 이씨를 앞에 둔 듯했다. 근데 금이는 형수와 또 달랐다. 형수는 어릴 적에 여자로서 독하게 보이려고 이빨을 돌에 일부러 부딪혀 자기 이빨을 부러뜨린 사람이었다. 그런 독종 기질 탓인지 자식을 여럿 잃고도 꿋꿋하게 살면서 부녀자들을 위한 음식 서적을 그것도 운문으로 쓰고 있는 것이 아닌가. 형수와 금이는 섬세한 부분에서는 같을 수도 있지만 금이는 여성스럽고 순박하고 지아비를 하늘처럼 떠받드는 거칠지 않은 여자였다. 금이의 다소곳하고 정갈한 손길에 관한 이야기도 잘 기억해뒀다가 음식 관련 책자에 넣고 싶은 마음이 생겼다.

"친정어머니가 만들어줬던 기억이 나서요."

유구는 장모 얘기에 가슴이 짠해지면서 송구한 마음이 들었다. 장모라면 장모인 분을 뵌 적이 없었을뿐더러 금이의 가족 누구도 만난 적이 없었다.

"친정어머니가 함경도 분이라서 함경도 음식을 해주시곤 했었지요. 아버지는 평안도 곽산 분인데 어머니의 거칠고 투박하지만 가자미식혜, 대구깍두기, 동태순대 같은 것을 좋아했어요."

유구는 가슴이 저렸다.

"친정어머니가 창포물에 머리를 감으실 때가 떠오르곤 해요. 함경도 지역이 어른거린답니다. 제가 태어난 평안도와는 또 다르겠지요."

"그러겠지. 장모님을 나도 뵀었으면 좋았을 텐데. 자네의 섬세한 성품이 장모님으로부터 온 모양일세그려."

금이의 얼굴이 환해졌다.

"북쪽에서 불길한 소식이 들려올 때마다 가슴이 철렁해져요."

친정에 관한 금이의 얘기로 인해 속이 더 애잔해졌다. 의주, 곽산, 해주……. 의주 부윤 시절 그 고장들을 두루 살폈었기에 그때 느꼈던 이상했던 낌새가 더욱 안타깝게 다가왔다. 그 지역 사람들은 한양 사람들과도 달랐고 남도 사람들과는 더 달랐다. 거칠고 투박하면서도 소박했다. 거리마다 마을마다 불길한 조짐들, 음산한 공기, 수런거렸던 말들……. 조정과 연결된 지방 관리의 패악질에 그 작은 외딴 마을에서도 뭔가 곧 터질 듯한 묘한 기운을 느꼈었다.

"잘 먹을게요. 어, 어머니."

유구는 귀가 쫑긋한 기분으로 우보를 바라보았다. 녀석의 얼굴이 조금 달아올랐다. 나이 차가 열한 살밖에 안 되어 금이를 어머니라 부르길 어려워하더니 오늘 처음 그 낯선 이름, 어머니를 불렀던 것이었다. 금이도 얼굴이 조금 상기되었다. 먹향과 차향이 어색한 기운 속을 타고 흘렀다. 금이는 어색한지 다소곳이 뒷걸음질로 물러났다.

"우보야. 너도 글자 하나 써보렴."

유구는 종이에 뭐라 적고는 말했다.

"제가 어찌 아버지 앞에서."

"아니다. 한번 해보렴."

우보는 겸연쩍은 얼굴로 요를 당겨 깔고 그 위에 종이를 놓고는 조심스레 먹을 먹였다.

"손목에 힘이 들어갔구나. 팔뚝으로 붓을 부려야지 손목으로 글씨를 쓰면 몇 글자 못 쓰고 지친단다."

목소리가 단호했다. 우보는 손목의 힘을 풀고 팔뚝에 힘을 모았다.

"붓을 잡을 때 손가락에 힘을 주고 손바닥은 텅 빈 것처럼 붓을 잡아보아라."

우보는 이미 알고 있는 말이지만 아버지가 곁에서 지도해

주니 결연하면서도 당당해지는 기분이 들었다.

"큰 글자는 작은 글자처럼 써야 하고 작은 글자는 큰 글자처럼 써야 한다."

"네. 아버지."

"붓은 활이나 칼과 같다."

"무슨 뜻인가요. 아버지?"

"좋은 활은 당기면 천천히 왔다가 놓으면 빨리 나간단다. 이를 일러 게전(揭箭)이라고 한다. 좋은 칼은 칼날을 누르면 휘었다가 놓으면 처음처럼 곧게 돌아온다. 이를 일러 회성(回性)이라고 한다. 붓끝도 이와 같아야 한단다."

우보는 게전, 회성을 속으로 되뇌었다.

"『중용』24장을 자주 읽어두거라."

"네."

"우물에 가볼 시간이구나."

우보가 우물에서 새끼줄을 건져올리자 흑수박을 칭칭 동여맨 새끼줄에서 물이 뚝뚝 떨어졌다.

"이리 가져오렴."

흑수박은 부엌으로 옮겨졌고 금이가 손질을 해 개다리소반에 얹자 옥분이가 안방으로 들어왔다.

"서조모님, 마님. 나으리께서 새 음식을 만드셨구먼요."

"별식을 만들었구나."

서조모의 목소리가 적막했던 방 공기에 생기를 불러일으

켰다.

"돌쇠와 옥분이도 이리 들거라. 같이 먹자꾸나."

방 한쪽에 작은 소반 하나가 더 차려져 온 식솔들이 한 방에 모였다.

"할머님. 먼저 드셔보세요."

금이가 두 손으로 집어드리며 말했다.

"고맙구나. 어찌 이런 걸 만드실 줄 아시나. 다른 사대부집에서는 있을 수 없는 일들이……."

서조모가 한 입을 베어 물며 말할 때 눈가 주름이 곱게 아래위로 움직였다.

"자네들도 어여 들어들 보시게나."

한여름 저녁 서유구가 만든 흑수박꿀조림은 낯선 시골 생활의 한 계절을 지루하지 않게 보내는 일이었다. 흑수박씨를 뱉어내는 식솔들을 본 유구가 말했다.

"씨앗은 버리지 말고 모아두거라."

"어디에 쓰시려고요? 아버지."

우보가 말했다.

"말려놨다가 기름을 짜야겠다. 촌 생활은 웬만하면 자급자족해야 하기도 하고 수박씨 기름이 어떤지 궁금하기도 하구나."

"수박씨로 기름을 만들 수도 있나요?"

"그럼, 홍화씨, 유채씨, 도꼬마리씨, 봉숭아씨, 순무씨, 씨란

씨들은 다 기름을 짤 수 있단다. 솥에 살짝 볶아서 짜면 된다고 책에 나오더구나."

우보는 신기한 표정을 짓고 있었다. 칠보는 작게 쪼개진 흑수박을 고사리 같은 손으로 입에 넣어보고는 울음을 터뜨렸다.

"녀석, 끈적한 것이 입 언저리에 묻으니 싫은가보다."

서조모가 칠보를 안더니 입가에 묻은 꿀을 손으로 닦아냈다.

"옥분이도 아기를 가져야지."

서조모의 말에 돌쇠와 옥분이는 부끄러운지 살짝 웃음 지으며 손으로 입을 가렸다.

"아이. 마나님도요."

우보도 얼굴이 살짝 붉어졌다.

"우리 우보도 장가보내야 할 텐데."

23. 전립투

"전립투를 가져오너라."

"네. 아버지."

유구는 미리 구해 온 소젖을 그 안에 부었다.

"오늘은 또 무엇을 하시려고요? 나으리."

돌쇠가 우보 곁에서 여쭸다.

"보면 알게 될 거네."

유구는 아궁이에 장작을 더 넣었다. 솥에 동이를 넣고 중탕을 가하자, 기분좋게 비릿하고 고소한 냄새가 온 집안에 퍼졌다. 유구는 세 번을 끓이고 식히고를 한 후에 동이 안에 부었다. 젖은 식어가면서 뽀얗고 큰 거품이 가라앉으면서 피막을 만들어냈다. 유구는 피막에 나무 주걱을 부드럽게 대고 나무 젓가락으로 살살 걷어올려 떠냈다. 그러고는 다시 달이기 시작했다. 얼마 지나자 우유는 흐린 갈색으로 변해서 노릿한 냄새를 풍기며 기름처럼 찐득찐득해졌다. 찌꺼기가 생기면 나무 주걱으로 살살 걷어내고 나머지를 전립투에 옮겨 담았다.

"어머나. 이게 뭐래요? 처음 보는 건데요. 나으리."

옥분이가 놀란 표정을 지었다.

"그럴 테지. 수유라고 한단다."

"수유요?"

"그렇지. 우보야, 느릅나무 주걱을 가져오너라."

"네. 아버지."

아버지가 새로운 음식 만드시는 걸 보자 우보도 덩달아 기분이 좋아졌다. 유구는 느릅나무 주걱으로 수유를 휘저었다.

"양이 많지 않으니 작은 항아리 하나 가져오너라."

옥분이가 가슴에 품고 온 항아리에 수유를 부었다. 항아리를 들고 나가 햇볕 좋고 바람이 부는 장독대에 올려놓았다.

유구 곁엔 『제민요술』이 펼쳐져 있었다. 유구는 그 책을 다시 들여다보곤 물을 끓였다. 끓인 물을 식혀 수유가 든 항아리에 쏟아부었다. 다시 찬물을 붓고 휘젓기를 반복했다. 항아리 안에서는 뭔가 몽글몽글한 모양이 만들어져가고 있었다.

"다른 동이에 차가운 물을 담아 오너라."

서유구는 물컹한 것을 꺼내 새로 가져온 동이에 넣었다. 물컹한 것이 식어가면서 뽀얀 색을 띠며 굳어져갔다. 유구는 그것을 명주포에 감싸 대사리 위에 얹어놓고 호박돌로 눌러 물기를 빼기 시작했다. 한나절이 지나 물기가 얼추 빠졌다.

"참, 유기에 담아놓은 음식이나 채소가 좀 덜 상하는 것 같더라. 유기도 필요하겠구나."

금이가 재빨리 가져온 유기에 그것을 담았다.

"다 됐다. 이제 열흘 정도 후면 수(酥, 버터)를 먹을 수 있겠구나."

"수라고요? 그게 뭐죠? 열흘씩이나 걸린다고요?"

옥분이가 흥분을 숨기지 못하고 말을 받았다. 유구는 주변을 둘러보면서 웃으며 우물가로 나갔다.

수를 만들고 열흘이 지났을 즈음 유구는 마루 끝에 앉아 대나무 침을 만들기 시작했다. 여물 솥이 걸린 아궁이에 불을 모아놓고 외양간을 나오는 우보를 불러 전립투를 가져오게 했다.

"이 아비는 이 전립투를 볼 때마다 떠오르는 것이 있단다."

"뭔데요? 아버지."

정조대왕, 탕평책, 남공철, 세검정에서의 추억들이 속속 떠올랐지만, 아들에게 무엇을 먼저 말해야 할지 감이 오질 않았다.

"전쟁과 음식, 전혀 어울리지 않을 것 같은 두 세계가 이 솥에 담겨 있다고 생각해보자. 뭔가 신기하지 않으냐?"

우보는 떨떠름한 표정을 지었다.

"전쟁 때면 전립투로 쓸 수 있지만, 전쟁 때뿐 아니라 평소에도 요리할 수 있는 소중한 도구이기도 한데요. 이 마을에선 고기를 먹을 기회가 없어서 못 봤지만, 한양에선 종종 봤어요. 사람들이 빙 둘러앉아 저기에 고기를 굽는 풍경을요."

"그럴 테지. 우정과 배신, 분노도 담겨 있을 수 있겠구나. 저 솥에……."

"네?"

우보가 의아한 표정으로 아버지를 올려다보았다. 아버지의 심중을 이해할 수 없었다. 유구는 침묵 끝에 말을 꺼냈다.

"숯불을 피울 수 있겠느냐? 아궁이보단 숯불이 좋다고 하더구나."

"어디에서요?"

"『화한삼재도회』라는 책에서 봤단다."

"어떤 책인가요?"

"왜(倭)의 서적이다."

우보는 아찔했다. 왜……. 마음속에 거의 두지 않은 세상이었다.

"쇼토쿠(正德) 2년에 출판된 왜의 백과사전이란다. 어림잡아 백 년 남짓하거나 그 전쯤 되겠구나. 명나라 말기에 『삼재도회』라는 책이 나왔었는데 그 책을 본떠 왜의 의사가 지었다는구나. 정조대왕께서 이덕무, 유득공 등, 이 아비가 어릴 적에 뵀던 분들에게 명하여 『무예도보통지』를 쓰게 하셨었는데 무예에 관한 책이다. 그 책에 무기류가 나왔는데 이 『화한삼재도회』에서 인용했다고 한단다."

"……."

"『화한삼재도회』라는 책을 들춰보다가 낯선 음식이 눈에 띄어서 한번 만들어보려 했단다. 마침 수(酥)가 만들어졌을 테니 안성맞춤이라는 말이 이때를 두고 나온 말인 것 같구나."

우보는 가슴이 떨려왔다. 괭이를 들고나와 마당 한구석을 파나갔다. 적당한 깊이가 되자 산에서 저온 굴참나무를 석 자 남짓 적당한 크기로 도끼와 톱을 이용해 잘라서 구덩이 안에 서로 머리를 맞대듯 세워놓았다. 아궁이에서 불붙은 장작 하나를 들고나와서 참나무 토막 아래 볏짚에 불을 붙였다. 불이 붙자 가져온 장작을 도로 아궁이로 들고 갔다.

"허허. 녀석하곤……."

유구는 좀 떨어진 곳에서 작은 소릴 뇌이며 바라보고 있었다. 참나무 숯불을 만들려는 우보의 마음을 읽으며 부전자전이라는 말이 떠올라 할말을 잃었다.

"밀가루와 백설탕을 가져오너라."

유구는 준비해둔 쟁개비에 밀가루와 백설탕을 일 대 이의 비율로 넣어 섞었다.

"달걀도 필요하구나."

금이는 닭장으로 가 달걀을 두 손 가득 들고 조심스럽게 다가왔다.

유구는 달걀을 깨 노른자만 흰자에서 분리해 작은 그릇에

담고는 노른자위에 밀가루, 백설탕을 섞어 되직하게 반죽을
해나갔다.

"숯이 다 만들어졌느냐?"

유구는 쟁개비를 물로 씻고 깎아놓은 대나무 침, 자철, 반죽
통을 들고 숯불로 가 자철을 올렸다. 쟁개비를 그 위에 올려 반
죽 통의 반죽을 부었다.

지금까지 한 번도 맡아보지 못한 야릇한 냄새에 식솔들은
그 맛이 궁금했는지 연신 서로를 쳐다봤다. 유구는 쟁개비 뚜
껑을 열고 노릇하게 익어가는 반죽을 대나무 침으로 쿡쿡 찔
러봤다.

"아버지. 뭐하셔요?"

"아, 대나무 침으로 오목한 구멍을 내서 불기운이 안으로 스
며들게 하라고 되어 있더구나."

"신기하네요. 대체 이게 뭐예요? 떡도 아닌 게……. 냄새가
좋아요."

"가수저라(카스텔라)라고 쓰여 있더라. 태서(서양)에선 이
걸 만들어 먹는다는구나."

우보는 아버지와 가족들이 조선에서 점점 멀고 낯선 곳으
로 가는 기분이 들었다.

"이게 어떤 물건이냐?"

안채의 밥상에 수와 가수저라가 놓이자 서조모는 눈이 휘
둥그레졌다. 어머니도 놀라는 표정이었다.

"태서 사람들이 먹는 음식인데 왜에서 만든 요리책에 요리법이 실려 있대요. 아버지가 그 책을 보시며 만드셨구요. 수는 저번에 만든 그거고요."

"마님. 가수저라인가 뭔가 하는 거래요. 저도 이름을 처음 들어봐서……. 그냥도 드셔보시고 수를 발라서도 한번 드셔보세요."

"살다보니 별걸 다 먹어보는구나. 세상이 변해도 많이 변했어. 내 고향 평양에선 이거 먹어본 사람이 한 명도 없겠지."

"조선에서 우리 식구가 처음일 거예요. 증조할머니."

"그렇겠구나! 우보야, 칠보야 많이 먹거라."

"네. 할머님."

"참 희한한 맛이구먼요. 나으리 덕에 신천지 여행을 하는 기분이구먼요."

저쪽 개다리소반에서 돌쇠가 수를 숟가락으로 떠 가수저라에 발라 한입 베어 물며 말했다. 옥분이는 수를 젓가락으로 쿡 찍어 먹고는 느끼하다는 표정을 지었다.

"아무래도 이걸 점심으로 먹으니 좀 느끼한 것 같네요. 저녁엔 국수를 삶으면 어떨까요? 나으리."

금이가 더부룩한 표정을 지으며 말했다.

"좋은 생각이군. 마른 새우와 녹두 가루가 좀 남아 있던가?"

"그럼요. 그건 떨어지지 않아요. 어머님께서 좋아하시는 홍사면(새우국수)이 떠오르신 거지요?"

유구는 고개를 끄덕이며 부엌으로 들어갔다.

"제가 할게요. 나으리."

"아닐세. 내가 만들겠네. 자넨 남감저(고구마) 밥을 짓는 게 어때? 국수는 아무래도 허기가 질 테니."

"남감저 음식도 나으리의 전유물인데……. 남감저 밥을 지을까요? 아니면 딴 걸 만들어볼까요?"

금이는 광으로 갔고, 유구는 금이가 내놓은 마른 새우를 솥에 살짝 볶아서 먼지를 털어내고는 돌절구에 빻았다. 새우 가루와 천초, 소금으로 묽은 반죽을 만든 후 녹두 가루를 섞은 밀가루로 다시 되직하게 반죽을 만들어 젖은 면포로 반죽을 덮어놓고 부엌을 나왔다.

유구가 부엌에서 빠져나올 때 부엌으로 들어서는 금이와 살짝 부딪혔다. 금이는 얼굴이 발그레해지며 잰걸음으로 안으로 들어갔다. 유구는 뒤란 굴뚝 옆에 세워놓은 요맥차(맥류에 오줌 주는 수레)로 다가갔다. 일전에 우보, 돌쇠와 함께 오줌이 새어 나오지 않게 단단히 여몄는데도 누런 오줌이 줄줄 새어 나오고 있었다.

"아버지, 아버지께서는 부엌일이 재미있으셔요?"

"왜, 이 아비가 부엌에 들락거리는 게 불편하기라도 한 거냐?"

"그런 건 아닌데요. 주변 사람들 눈도 그렇고……."

"원 녀석도. 하긴 너의 증조할아버지도 부엌에 들락거리셨는데 지체가 워낙 높으시고 그 모습이 자연스러워 때론 사람들이 이상하게 여겼어도 절을 하고 지나가곤 했었지."

"그 얘긴 들었어도 마을에서 우리집 같은 집은 없어서요."

"허허. 그렇겠지. 넌 불편한 점이 있느냐?"

"아닙니다. 저도 익숙하고 편합니다."

서유구가 오줌통에 좀더 가까이에 쭈그려 앉아 다시 살피는데 테두리를 조여놓은 바퀴는 멀쩡했다. 중간 부분을 조여놓은 테두리를 손으로 건드려보니 약간 느슨했다. 가라비장에서 만난 땜장이가 떠올랐다. 쇠를 다루는 장인이지만 그의 일머리가 그리웠다. 대장장이, 갓바치, 목수, 온돌공, 와공, 석공, 벽돌공……. 장인들을 좀더 가까이에서 살펴봐야겠다는 생각이 들었다.

끝도 없다. 세상의 이치들이 신분 고하를 막론하고 어느 곳에서든지 끝없이 만들어지고 행해지고 있을 거라는 생각에 호기심이 더욱 일었다. 유구는 긴 한숨으로 마음을 다스리며 그 지독한 세계를 털끝만큼도 놓치지 않고 파악하여 배우고 기록하겠다는 의욕이 커졌다.

끈으로 묶자니 다시 느슨해질 것 같고 못을 박으면 오줌이 새는 것을 막을 수 없을 것 같았다. 민어 부레를 물에 끓여 아교를 만들까. 아교의 힘으로 오줌에 불어 벌어지려는 힘을 누를 수 있을까. 이 궁리 저 궁리 해봐도 답답한데 반죽을 면포로 두 시간 정도 덮어놓아야 한다는 『거가필용』의 문장이 떠올라 마음이 급해졌다.

유구는 우물로 얼른 가서 두레박에 물을 길어 손을 씻었다. 오줌냄새가 손에서 가시지 않았다. 수세미에 재를 묻히고 자귀나무 잎을 비벼 거품을 내 닦아내고서야 냄새가 지워졌다.

금이는 남감저 밥을 준비하고 있었다. 썰어서 가을볕에 말린 남감저와 쌀을 솥에 안치고는 물을 손등 밑 손가락이 시작되는 곳까지 부었다. 유구도 부엌에 들어가 금이 옆에서 반죽을 덮어놓은 면포를 벗겨내니 반죽은 국수를 밀기 좋게, 꼭 금이의 살처럼 촉촉하고 탄력이 있었다.

금이는 육수 솥에 불씨를 모았고 국수를 다 썰고 난 유구는 고명으로 쓸 오이채를 냈다.

"에구머니나. 무슨 오이를 그렇게 써신대요?"

금이가 화들짝 놀라며 물었다.

"이렇게 길게 어슷썰기를 해야 오이의 고른 기운이 식구들 몸에 다 들어가지 않겠는가?"

금이는 이해가 안 된다는 표정으로 바라봤다.

"이 오이 한 개만 해도 이 끝에서 저 끝까지 자라는 시기가 다 다르지 않겠는가. 점점 길어지며 햇빛과 바람, 땅의 양분을 빨아들이면서 길이에 따라 영양소의 차이가 생길 수밖에 없겠지. 가로로 싹둑 잘라 먹으면 한 시기만의 맛을 느끼고 영양을 섭취할 수밖에⋯⋯. 이렇게 세로로 길게 어슷썰기를 해서 먹어야 오이의 생을 온전히 섭취할 수 있을 거네."

"아."

"어때, 맞는 것 같지?"

"그건 또 어디서 보셨어요?"

"생각을 해보니 그런 것 같아서 그냥 해보는 거라네."

"오늘은 알지도 못했던 음식들도 먹어보고 좋아하는 홍사면까지……. 자네가 또 내 옆에 있으니, 내 이제까지 살면서 박복한 줄만 알았는데 꼭 그렇지만도 않군."

어머님께서 밥상에서 밝게 말했다.

"국수 드시고 그 국물에 남감저 밥도 말아 드셔요. 오늘 특별식이다보니 밥도 특별하게 지어봤어요. 오이도 함께 드셔보세요. 나으리가 저 모양으로 잘랐구먼요."

금이의 목소리에 장난기가 배어 있었다.

"에구머니나, 무슨 오이가 저런 모양이더냐?"

서조모의 놀란 말에 금이의 장난기는 더해졌다.

"저렇게 잘라야 오이에 있는 기운들을 골고루 먹을 수 있다나요. 할머님."

"글쎄다. 그럼 가지도, 홍당무도 저렇게 썰어 먹어야겠구나."

온 가족이 밥상을 앞에 두고 웃음이 그치지 않았다. 서조모가 말을 꺼내셨다.

"남감저로 할 수 있는 요리도 참 많지. 남감저 밥 남감저 엿 남감저 술……. 남감저 구이도 만들 수 있고 남감저 잎으론 국도 끓이고 줄기로는 데쳐서 무쳐 먹기도 하지······. 또 뭐더라 남감저 장도 만들 수 있고······."

"그렇겠네요. 할머님, 다음에 남감저 장 만드는 법 좀 알려 주세요."

"그러마."

유구의 얼굴이 환해졌다.

"옛날 온 가족이 모여 오순도순 살던 생각이 나는구나. 네 형 내외도 함께 있으면 좋으련만."

유구는 어머니의 말씀에 엷지만 깊은 그늘이 드리워져 있음을 느꼈다. 남편 없이 산 세월이며 게다가 이곳에는 이렇다 할 벗이나 친인척도 없었다. 하긴 어머니가 다가간다 해도 마을 아낙들이 편할 리가 없었다. 어머니가 지체 높은 양반 가문의 어른임은 이미 소리소문 없이 퍼져 있었다. 서조모와 어머니 두 분께서 툇마루에서 두런두런 이야기를 나누며 다듬이질하거나 빨랫줄에 걸린 빨래를 갤 때는 두 분이 서로 의지하는 벗이기도 했다.

"어이쿠, 이거 제가 잘못 왔나보네요. 가족들이 모여 즐거운 시간인데."

사립문을 열고 들어오는 최가의 품에는 강아지 한 마리가 안겨져 있었다.

"어서 오게나. 이리 와서 이거 한번 드셔보게나. 우리 아들이 별식을 만들었다네."

어머님께서 자리에서 일어나면서 최가를 반겼다.

"아닙니다, 마님. 이거 받으십시오."

최가가 서유구에게 말했다.

"한번 키워보셔요. 어미가 영특하거든요. 집도 잘 지키고 집 안에 두면 우보 도련님도 그렇고 생기가 돌 겁니다요."

"허허 고맙구먼."

"이리 와서 앉으시게나."

서조모도 보탰다.

"마을은 요즘 어떻던가?"

돌쇠가 소매를 잡아끌어도 최가는 두 발로 버티며 마당에 선 채 꿈쩍 안 했다.

"말도 마셔요, 나으리. 수렁의 끝이 안 보입니다요. 골목 끝 에 장정이 살았잖아요. 그 가족도 어젯밤에 야간도주했습니 다. 그 일 때문에 지금 마을이 수런거리고 난리가 아닙니다요. 포졸들이 또 벌집 쑤시듯 쑤시고 들어오겠지요."

"흠."

"손님께 드릴 것을 보자기에 좀 싸 내오거라."

어머님께서 금이를 향해서 큰 소리로 말씀하셨다.

"별것 아니라네. 아버지하고 같이 드시게나."

강아지를 안았던 가슴에 보자기를 안고 뒤돌아서 걸어가는 최가의 어깨가 한층 더 처져 있었다.

24. 솥과 도마

"박종경이라고 들었습니다."

그새 듬직한 청년으로 장성한 우보가 말했다. 박종경이라는 이름 석 자에 유구는 입술을 옥다물다가 피가 날 뻔했다.

"이자가 또…… 또."

가슴 밑바닥에 켜켜이 쌓였던 것이 목구멍을 타고 올라왔다. 이자의 배신이 없었더라면 지금의 조선은 이렇지 않을 것이다. 김달순은 죽지 않았을 것이고 오히려 노론 시파가 정리될 수도 있었다. 박종경의 아버지가 그날 아침 박종경을 가두지만 않았더라면, 해서 순조 임금이 박종경과 김관주가 꾸미고 김달순이 이끄는 대로 했더라면, 그랬다면 김조순이 득세할 리 만무했었다. 숙부 서형수가 지금 유배지에서 생고생할 리도 없고 집안이 풍비박산 나지도 않았을 것이다.

그러나 그 배가 그 배 아닌가. 김달순의 노론 벽파든 김조순의 노론 시파든 명물도수지학, 실사구시, 정밀한 도량형, 사회의 기본 바탕, 정확한 현실 판단과 실제적이며 진취적인 모색과 개혁 없이는 조선은 어쩔 수 없었을 거라는……. 서글픔이 몰려오면서도 박종경, 그 이름만으로도 가슴은 피칠갑이 되었다.

김달순과 같은 배를 탔으면서도 참수를 당하기는커녕 오히려 승승장구해온 박종경……. 가증스러운 놈, 적반하장에 파렴치, 지금의 조선은 김조순과 박종경이 양분했다는 말도 들렸다. 하긴 박종경의 누이가 순조의 생모다보니. 게다가 진압군의 대장이라니…….

홍경래의 난이 조선을 휩쓰는 동안 서유구는 가슴만 쥐어뜯고 있었을 뿐이었다. 부패에 찌들고 탐욕에 눈이 뻘게진 관리들, 그들에게 삶을 다 뺏겨버리고 피골이 상접해진 백성들……. 그 가엾고 고단한 삶에 단비를 내리며 분노의 포효로 내달리는 말발굽소리가 한편으로 착잡하고 후련하며 무섭기도 했다. 몰반과 신흥 부농, 상인과 광산 노동자, 빈농 들에게……. 그 거칠게 달려나간 뒤의 앞이 보이지 않는 먼지가 뒤덮였다.

가뭄이 유난히도 심한 해였다. 기장 조 목화 콩 삼 등 농작물들은 싹도 못 냈다. 들판엔 풀조차 비루먹은 강아지 새끼처럼 자라지 못할 정도로 땅이 쩍쩍 갈라져 있었다. 금화를 떠나

이곳 난호(장단에 있는 마을)로 이사온 후, 지난 몇 년이 쏜살같이 흘렀다.

"홍경래의 무리는 관군에 쫓겨 정주성으로 피신했다고 합니다. 농부들도 합세했는데 함께 그곳에 갇혀 있다고 합니다. 넉 달째 버티다가 노인, 장정, 아녀자 할 것 없이 모두 처형되었다고 들었습니다."

유구는 또다시 이를 갈았다. 분노가 들끓어 어금니를 악물다가 흔들리는 어금니 하나가 빠질 뻔했다. 처형되었다는 노인, 장정, 아낙네 중에 아는 사람들도 분명히 있을 것이었다. 그들이 무슨 잘못인가. 시대를 잘못 만났고 김조순이라는 패악을 만났으니. 물리칠 힘도 없고…….

정주성은 의주 부윤 시절에 가봤었기에, 그 풍경들이 잔상에 남아 있었다. 그 나른한 기억 곳곳이 시신으로 뒤덮이고 피바다가 되었음에 가슴이 아려왔다. 그렇지 않아도 한양에서 멀리 떨어진 국경 인근에 사는 사람들의 심리라는 게 평소 불안이 잠재되어 있음을 유구는 잘 알고 있었다. 지역의 관아와 민가, 주막에선 잠재된 불온함이 밖으로 튀어나올 것이 자명했다.

처녀티를 벗고 제법 아낙 티가 나는 금이도 우보의 말에 고향의 가족과 오라버니가 염려되는지 눈물을 글썽였다. 늘 갖고 있던 원한과 성정을 보건대 오라버니가 분명 난에 깊숙이 관여했을 거라고 믿고 있었다. 정주성에 갇혀 죽은 장정 중에는 틀림없이 오라버니가 끼어 있을 거라며 가느다란 어깨를 들썩이며 울먹였다. 유구는 금이의 등을 토닥이면서도 박종경의 배후에 김조순이 있다는 생각에 관자놀이가 바늘로 찌르는 듯 아파왔다.

"나으리, 마님께서 열이 펄펄 끓고 있어요."

울적해져 있던 금이가 다급히 달려와 꺼질 듯한 목소리로 말했다. 바싹 마른 목화잎을 만지작거리던 유구는 부랴부랴 안방으로 향했다. 누워 계신 어머님의 이마에 손을 얹자 열이 위험 수위를 넘어가고 있음이 느껴졌다. 맥을 짚자 어제보다도 여리게 뛰었다. 유구는 자신의 검지 끝을 이빨로 뜯어 뚝뚝 떨어지는 빨간 핏물을 어머니의 입에 대어드렸다.

"초환단 가져오너라."

어머님께서 병석에 누운 후 비상시를 대비해 산수유와 파고지, 당귀, 사향과 꿀을 미리 섞어 환으로 만들어놓았었다. 유구는 어머님 곁으로 좀더 가까이 다가앉아 어머님을 가슴에 비스듬히 기대게 하고는 금이가 건네준 초환단을 입술 사이로 밀어 넣었다. 그러고는 수저에 물을 떠 어머님 입에 넣어드렸다.

"임시 처방일 뿐이네. 인삼 석 돈과 당귀 두 돈, 산약 두 돈과 승마 서 푼, 시호 두 돈에 물 두 대접을 넣고 생강 댓 쪽이네! 처방에 따른 약재를 구해놨으니 서둘러 약을 달이시게나."

금이는 약탕기에 물을 붓고는 화로에 아궁이에서 가져온 잔불을 담고 참숯을 올리고는 입으로 불어 불씨를 살려냈다. 약 달이는 냄새가 가슴을 불편하게 했다. 어머님께서 잠이 드시는 것을 보고 나서야 유구는 조용히 부엌으로 들어갔다. 그림자처럼 금이가 따라 들어왔으나 유구는 멥쌀 칠에 찹쌀 삼의 비율로 섞어서 직접 쌀을 씻기 시작했다. 마음을 모아 여러 번 씻기를 거듭했다.

돌솥이 없는 게 아쉬웠다. 돌솥으로 죽을 쑤면 가장 좋고 무쇠솥이 다음이고 전립투가 이 경우엔 가장 부적절했다. 『증보산림경제』에 나오는 대로 전립투를 밀어내고 무쇠솥이 달궈지자 들기름을 떨어뜨렸다. 불려 물기를 뺀 쌀을 그 위에 부어 볶았다. 들기름이 쌀에 스며들기를 기다렸다가 물이 졸아가면 고인 물을 조금씩 넣어가며 저어줬다.

섶을 아궁이에 더 넣어 화력을 올렸다. 쌀이 익어가며 탁해지는 물을 유구는 놋 국자로 떠내 깨끗한 그릇에 담았다. 무쇠솥 안에 남아 있는 쌀을 놋 국자로 잘게 문질렀다. 미음이 다 돼갈 즈음 참기름을 넣고는 놋 국자로 고르게 저었다. 깨끗한 그릇에 담아놓았던 미음 물을 무쇠솥에 부었다. 그러고는 아궁이의 불을 밖으로 꺼내고 잔열로 미음 죽을 만들어냈다.

"어머니. 죽 드세요."

어머님께서 깨시기를 기다렸다가 유구는 자기 몸을 어머님 등 밑으로 밀어 넣으며 일으켜 앉히고는 죽을 입에 넣어드렸다. 입이 쓰신지 몇 술 드시다 입을 다무셨다.

어머님께서 돌아가시기까지 긴 시간이 걸리지 않았다. 어머님을 모신 꽃상여가 오솔길을 벗어나 산으로 향했다. 슬픔은 요령 소리를 점점 더 먼 곳으로 밀어내고 있었다. 시신을 땅에 묻을 때 유구의 심정도 땅속으로 들어갈 것 같았다. 어머니의 시신을 감싼 베옷을 비단으로 다시 감쌀 때는 슬픔도 지쳐버렸는지 눈물도 메말라가고 있었다.

유구는 가슴 깊은 곳에 자리한 허탈감을 그대로 비워둘 여유가 없었다. 마을엔 역병이 찾아왔다. 시체 썩는 냄새를 맡은 까마귀 울음소리가 마을을 채웠다. 사람들의 얼굴이 더욱 어두워지고 눈이 퀭해져 있었다. 민심은 갈수록 피폐해지고 흉흉해졌다.

시대의 우울을 실천으로 견뎌왔던 유구도 이번은 달랐다. 그야말로 살아 있는 지옥이었다. 홍경래는 죽었음에도 산 자의 이름으로, 정감록의 정 도령으로 백성 속에서 살아 있었다. 죽은 자가 산 사람처럼 백성들의 가슴에 살아 있다는 것은 현실에서 기댈 곳이 없을 때 벌어지는 일들이건만, 그 허령과 허깨비를 믿는 일들이 조선 땅에서 벌어지고 있었다. 정 도령이건 죽은 허깨비건 무엇에라도 꺼질 듯한 목숨은 매달릴 수밖에 없었다.

서유구는 방안에 홀로 불도 켜지 않은 채 잠자코 앉아 있다가 일어나 거문고가 있는 윗목으로 갔다. 거문고를 감싸 들고는 자리에 앉았다. 타고 싶어도 밀쳐내곤 했던 거문고, 자칫 감정의 골로 빠졌을 때 가끔 타다가 외면해야 했던 거문고. 망해촌에서 벼락 맞은 오동나무 토막을 만지며 그리워 허한 마음을 달래려다가 헛웃음을 친 적도 있었다.

서유구는 술대를 쥔 오른손을 허공에 들어올렸다. 유현(여섯 개의 줄 중 두번째 줄)을 짚었다. 동~ 우초엽 5장을 연주하기 시작했다. 그윽하고 유장한 선율이 적막한 허공에 소리의 지붕을 만들어냈다. 우보와 돌쇠, 금이가 마루에 앉아 듣고 있었다. 돌쇠는 눈을 감고 있었다. 오래간만에 듣는 나으리의 거문고 소리는 그전과는 또 다른 가슴 저림을 만들어냈다.

"우보야."

곡을 마친 서유구가 불렀다.

"예. 아버지."

"거문고의 첫째 현이 문현이라 하고 마지막 현을 무현이라고 한다."

"예."

"문무 양반이라고 할 때의 문무. 그 문현과 무현이다. 문무는 음양과 같아서 사물이나 제도의 바탕이란다. 소리의 세계 역시 음양인 율려가 기본이다. 거문고에서도 문으로 열고 들어가 무로 닫고 나온단다."

"예. 아버지."

"문은 기강이 없어지고 무 역시 나약하기 짝이 없는 게 지금 조선의 현실이지. 해서 선왕께선 나라의 바탕으로서 문무를 겸비하려 애를 쓰셨단다."

서유구의 목소리엔 끝없는 슬픔이 배어 있었다. 술대를 쥐어 문현을 튕긴 후 무현도 튕겼다.

"너의 증조부는 규장각을 세울 때 최일선에 계셨고 너의 조부도 규장각에서 일하셨다. 이 아비도……."

"네."

우보의 얼굴엔 자긍심과 가느다란 슬픔이 배어 있었다.

"선왕께선 규장각과 더불어 장용영을 설립하시고 문과 무를 두루 이루었다고 여기시고 흐뭇해하셨다."

서유구는 문현과 무현을 울렸다.

"네."

"수원성이 완공되었을 때 선왕께서 지으신 용안의 미소를 이 아비는 잊지 못한다. 나라의 안녕과 왕실의 건강, 그것을 마음에 두고 어머니 혜경궁의 회갑에 맞춰 수원으로 행차할 때 이 아비도 함께했었다. 그때 너의 어머니의 뱃속에 네가 자라고 있었다."

우보의 눈동자가 촉촉해졌다.

"너의 첫돌 때에도 이 아비는 규장각에서 밤늦도록 일을 하고 있었다. 임금께서 그 사정을 아시고 돌상을 차려 내오게 하셨다. '내각의 뜰에서 꽃구경할 이, 또 한 명 생겨났구나' 그 말씀을 주셨다. 너를 두고 하신 말씀이다."

우보는 얼굴마저 발그레해졌다.

"너의 어머니는 추운 겨울날에 물동이가 얼어도 찬물에 포대기를 빠느라 손이 터서 쩍쩍 갈라졌단다. 폐결핵으로 아깝게 돌아가셨는데 네가 엉금엉금 기는 모습을 너무도 아프게 바라보곤 했단다."

우보의 눈엔 눈물이 글썽였다.

"어머니가 너무 일찍 떠나갔기에 너는 외롭게 자라나야 했지. 너의 할아버지가 돌아가신 지 한 달도 채 안 된 때란다. 그 이듬해엔 정조대왕마저도……."

가늘게 떨리는 아버지의 목소리를 들으며 우보의 마음이 더 무거워졌다.

"임금이 승하하시자마자 규장각이 축소되고 장용영이 폐지되었지. 너의 증조모가 돌아가신 지 얼마나 되었다고 이제 너의 할머니마저 돌아가셨으니 이 아비도 슬픔을 가눌 수가 없구나."

서유구는 다시 거문고의 문현과 무현을 타기 시작했다. 또 다른 곡이 연주되는 동안 유구와 식솔들이 겪어온 세월이 가락을 타고 집을 벗어나 공중으로 조용히 퍼져나갔다.

"우보야."

"네, 아버지."

"먹을 갈아라."

유구는 붓을 들어 정조지(鼎俎志)라고 썼다.

"솥과 도마에 관한 글인가요, 아버지?"

"그렇단다. 솥 정(鼎) 자와 도마 조(俎) 자이지. 어떠냐?"

"잘 모르겠어요."

"차츰 알게 될 게다."

정조지라고 쓰고 보니 엉뚱하게도 송시열이 스쳤다. 정조 대왕이 송자라고까지 치켜세운 송시열. 송나라의 주희 곧 주자에 해당하는 극존칭을 써야만 했던 선왕의 마음이 짚여 서유구는 가슴이 미어졌다. 사도 세자를 죽음으로 몰고 간 노론, 그들이 추앙하는 송시열…… 임진왜란과 병자호란 이후엔 특히 나라를 실제로 잘 살피고 백성들의 실생활을 위한 정치를 펴야 했었다. 성호 이익과 담헌 홍대용, 박지원 등이 그 흐름을 잡았었다. 할아버지 서명응과 부친 서호수, 숙부 서형수가 전해준 뜻도 그런 것이었다. 명물도수지학, 그에 기초해 되박이나 가마니, 섬의 도량화를 취하고 그런 나라를 만들고 실제적인 삶으로 나아갔어야 했건만 그러기는커녕 성리학은 경직되어만 갔다. 반대파들을 사문난적으로 매도해 죽음으로 몰고 갔고, 그 정점에 선 사람이 송시열이었다. 뜻을 펼치기 위해 그런 사람마저 감싸안으며 시커멓게 타들어갔을 선왕, 그분의 가슴이 어떠했을까? 유구는 허공을 향해 깊은 한숨을 내뿜었다.

솥과 도마! 이보다 중요한 게 또 무엇이란 말인가. 공허한 이름과 속이 뻔히 보이는 계략들……. 실생활을 외면하고 백성들이 원하는 것을 뭉개버리면서 자기 배만 채우기 바빴던 작태들……. 가정에서건 나라에서건 솥과 도마처럼 소중한 게 또 뭐가 있단 말인가. 그 간단하면서도 소박한 일상이 무너졌기에 홍경래가 들고일어난 것이 아닌가. 백성들의 봉기는 박종경에 의해 무너졌고 백성들은 더 깊은 좌절 속으로 들어갔다. 백성들의 일상에 볕이 들어야 한다. 솥에 밥을 하고 도마에선 시금치건 호박이건 오이건 썰고 다듬는 소리가 풍요로워야 한다.

송시열의 사문난적에 이어 김조순의 세도 정치가 백성들의 골수를 빨아먹고 있었다. 수탈을 위해 온갖 술수들을 짜내었고 백성들의 부엌에는 남아나는 게 없었다. 궁여지책 끝에 감춰놓은 보리, 소금, 된장, 백성들 생활의 맨 끝자락까지 모조리 찾아내 앗아갔다. 솥엔 담길 쌀이 없었고 도마엔 푸성귀조차 오르지 못했다. 서유구는 치미는 분노를 참아야 한다는 것에 치욕을 느꼈다.

"『규합총서』를 꺼내 오고 다들 나가 있거라."

목소리는 어둠을 몰고 오는 땅거미처럼 낮게 깔렸다.

장 담그기와 술 빚기, 밥과 떡, 과즐, 반찬 만들기와 옷 만드는 법, 물들이는 법과 길쌈, 수놓기, 누에치기……. 형수가 언문으로 쓴 소제목들을 서유구는 다시 훑어 내려갔다. 음식 옷 밭과 가축 관련 내용을 지나 태교와 부적에선 가슴이 찡해졌다. 일찍 보낸 자식들이 형수의 가슴에 쓰라린 흔적으로 깔려 있어 보였다. 서유구는 형수 빙허각 이씨가 쓴 글을 존중했지만, 자신만의 글을 집필해나가고 있었다.

문득 외롭다는 생각이 새삼 들었다. 조선의 선비로서 실생활과 관련한 이런 작업을 과연 누가 할 것인가. 아녀자들이나 하는 일을 남자가 그것도 선비가 한다는 것에 대해 어떤 시선으로 어떤 비아냥으로…… 과거 '넌 사내 녀석이 아니고 계집애야. 계집애'라고 자신을 놀려댔던 남공철이 주먹으로 얼굴을 갈기며 한 말이 떠올랐다.

유구는 쓴 미소가 지어졌다. 언제까지 탁상공론이나 할 것인가. 현실과 동떨어진 경전들이나 읽고 정치는 민심과는 무관하게 소수의 권력자의 기름진 배만을 위해 있어야 하겠는가. 토갱지병, 흙으로 끓인 국, 종이로 만든 떡을 누가 먹겠는가.

어머니의 손길, 형수와 금이의 손맛, 이곳 난호만 하더라도 뭇 부녀자들의 손맛과 정성이 깃든 음식은 그 자체로 얼마나 훌륭한가. 똑같은 음식이더라도 집안과 지역에 따라 달리 요리되는 다양함…… 세상이 무시하고 조롱하더라도 현재 조선이 겪고 있는 불합리함을 벗어날 길은 바로 이 안에서 찾을 수 있다는 확신이 들었다. 유구는 침통한 표정을 접고 책들이 쌓인 곳으로 갔다.

살구꽃 피는 것을 보며 밭을 갈고 부들이 자라는 것을 보며
농사일을 권면한다.

남조 진의 서릉이란 사람의 글을 처음 봤을 때의 일이 떠올
랐다. 밭을 처음 갈 때, 거름에 대해 알아갈 때, 보리싹이 막 땅
을 뚫고 올라올 때, 어색함과 힘들었던 일들을 잊게 했다.

책의 전체 틀을 열여섯으로 나누기로 생각해왔다. 주역의
기본도 넷이라고 할 수 있다. 건곤감리가 그러하며 사단칠정
도 사단이 근본이다. 그 사를 네 배 한 십육이면 구상하고 있는
것들을 일목요연하게 담아낼 것 같았다. 이는 상수의 원리에
도 맞을뿐더러 일상 역시 천지와 분리되는 것이 아니기에 일
상에도 적합할 듯했다.

그 열여섯 지의 처음은 농사로 마음을 먹었다. 농사 중에서
도 땅, 땅을 『임원경제지』의 시작으로 삼고 싶었다.

땅에선 척도가 중요하다. 척도가 분명치 않고 제멋대로여서
이 나라의 모든 것이 뒤틀려 있다. 주척, 한척, 당척, 송척, 원
척, 명척 등 중국의 자와 우리나라의 황종척, 영조척, 포백척을
그간 조사해왔다. 척도들을 낱낱이 연구한 다음엔 논과 밭의
형태들도 살펴왔다. 정전, 구전, 다락밭, 모래밭, 화전 등 열네
형태의 밭에 대해 일일이 파헤쳤다.

땅 다음엔 물이다. 물 관리야말로 농사에 절대적이다. 수리
는 사람의 혈관과 같다. 물길을 준설하는 법, 지세를 측량하는
법, 방죽을 쌓는 법, 개천을 막는 법, 수문을 설치하는 법, 피당
을 만드는 법, 논을 수리하고 복구하는 법, 고지대에 물 모으는
법, 저지대에 물 저장하는 법, 원둑을 쌓아 바닷물 막는 법에
관심을 가져왔다. 수리가 토대가 된 상태에서 농지 가꾸기, 파
종과 재배하기, 수확과 저장, 방아 찧기, 마지막으로 저장이 제
대로 되어야 이듬해 농사를 대비할 수 있다.

본리지(本利志)라는 제목을 달아야겠다는 생각도 이미 하
고 있었다. 본(本)은 근본이며 음양오행의 목(木)과 통한다. 목
은 봄[春]으로, 씨앗 대부분을 봄에 파종하고, 리(利)는 가을로
음양오행의 금(金)과 통한다. 가을에는 거의 모든 곡식을 수확
하기 때문이다. 따라서 봄에 밭을 가는 것이 본이고 가을에 수
확하는 것이 리라고 봤다.

본리지의 본리는 인의예지의 근간인 인과 의를 뜻하기에
성리학적인 틀에 이용후생적인 숨결을 불어넣었다고 할 수 있
다. 본리지라는 말이 떠올랐을 때 유구는 드디어 자기의 길을
찾았다는 확신이 생겼다. 망해촌에서의 회심, 농부로 살고 농
서를 써야겠다는 결단이 첫 삽의 결실을 본 것이다.

정조지라는 제목이 그려졌을 땐 본리지와 절묘하게 어울리
는 느낌이 들었다. 본리, 즉 인과 의를 솥과 도마로 구체화하고
싶었다. 본리는 현실의 구체성 속에 용해되어야 한다. 일상의

사소한 하나하나로 재탄생되어야 한다. 조선의 실생활에 도움이 되고 향락이 되어 일상을 윤택하게 하고 싶었다.

하늘의 밭을 가는 심정으로 농사를 지어야 좋은 수확에 이를 수 있다. 수확물은 부엌에서 음식으로 거듭난다. 솥과 도마는 본리 즉 봄과 가을, 파종부터 수확까지의 압축이다.

정(鼎)은 오미를 조화시키는 그릇으로, 발이 셋이고 귀가 둘이다. 정이라는 글자는 위쪽은 솥의 모양을 본떴고, 아래쪽은 장작을 지피는 모습을 본떴다. 삼례(三禮)를 조사해보면 정에 담는 것은 모두 희생의 몸체이다.

조(俎)는 희생을 올리는 그릇이다. 조라는 글자는 반육(半肉)을 본떴다. 반육은 고기를 반으로 자른 것이다. 우리나라 사람들은 정이 음식을 끓이는 솥인 것을 알면서, 조가 희생을 올리는 제기라는 사실은 알지 못하니, 그 지식이 엉성하다.

「정조지」의 서문을 써나갔다.

25. 우리 조선은 바늘 하나 만들지 못한단다

난호 가에 초가 한 채 짓고
가르침의 편액 새로 거니 기뻐 잠 오질 않네
가랑비 속 뽕나무와 삼대는 그늘 드리우고
맑은 가을날 메벼밭 너머로 향기 들이네

막 지은 시를 우보는 다시 읽었다. 농사일하랴 고기 잡으랴
아버지의 편찬 작업 정리하랴 눈코 뜰 새 없어도 시를 지을 때
면 기분이 좋아졌다. 가슴이 뜨거워지며 먼 곳으로 날아오르
는 기분이 들었다. 시만 쓰며 주욱 살고 싶은 충동이 일었다.

유구는 어제 개울에서 족대로 잡은 쏘가리를 살피는 중이
었다. 몸이 납작하고 배가 넓적하며 입이 날카롭고 비늘이 잘
며 마치 범 무늬 같았다. 껍질이 두껍고 등지느러미에 뻣뻣한

가시가 날카롭게 달려 있었다. 관련된 책자를 찾아보다가 큰 소리로 우보를 불렀다.

"우보야. 고기잡이 가자꾸나. 돌쇠도 불러와라."

우보는 쓰고 있던 시와 지필묵을 정리하고 그물과 동이를 챙겨 따라나섰다.

"제가 할게요. 서방님."

우보의 처가 앳되고 상냥한 목소리로 말했다. 유구는 며느리를 멀찌감치서 바라보며 안도의 숨을 내쉬었다. 돌쇠는 외양간에서 구유에 여물을 붓다가 따라나섰고 옥분이는 두 팔로 많이 잡아오라는 몸짓을 했다. 임진강에 이르자 돌쇠는 물살이 센 쪽을 찾아 투망을 던졌다.

"빠가사리, 꺽지, 누치, 이건 쏘가리……."

"이게 빠가사리는 건가?"

"예. 그리고 이건 피라미입죠."

잡힌 고기들을 동이에 옮겨 담으며 우보와 돌쇠는 신이 나 있었다. 우보가 던진 투망이 빈 그물로 올라오자 유구가 나섰다. 유구는 고기잡이에도 능숙해 있었다. 투망을 한 뼘씩 차곡차곡 접어서 어깨와 허리춤에 얹고는 물살이 센 쪽을 향해 던지자 그물이 부채꼴 모양으로 퍼지며 물로 떨어졌다. 끌어올리자 묵직했다.

"점심은 오늘 잡은 물고기로 해결하도록 하자."

동이에 물고기를 가득 잡아 집에 들어서며 돌쇠와 우보에게 말했다.

"돌쇠는 물고기 손질을 하고 우보는 채전에 나가 미나리와 고추 파를 따오너라."

물레질하던 금이가 나섰지만, 유구는 금이를 만류하고는 부엌으로 들어갔다. 밀가루를 들고나와 돌쇠가 손질한 물고기들에 뿌리고는 주물러서 비린내를 제거했다.

"쌀뜨물 버리지 말고, 두번째 것을 가져오너라."

금이에게 말했다.

"쌀뜨물은 뭐하시게요?"

"두번째 쌀뜨물에 소금을 타서 생선을 삶으면 비린내를 잡을 수 있고 맛이 풍부해진다고 되어 있어서 해보려고."

"나으리도 참, 그 얘긴 또 어디에 적혀 있는데요?"

홍경래의 난 이후 그늘 깊었던 금이의 얼굴이 어느 정도 돌아왔어도 유구는 얼굴을 살펴보곤 했다.

"『증보산림경제』."

금이의 말에 상냥한 말투로 되받곤 망태기에서 마늘 두 개를 꺼냈다. 껍질을 벗겨내자 알싸한 내음이 번졌다. 깐 마늘을 도마에 올려놓고 칼을 옆으로 눕혀서 눌러 부순 다음 칼을 세워 잘게 저미어나갔다. 마늘을 다지는 유구의 손이 마치 배추흰나비가 유채꽃 위에서 꿀을 빨기 시작 전 정지 비행을 하듯 가볍고 빠르게 움직였다.

금이는 쌀뜨물을 쟁개비에 담아 소금을 뒤 숟가락 넣어 젓다가 유구의 마늘 다지는 모습을 보았다. 유구의 손놀림을 솥에 밑물 붓는 것도 잠시 잊은 채 바라보고 있었다.

"허허, 뭘 그렇게 뚫어지게 보시나."

금이는 밑물을 붓고는 아궁이에 나무를 더 넣은 다음 불씨를 부지깽이로 모아 빗자루로 부채질했다. 물이 끓자 유구는 들기름을 먹여 까맣게 반질대는 솥뚜껑을 열어 생선 토막들을 집어넣었다. 저민 마늘도 넣었다. 장도 조금 퍼 넣었다. 간은 나중에 볼 요량으로 하고 불의 화력을 높였다. 한참을 끓인 후에 솥뚜껑을 덮자 금이는 의아한 표정을 지으며 유구를 쳐다봤다.

"으응, 물고기는 한번 끓어오른 후 비린내가 빠져나간 다음에 솥뚜껑을 덮어야 좋아서……."

옆 솥에서 밥 익어가는 냄새가 풍겼다. 쟁개비에서 올라오는 내음들과 밥이 익어가는 내음이 그을음 범벅인 부엌 천장에서 맴돌았다. 유구는 부엌에서 나와 안방으로 가 물레를 유심히 살폈다.

"나으리가 손질한 덕에 부드럽게 돌아가네요."

"맘에 든다니 다행이군. 우리나라 물레는 조잡해서 망가지기 쉽지. 게다가 고치실이 납작해지거나 실이 엉켜 덩이가 지곤 하지. 손으로 일일이 비벼야 겨우 연한 실이 되니 쯧쯧, 중국 물레를 보고 손 좀 봤더니 그나마 나아 보이는구려."

"네. 금화 집에 심은 뽕나무가 아까워 죽겠어요. 많이 자랐을 텐데……."

금이는 입맛을 다시는 표정을 지었다.

"하긴. 대신 저걸 심었잖소."

유구가 가리키는 곳에선 뽕나무가 제법 자라고 있었다. 벌써 오디가 열려 있었다. 금이는 오디를 손으로 따 입으로 불어서 먼지를 날려보냈다. 쟁반에 올려놓은 까만 오디들이 마치 어린아이의 눈동자 같았다. 금이는 밭에 심어놓은 목화밭에서 갓 달린 어린 목화 타래도 몇 송이 따 쟁반에 올려놓았는데, 유구가 먼저 손으로 잡아 터트려 입속에 넣었다. 어린 목화 타래를 먹는 유구의 표정이 몹시 흡족해하고 있었다.

금이는 매실 산자 말고도 진달래 국수를 잘 만들었다. 진달래가 필 때면 금이는 꽃을 따서 꽃받침과 꽃술을 제거한 후에 꽃을 꿀에 살짝 절였다가 반쯤 절구질한 녹두 가루에 넣었다. 고르게 섞어 반죽해서 일정한 크기로 자른 다음 끓는 물에 넣어 살짝 데쳐냈다. 다시 꺼내서 꿀을 탄 오미자탕에 넣어 상에 올렸는데, 그 시큼달짝한 맛이 봄을 타 피곤해하는 유구에겐 춘곤증을 풀어줄 만큼 특별했다. 길쌈에 집안일에 지칠 만도 했지만, 늘 밝은 금이는 가족들에게 생기를 불어넣어주고 있었다.

"나으리 옷은 이미 짜놨고요. 이걸로는 우보의 옷도 짜고 며느리의 옷을 짜고 그다음엔 칠보의 옷도……."

"자네 옷도 짜야지. 옷이 아주 허름해졌는데……."

"돌쇠와 옥분이 옷도 짠 다음에요."

식사를 마친 후에 서유구는 우보를 불렀다.

"탄광을 일으켜야 한단다."

"탄광이라고요?"

"그렇다, 탄광. 우리나라엔 석탄이 많이 매장되어 있는 걸로 알고 있단다. 그런데도 조정에선 그걸 이용할 생각조차 없는 것 같구나."

아버지의 폭넓은 생각이 우보를 또다시 한없이 먼 곳으로 밀어내는 느낌이 들게 했다.

"석탄은 나무보다 화력이 훨씬 강하지. 그러니 농기구와 무기를 만들 때도 더 낫지 않겠느냐?"

우보는 고개를 끄덕였다.

"광산을 개발해야 한다. 대장장이들을 모아 구리나 철을 제련하게 해야 한다. 이익이 나는 것을 보여주면 석탄도 전국적으로 보급될 테고 나무가 덜 잘려 산이 민둥산이 되는 것도 조금은 막을 수 있지 않겠니?"

"저는 잘 모르겠어요."

"앞으로 연구해봐라."

"예. 아버지."

"이러다가 어찌될지 정말로 큰 걱정이구나. 우리 조선은 바늘 하나 제대로 만들지 못하고 있단다."

"설마요."

"사실이란다. 알고 보면 분통 터지는 일이 한둘이 아니란
다."

"네."

"바늘은 연경에서 수입해 들여오는데, 만일 요동과 심양으
로 가는 길이 몇 년만 막혀도 우리나라 사람들은 다 발가벗고
다니는 상황이 올 수도 있단다."

"고작 바늘 하나 만드는 게 그렇게 어려운가요?"

"『천공개물』이란 책을 가져오너라."

"네."

"여기에 바늘 만드는 방법이 자세히 나온단다. 그림과 함께
나오니 찾기 쉬울 것이다. 한번 찾아보아라."

책을 뒤적거리다가 우보가 말했다.

"여기 있는데요."

"한번 읽어보아라."

"먼저 쇠를 두드려 가는 가닥을 만든다. 철척 하나에다 송
곳으로 실 구멍을 만든다. 앞서 만든 가는 쇠 가닥을 이 구멍
을 통해 뽑아내 쇠실을 만든다. 한 치씩 잘라 바늘을 만든다.
그 한쪽 끝을 갈아서 날카롭게 한다. 다른 한쪽은 작은 망치
로 그 밑부분을 두드려 납작하게 만든다. 단단한 송곳으로 그
곳에 바늘귀를 뚫는다. 바늘귀의 겉을 갈고 다듬는다. 그런 다
음 바늘을 가마솥에 넣어 약한 불에 볶는다. 다 볶았으면 다시
흙가루에 소나무 숯과 두시를 넣는다. 그런데 두시가 뭐죠? 아

버지."

"조미료의 일종이란다. 콩을 삶아 쪄서 소금과 생강을 넣고 방안 온도에서 사흘간 삭혀서 만들지."

"네. 아버지. 흙가루와 소나무 숯과 두시로 덮은 뒤 가마솥 밑바닥에 놓고 불로 찐다. 바늘 두세 개를 남겨두었다가 가마솥 밖에 꽂아둔다. 이것으로 불기운을 확인한다. 바깥에 놓아둔 바늘이 손으로 비볐을 때 가루가 되면 가마솥 안에 들어 있는 바늘은 불기운을 다 받은 것이다. 그러면 가마솥을 열고 바늘을 꺼낸다. 물에 넣어 담금질하면 된다."

"수고했다."

"아. 그러면 되는군요. 어려운 것 같지도 않은데 우리나라는 왜 만들지 못할까요?"

"중요한 질문이다. 깊이 생각해보아라."

"네. 아버지."

"식물의 씨앗과 물고기에서 기름을 얻어야 할 터인데……."

다음날 유구는 대야에 있는 빠가사리를 한동안 바라보다가 말했다. 우보는 이건 또 무슨 소리인가 싶었다. 아버지의 말씀은 새롭기도 하고 가슴 답답하게도 했다. 아버지는 꽃과 나무를 돌보는가 했다가도 쇠스랑이나 낫을 들고 밭에 나가 온종일 일을 하셨다. 호박, 감자, 강에서 잡은 물고기 들을 도마에 올려놓고 요리하시기도 했다.

마을 사람들이 사용하는 허접한 물건들에 대해 꼬치꼬치 물으시고 또 대화를 나눈 후엔 기록을 해나가셨다. 일은 일대로 하시면서도 틈만 나면 이런저런 농촌의 일과 관련한 것들에 관심을 두고 알아나가셨다. 양잠과 길쌈도 새로운 방식으로 마을 사람들에게 알려주셨다. 아버지는 어느덧 마을에서 중요한 사람이 되었고 아버지를 따르는 사람들도 늘어났다. 아픈 사람을 보살펴주는 사람 이상으로 이 마을을 알게 모르게 변화시켜가고 있었다.

"불을 밝히는 데 밀랍, 참깨, 들깨, 콩 같은 것들이 주로 재료로 쓰이는 거 알고 있느냐?"

"잘 모르겠습니다."

"이참에 알아두거라. 밀랍은 귀하다. 참기름은 음식 만드는 데 필요하니 불을 밝히는 용도로는 아깝다. 들기름은 등불에 쓰이는 거 말고도 종이나 가죽에 기름 먹이는 데에도 알맞단다."

"네에……."

"먹거리도 모자라 굶어죽는 사람도 숱한 판에 콩은 식량으로 쓰이는 게 바람직할 게다."

"네."

"들기름이 등불에 많이 쓰이는데 식물의 씨앗과 물고기에서 기름을 얻어 그걸로 등불에 쓴다고 생각해봐라. 들기름이 등불에 쓰이는 것이 줄어들 테고 그러면 들깨 재배지도 줄어들 테고……. 들기름이 달리 이용될 수 있고 재배지에도 다른 작물을 심을 수 있으니 좋지 않겠느냐?"

저 정도면 아버지는 밤낮없이, 아니 꿈에서도 민생의 삶에 대해 고민하고 계신 것 같았다. 다시금 아버지가 존경스러웠다.

"스물네 종의 야생식물과 바닷물고기를 이용하면 등불에 필요한 기름을 구할 수도 있을 것 같은데……."

"스물네 종의 야생식물은 일전에 적어놓은 것들인가요?"

"그렇단다. 너도 부지런히 익혀라."

"네. 그런데 바닷물고기들을 어떻게 잡지요?"

"들어보거라."

"네."

"여러 방법이 있는데, 그중 큰 배 밑에 어조망을 설치하는 방법이 있단다."

"어조망이요?"

"그물이라고 보면 된다."

"네."

"아가리 둘레가 이렇게 양팔을 벌린 길이보다 오십 배 정도는 되고, 길이도 같은 그물을 여덟 개를 삼실로 엮는다."

우보로서는 상상하기가 벅찼다. 뭔가 엄청나다는 느낌에 시원하긴 했다.

"아가리 위와 아래에는 그 둘레 길이의 사분의 일 정도 되는 횡목을 설치하고 거기에 밧줄을 연결해 배에 달린 도르래에 연결하면 된단다."

"도르래가 뭐죠. 아버지?"

"무거운 물건을 쉽게 들어올리는 도구라고 보면 된단다. 다산이 수원성을 지을 때 거중기도 만들었는데 거기에도 도르래가 사용되었지. 근데 그것은 너의 할아버지와도 아주 관계 깊단다."

우보는 다만 고개를 끄덕였다.

"너희 할아버지가 선왕의 명에 의해 북경에 사은사로 가셨었지. 『고금도서집성』이란 거질의 책을 가져오셨는데 그 안에 『기기도설』이라는 책이 있었다."

"『기기도설』이요?"

"그래. 그 안에 도르래에 대해 나와 있지. 정조대왕께서 그 책을 다산에게 주셨지. 그래서 다산이 수원성을 지을 때 도르래를 만들어 긴요하게 쓰였던 거지. 이 아비도 개유와에서 읽은 적이 있었지."

"개유와는 또 뭐지요?"

"선왕께서 규장각 곁에 별도로 세운 건물이지. 규장각이 축소되었으니 그 많은 책은 어떻게 되었는지……."

유구의 얼굴에 근심이 서렸다. 이런 갖가지 지식이 나랏일에 요긴하게 쓰여야 함에도 그것도 그렇고 시골구석에 처박혀 배움을 썩히는 우보에 대한 안쓰러움도 슬픔의 무게를 더

했다.

"말이 딴 데로 흘렀구나. 하여튼 아가리 아래의 횡목을 닻줄에 묶어 물결에 휩쓸리지 않도록 해 물고기가 지나가는 길목에 설치하면 물고기를 많이 잡을 수 있단다."

우보는 정확히는 알 수 없었지만, 넓고 깊은 멀리 있는 바다에 이미 나갔다 온 기분이 들었다.

"청어, 대구, 조기, 준치 들이 어조망에 잡혀 갑판으로 끌어 올려지는 것을 생각해봐라. 그 물고기들을 먹기도 하고 기름도 짜 내다팔면 백성의 삶은 편해지고 또 나라는 얼마나 부강해질 것인지 생각해봐라."

"네. 아버지."

"그것이 바로 공업의 힘이란다."

"……."

"나라는 농사를 튼실히 하는 것이 기본이지만 공업도 키워야 한단다. 거기서 무엇이 중요하겠느냐?"

우보는 머리를 긁적였다.

"기술이다. 공업 기술……."

우보는 아버지의 마음을 충분히 헤아리진 못하는 것 같아 송구스러워졌다. 아버지가 쓰고 계신 『난호어목지』(어류에 관한 책)를 꼼꼼히 읽고 『천공개물』이니 『주례 고공기』 등에 대한 이해를 넓혀야겠다고 생각했다. 아버지가 말씀하시는 그 깊이로 자신도 들어가야 아버지가 하는 작업을 돕고 그런 일과 정신을 받들고 이어나갈 수 있다는 생각에, 아찔하기도 하고 다른 한편으론 가슴이 뜨거워졌다.

"우리나라가 구리 제조법이 약한 것도 큰일이다."

아버지의 그칠 줄 모르는 탐구력에 우보는 채 소화가 덜 된 상태에서 머리가 지끈거렸다. 아버지의 눈빛이 집요하게 불타고 있음에 저 불길이 어디를 향하고 있을까 하는 두려움 속에 저 생각들이 좌절에 그치면 아버지가 입을 상처가 염려되었다.

아버지의 말은 다른 어떤 곳에서도 들을 수 없는 말들임이 분명했다. 그 진귀한 말을 하는 아버지나 그 말을 듣는 자기는 고독하고 외롭게 바다 한가운데를 표류하는 작은 배 같았다. 아버지는 요즘 유독 말씀을 더 많이 하셨다. 과묵했던 아버지가 뭔가 조급해하고 계신다는 게 걱정되었다. 이 시골구석에 파묻혀 미래가 어둑한데도 저토록 온갖 분야에 걸쳐 헤아리고 있는지…….

26. 허를 기르는 것이다

우보 처는 표정이 유순해지고 몸도 둔해져가고 있었고 우보도 입가에 괜스레 미소를 흘리고 다녔다. 임신한 것이었다. 서유구는 새 생명을 기다림에 마음이 부풀면서도 한편으로 짠한 기분이 들었다. 어린 나이에 어미를 잃고 과거 시험도 포기한데다가 젊은 나이에 이 시골 촌구석에 처박혀 있다는 게 그랬다. 자신의 유년 시절과 비교하면 더 미안해졌다. 의지하던 증조모, 할머니도 잃고 어울리는 친구도 없었다. 미련할 정도로 일만 하는 걸 보면 대견스럽다가도 안쓰러웠다. 시에 소질이 있어 보였지만, 지금의 처지를 감안해보면 앞길이 막막할 뿐이었다. 며느리가 양반집 규수였지만 처지가 처지인지라 요즈음엔 어쩐지 둘의 관계가 약간 불안해 보이기도 했다.

미래가 안 보이는 남편, 허구한 날 비 올 때면 도롱이 걸치고 농사일에 고기잡이하다보니 몸은 땀냄새와 비린내에 절어 있고, 일중독인 부친의 일 돕느라 함께 오붓할 시간도 없을 것이었다. 유구는 아들 생각에 강가 수양버들 그늘에 앉아 있었다. 저만치 강에선 우보와 돌쇠가 그물을 던지며 물고기를 잡고 있었고 칠보 엄마 금이가 소쿠리에 부의주와 파전, 메밀산자를 담아 내왔다. 우보는 돌쇠와 그물을 걷고 와 자리에 앉으며 말했다.

"잡은 물고기들은 망에 넣어 흐르는 물속에 담가놨어요."

"잘했다. 오늘은 술을 같이하고 싶구나."

"제가 감히 어떻게……."

"괜찮다."

"나으리 약주 하시면 말씀이 많아지시는데……. 헤."

돌쇠가 웃으며 말했다.

"허허."

유구가 웃자 우보는 두 손으로 술병을 들어 아버지의 잔에 술을 채웠다. 서유구는 주욱 들이켰다.

"우보야, 너도 한잔하거라. 돌쇠야, 너도……."

"고맙습니다. 나으리."

"우리나라는 산이 많고 바다에 둘러싸여 있지 않느냐. 산과 바다를 잘 활용하면 백성들의 삶이 넉넉해질 것이다. 기술이 엉망이고 도구가 조악해 중국과 일본에서 기술이건 도구건 들여오는 실정이란다. 이 지경에 이른 까닭을 알겠느냐?"

우보와 돌쇠는 조용히 듣고 있었다.

"사대부들 때문이다. 일하는 사람들이 따로 있고 아무것도 하지 않으면서 거만하게 구는 사람들이 있단다. 그들 곧 사대부들이 문제다."

우보는 고개를 끄덕였다.

"그들은 공업과 기술에는 아예 생각도 없고 공짜만 바라니 이토록 한심할 수 있단 말이냐?"

입에 대었던 술잔을 내려놓으면서 뱉은 유구의 말은 독백에 가까웠다.

"이 나라는 농업이 분명 중요하다. 그러나 공업이 뒷받침되지 않으면 모든 게 부실해지기 마련인데, 지금 우리나라 꼴이 그렇지 않더냐?"

더욱 참담해지는 유구의 얼굴은 저물녘 우물 속을 들여다보는 듯했다.

"용골차와 옥형차 같은 수차도 낙후해 가뭄과 홍수를 대비할 수가 없단다. 쟁기, 누차, 둔차 또한 보잘것없어서 밭갈이와 파종이 더디고 농부들만 고생이 심하단다."

"그렇군요."

"그뿐 아니다. 삼나무로 배를 만들 때 기름 방수 처리를 하지 않아 짐짝 썩기가 일쑤고 누에를 칠 때 퇴가(뜰)가 여의찮아 고치가 더러워지는 일이 수두룩하단다."

"제가 봐도 처참합니다. 아버지."

"악폐는 그것으로 끝나지 않지. 이 아비가 언젠가 우리나라에 대체로 여섯 가지 직분이 있다고 한 말 기억하느냐?"

"왕, 사대부, 농부, 공업을 다루는 장인, 상인, 길쌈하는 아낙 여섯이라고 말씀하셨습니다."

"농부, 상인, 길쌈하는 아낙에 이르기까지 척박함을 벗어날 수 없는 게 공업이 부실하기 때문이란다. 이 지경인데도 왕은 앉아서 다스림을 논한다고 하고 사대부는 일어서서 다스림을 행한다고 말한단다. 이게 도대체 어불성설 아니겠냐?"

점점 강도가 세지는 아버지의 말씀에 덜컥 겁이 났다. 아버지가 임금에게까지 화살을 돌린 건 처음 겪는 일이었다. 한편 돌쇠는 주인어른의 말이 불안하면서도 답답했던 가슴을 뚫어주는 기분이 들었다. 자기가 속한 천민 계급은 언급된 직분에도 끼어 있지 않았는데도 지금까지 살아오면서 단 한 번도 느껴보지 못한 감정이 생겨나고 있었다.

"공업이 이처럼 중요한데도 천시되어야 한단 말이냐? 공자도 어릴 적에 천한 사람이었기에 하찮은 일들에 능숙했다."

유구는 돌쇠를 지긋이 바라보며 말했다. 이따금 거문고 연주를 가르쳐줄 때의 눈빛과는 사뭇 달랐다.

돌쇠는 가슴속에 뭔가 알 수 없는 팬한 어떤 것이 솟구쳐오르는 것을 느꼈다. 말로 표현할 수 없는 그것을 옥분에게 전하고 싶어졌다. 그저 막막하기만 했던 것이 무엇이었는지를 알 것 같기도 했다.

"사대부의 뿌리는 결국 공자이다. 주희라는 사람이 그 중간에서 손질한 바 있다만……."

우보는 아찔해졌다. 아버지는 원시 유학의 공자와 주자학의 주자를 한 줄로 꿰놓고 계셨다. 큰 산과 큰 산이 거대한 산맥으로 이어지고 있음을 직감하면서 그다음에 어떻게 이어질 것인지 궁금증보다 두려움이 앞섰다.

"사대부들은 공자에 대해 저 한마디를 못한다. 공업에 눈이 감겨 있으니 나라가 이토록……."

유구는 말을 잇지 못했다. 아버지가 평소보다 과음한 탓만은 아니라는 것을 우보는 알고 있었다. 그간 아버지의 내면이 논 한 귀퉁이 둠벙에 고여 가슴속을 썩혔던 물이었다면 이제는 둠벙을 빠져나와 개울을 만났고 강에서 바다로 흘러갈 준비를 하고 있다는 느낌으로 다가왔다. 이제 아버지의 선한 욕망은 돌쇠와 자기를 향해서뿐 아니라 조선 전체를 흔들 태세를 취하고 있었다.

"사대부들은 농기구 하나 잡지 않으면서 문벌에나 의지하고 공업과 상업에 대해서 말하는 것조차 부끄러워한다. 식견은 고루하고 방탕한 짓거리나 일삼는다. 손 하나 까닥하지 않으면서 메뚜기처럼 곡식이나 축내고 있으니, 이 나라가 빈곤에 처박히지 않을 수 있느냐? 백성들은 피골이 상접하고 초근목피로 연명하거나 떠돌이, 거지, 도적으로 떠돌 수밖에 없지 않겠느냐?"

우보와 돌쇠의 가슴은 더욱 뜨거워져가고 있었지만, 그 뜨거움은 약간씩 다른 색깔을 띠고 있었다.

"이 나라 정치는 공업을 튼튼히 하고 상업이 잘 돌아가도록 나아가야 한다. 그런 일들은 초야에 묻힌 나 같은 사람이 도모한다고 될 일도 아니란다. 한양에 목수, 미장이, 대장장이, 석수 다 해봐야 몇 명이나 되는지 아느냐?"

"모릅니다."

"수백 명에 불과하다. 이게 말이 되느냐? 게다가 모두 관에 소속되어 힘있는 자 아니면 부릴 수도 없다. 시골은 또 어떠냐. 백 가구가 사는 곳이라도 농기구를 잡고 농사짓는 사람들을 제외하면 하는 일 없이 밥이나 축내는 사람들뿐이다. 그들은 지붕에 비가 새도 서까래 하나 갈지 못한다. 밥상 다리가 부러져봐라, 십 년이 지나간다 해도 어찌할 줄 모른단다. 공업이 지리멸렬한 것은, 능숙한 장인들이 없는 탓이고 장인들이 없는 것은 공업인이 우대받지 못한 탓이란다."

"방법이 없을까요?"

"찾으면 왜 없겠니. 이를테면 한양에서 멀리 떨어진 곳에 집을 지을 때 만약 집안에 이삼십 명 정도의 장객(소작농과 임노동 농민을 총칭하는 말)이 있다고 치자. 그중에 힘이 달려 농사일을 할 수 없는 예닐곱 명을 뽑아 목재 가공법이나 석재 가공법, 쇠 가공법이나 미장법을 배우게 해봐라. 그들에게 솜씨가 뛰어난 장인을 도우며 기술을 배우게 하면 집을 짓고 꾸미고 보수할 때 그들도 좋고 공업인도 늘지 않겠느냐."

"네."

"『예기』「월령」에 '물건마다 장인의 이름을 새긴다'라고 되어 있단다. 중국과 일본에서는 그렇게 하고 있다. 우리나라는 그것 하나 하지 못하고 있단다. 잘 만드는 자와 잘못 만드는 자를 구분할 수가 없기에 권장하거나 징계할 길이 없단다."

"그렇군요."

"토공, 금공, 석공, 목공, 수공, 초공 여섯 분야의 공인을 아울러 육공이라고 부른단다. 육공을 권장하는 사람은 어째서 이와 같은 일을 하지 않는가. 표준을 만들기 위해서 서둘러 바로잡아야 한다. 도구를 제작한 연대, 제조자 이름, 크기, 무게를 표시해야 한다. 공정을 살피고 규격을 구별하고 통일해야 한다. 그래야 일이 일관성 있고 시간을 줄일 수 있단다."

유구는 말을 마치고 하늘을 쳐다봤고 우보와 돌쇠는 조용히 서유구의 말을 되새기며 앉아 있었다.

"우보야. 잘 들어라."

"네."

"앞으로는 너의 시대가 올 것이다. 이 시대는 암울하기 짝이 없지만 너의 미래는 달라질 것이다. 달라져야 한다."

우보의 눈빛이 더욱 또렷하게 빛났다.

"이 아비가 평생의 숙원으로 삼은 『임원십육지』는 농업뿐 아니라 공업에도 그 뿌리를 두고 있음을 너도 이 아비와 함께

해왔으니 잘 알 것이다. 물론 농업과 공업에만 머물지 않지만 말이다."

"네. 아버지."

"그 모든 것들이 아직은 채 담기진 않았다. 허나 이 아비가 살아 있는 동안 농공상에 관한 이치, 그 이상을 계속 담고 채우고 새롭게 해나갈 것이다."

"저도 아버지 곁에서 배우고 돕겠습니다."

"이 아비가 죽더라도 이 일을 네가 이어가야 한다. 그래야 너의 시대에 나라의 동량이 되고 백성의 지지대 역할을 할 수 있다."

"그래도 돌아가신다는 말씀은……."

돌쇠는 슬그머니 일어나 고개를 떨군 채 자리를 피했다.

"그런데요. 아버지."

"왜 그러느냐?"

"마을에서 공부를 제법 한다는 분이 아버지를 힐난하는 소리를 들어서요."

"뭐라더냐?"

"아버지께서는 농업과 공업뿐 아니고 꽃에 관해서도 연구하고 책을 쓰시잖아요."

"그렇지."

"시금치, 아욱, 부추 같은 작물들도 물론 키우고 계시고요."

"그래서."

"곡식과 채소를 가꾸는 것은 삶을 넉넉하게 하는 것이라 실제에서 유익하다고 합니다. 그렇지만 꽃은 완상거리만 제공하는 것인데 왜 그 일에 급급해하는지, 꽃에 대해 아버지가 하는 연구가 쓸데없는 일이 아니냐고 말해서요."

"그렇지 않다. 무릇 사물을 기르는 데 허(虛)가 있고 나서야 실(實)을 기를 수 있고 그제야 온전한 것이란다. 반드시 허와 실을 함께 길러야만 비로소 완전체라 할 수 있단다. 노자가 말하지 않았느냐? '집에 문을 뚫어 밝게 만들려면 그 방이 비어야 방의 쓰임이 있다'라고 한 그 말, 없다는 것은 허(虛)이다. 허를 기르는 것이야말로 실을 기르는 근원이라고 할 수 있다."

"네. 아버지."

"꽃을 기르는 것은 허를 기르는 것이다."

27. 김달순 옥사

    규철은 서유구의 인생 3기에 속하는 장단에서의 짧고 긴 계절을 파악하고 나서야 그간 고뇌해오던 것이 한 줄로 꿰어지는 기분이 들었다.

    인조 때 서인 반정부터 살펴보면 동인, 서인으로 나누어져 잘만 하면 양당 정치가 펼쳐질 수도 있었던 조선, 그때 서인이 동인을 쑥대밭 내면서 서로 화해할 수 없는 깊은 반목이 생겨났다. 송시열은 그런 발판 위에 생겨난 거목이자 고목이었다. 반대 견해는 사문난적으로 몰아 난도질해버렸다. 숙종 때는 한쪽을 위해 다른 한쪽을 죽이는 환국이 되풀이되었다. 경종 시기는 짧았고 영조는 탕평책을 구가했지만, 영조 자체에 문제가 있었기에 그 한계가 분명했으며 신임 의리로 인해 노론이 더 강해질 수밖에 없었다. 결국, 영조는 노론의 등쌀에 밀려

아들을 죽인 왕으로 기억되게 되었다.

정조는 그 피의 상속을 받은 사람이었다. 아버지 사도의 억울한 죽음마저 가슴속에서조차 지워야 했다. 아버지의 한을 풀어주고 싶은 마음, 왕도 정치를 펴려는 마음은 이미 피칠갑이 되어 모든 게 뒤엉켜 있었다. 그 속에서도 정조는 연산군의 길로 가지 않았다. 트라우마를 누르며 견고한 탕평책으로 인재를 골고루 등용하며 왕실과 나라를 기틀에 올려놓고자 몸부림쳤다. 만인소 사건은 그런 트라우마를 자극한 것이었으나 정조가 잘 매듭지었다. 신임 의리의 옹졸한 벽을 깨고 임오 의리를 넘어선 대의리를 천명했으나 그것이 자신의 최후가 되고 말았다.

"정조가 건강이 악화되고 사후에 벌어질 일이 염려되었다면 국가의 시스템에 관한 생각을 충분히 해야 했어. 난 대의리 천명에 문제가 있다고 봐. 정조 최후의 결단, 오회연교 말이야. 끝까지 개인적으로 모든 일을 다 하겠다는 거로 해석할 수밖에 없어."

조 대표의 말이 일리가 있었다. 정조 사후에는 모든 것이 뒤집혔으니 말이다.

"세계사적으로 문명의 주도권이 뒤바뀌는 중차대한 대전환이 일어나는 시기였죠. 유럽에선 이중 혁명 무렵이었고 일본은 난학 등에 힘입어 근대화의 시동을 거는 시기였고요. 그 중차대한 변혁의 시기에 조선은 뒤로 역주행을 한 셈이죠."

이 같은 대화를 나눈 것이 김기백 회장을 만난 사나흘 뒤쯤일 것이다.

"그렇지. 서유구가 고독하게 공업이니 상업까지 확장해 고뇌를 거듭했지만 서양은 산업혁명의 탄력으로 부국강병의 날개를 휘날리고 있었지. 조선이 너무 불쌍해. 김조순 같은 양아치들이 시대를 말아먹고 나라는 암흑 속이며 백성들은 초근목피에 삶을 구걸해야 할 지경이니 말이야."

"처참한 상황이죠. 그걸로 끝나지도 않고 더 독한 어둠만이 기다리고 있으니."

"그러게 말이다."

"그러나 그렇다고 조선이 그들의 길을 따라갔어야 한다는 말은 결코 아녜요."

"좋은 말이긴 한데 그럼 어떤 길로 가야 하지?"

조 대표가 물었다.

"참 어려운 질문을 그렇게 쉽게 물어보니 저로서도 난감합니다. 그래도 타인에게 폭력적인 길은 절대로 안 되지요."

"도덕이 뒷받침된 후에야 그에 따른 실천이 일어나야 한다는 말인데……. 이론상 좋지만 그게 국제 사회에서 실현된 적이 있었을까? 약육강식은 동물이나 인간이나 가장 큰 본능이고 그 본능이 판을 치는 곳에서……."

"어려운 일이죠. 그러나 길을 모색해야지요."

"그러다가 망하는데……."

"쉬웠으면 누가 하려고 안 했겠어요. 그래서 어려운 문제겠지요. 하지만 어딘가에 그 방법이 숨어 있을 테고 그것을 찾아내 실천해야 하지요."

"하긴 인류는 언제나 길을 못 찾고 있지. 그러면서도 살아들 가고……."

"그래도 만들어내고 싶어하잖아요."

"그렇기야 하지만, 또다른 시각으로 보면 또 어떤 해석이 나올까? 이를테면 우리가 민주주의를 그렇게 외쳤고 그게 이뤄진다고 여길 때면 민주주의라는 것도 스스로 그 개념을 바꿔버리는 일도 있었고, 또 그 반대의 것들도 변신하며 여전히 세상을 흔들어대기도 하고……."

규철은 조 대표의 말에서 선의의 정신과 실천을 일괄적으로 묶어놓고 정리하려고 드는 성격과 시각이 아직도 변하지 않고 있음에 대한 답답함을 느꼈고, 더이상 말을 나누고 싶지 않아졌다.

정조가 즉위한 1776년으로부터 이십사 년간의 통치가 막을 내리자마자 신유박해가 일어났고 천주교인들이 처형되었고 남인은 붕괴했다. 육 년 후 또다른 지각변동이 일어나는데 노론끼리의 권력 충돌이었다. 노론 벽파의 간계로 시작된 일이었지만 결국 노론 시파에게 당하게 된 일이었다. 결국, 노론 벽파가 궤멸하였다. 권력을 거머쥔 김조순은 서형수를 엮어서 소론까지 붕괴시켰다. 조선의 정치적 균형은 완전히 깨어졌고 김조순의 세도 정치가 시작되었다. 그 출발이 김달순 옥사 사건이었다.

신유박해는 널리 알려진 반면, 김달순 옥사는 침묵 속에 은폐되다시피 되어 있었다. 의미가 더 클 수도 있을 텐데 말이다.

'조선은 김달순 옥사 이후 세도 정치에 휘둘려 구한말의 민씨 척족 시대를 거치면서 식민지로 전락했지. 해방 이후에도 식민지 시절의 친일적인 인사들에 의해 나라가 좌지우지된 건 주지의 사실이잖아. 미국은 이 모순을 오히려 증폭시켰고, 친일 세력은 반민특위 때 청산되어야 했음에도 불구하고 되려 반민특위가 저지되어 결국 살아남아서 지금까지도 한국 정치의 주류인 양 득세하고 있잖아. 봐봐, 4·19 혁명 때문에 물러났던 세력은 군사정권에서 부를 축적하고 기득권을 유지하면서 독재면 독재, 신자유주의면 신자유주의를 주도해나가고 있어. 그들은 인류의 역사에서 어떻게 살아야 살아남는지를 확실히 알고 있는 유전인자를 가지고 태어난 사람들 같아서 참으로 슬퍼져……. 4대강 파괴만 해도 가슴이 무너져. 생태, 환경을 보호해도 모자란 판국에 그게 말이 돼? 한 정치인의 시대 착오적 유체 이탈 정치는 그들이 불리할 때 살아남는 방법일 수도 있다는 생각, 그것 한 가지로 그들을 파악하는 게 좀 무리인가? 아닐 수도 있고 다른 견해를 가진 사람들도 많은 거 알아. 깊은 공부에 따른 통찰력과 남을 배려하는 게 몸에 밴 사람들이 그들을 대적해낼 수 있을 것 같아? 쉽지 않지. 진보라고 하는 사람들이 다 진보도 아니고 그 내면에 숨기고 절대로 보여주지 않으면서 진보를 위장한 채 살아가는 사람들도 많잖아. 단면적이긴 하지만 과거에 단일화 실패로 인해 역사의 시계는 뒤처졌던 것 생각 안 해봤어? 나라가 경제 파탄에 이르렀고 통합과 화해라는 이유로 범죄자 우두머리들이 풀려났잖아. 좌파 정권들이 잡을 때도 역사 청산은 과제일 뿐 이루어낼 의지가 없었어. 헐, 그럼 진보 속에 보수가 있었던 거야? 난 그 지점들을 심각하게 볼 수밖에 없었어. 난 진보 쪽을 찍긴 했지만, 그 정권을 봐봐. 그 정권이 진보로 보여? 보수도 봐봐. 진보와 보수라는 개념이 우리나라에 애초에 있었나 하는 회의에 빠지기도 해.'

조 대표의 말을 떠올리다가 규철은 몇 년 전에 광화문 집회 때 타오르던 장엄하고 거대한 촛불의 향연이 스쳤다. 곁에서 함께 촛불을 들고 있던 수인에게 말했었다.

"포클레인으로 작업해도 모자랄 것을 부삽으로 깨작깨작 할 것 같은 느낌……. 역사상 첫 탄핵 후 정권 교체가 되었을 때 말이야. 시대의 모순을 포클레인으로 떠내도 턱도 없을 텐데……."

"표현 좋네……."

규철은 그후로 자신의 그 이미지가 정확했음을 느껴왔다. 풀어야 할 문제들이 역사적, 시대적으로 산적해 있는데, 그 일을 하라고 민주시민들이 표를 몰아줬는데도 사람이 자잘해서 속내를 보여주지 않는 사람이 리더일 때 그 대표성이 크지 않다는 느낌이 반복되고 있었다.

"진보 판에서 얼쩡대던 새끼들 중에 양아치도 수두룩해."

그런 말이 진보 세력들 속에서조차 즐비하게 들려왔었다.

"보수 정치인들은 노골적으로 해처먹고 망치고……. 진보 정치인들은 가면을 썼어. 표리부동해 뒤에서 다 챙기지. 이게 더 큰 문제야. 무능하기 짝이 없고……."

"보수도 아닌 썩은 잡당을 보수라 하고 진보도 아닌 타락한 것을 진보라 칭하니 모든 게 혼란스럽고 정리가 안 돼. 우리나라의 정치 지형도가 그렇게 엉망이야."

그렇게 더럽고 복잡하게 얽히고설킨 것들이 구조화된 상황에서 우리나라의 실세를 붙잡고 있는 자들이 자기들에게 불리한 짓을 할 리가 없었다. 김달순 옥사를 일부러 들춰서 드러낼 필요가 없을 것이었다. 그래서 김달순 옥사는 우리나라의 사회 구조상 은폐됐거나 가능한 한 최소한으로 다루어지지 않았을까?

규철은 스스로 세워놓은 이 가설이 타당한지 다시 한번 자문했다. 타당해 보였다. 서유구와 당대 이후의 시대를 지금까지 통시적으로 살펴보면 볼수록 맞는 것 같기도 했다. 국립중앙도서관에 달려갔을 때 신유박해 관련 자료들도 찾아보았다.

그것들은 끝없이, 하수오 줄기처럼 끝없이 나왔었다.

개다리 셋인 삼발이 밥상에서 다리 하나가 부러진 사건이 신유박해라면 김달순 옥사는 다리 한 개로 밥상을 지탱하는 꼴의 사건이라고 해도 무방했다. 그것도 밥상이라고 말하면 밥상일 테지만, 그 밥상이 국가라면? 민족 공동체라면? 그게 밥상인가? 한쪽 무릎을 반쯤 세워 한 다리를, 나머지 한 다리는 왼손으로 상을 부여잡고 다리를 대신한다고 치자. 밥과 국이 쏟아지고 반찬들이 바닥으로 흘러내릴까봐 전전긍긍하면서 밥을 먹는 그게 밥상인가?

이제라도 제대로 된 밥상을 가지려면 하나뿐인 다리마저 부숴버리면 어떨까? 참 어이없는 상상이라고 할 수도 있다. 아니 맨바닥에 놓고 먹는 것이 편할 수도 있을 것이다. 사실 다리를 고쳐 쓰거나 새로 만들면 되는 일일 것이다.

김달순 옥사는 조선을 식민지까지 내몰고 간 세도 정치의 시발점임이 틀림없다. 그 후유증이 지금까지 이어지고 있다. 그런데도 그에 관한 연구가 빈약함은 이 시대도 그 시대의 연장선에 있다는 뜻일 것이다. 시작이 잘못되었기에 과정에서 아무리 바로잡는다고 해도 결과는 이미 정해져 있는지도 모른다.

그렇다. 김달순 옥사로 인해 조선조 당파의 경쟁 구도는 완전히 무너지고 일당 독재 같은 세도 정치로 들어서게 된다. 유럽이 부국강병으로 치닫고 일본도 난학의 여명이 기다리던 즈음 조선은 세도 정치의 더러운 패권에 휘둘려 국가 경쟁력을 잃고, 식민지로, 해방 후엔 친일파의 엉뚱한 득세로, 지금까지도 후유증이 막대하다. 보수도 아닌 수구 세력에 의해 정치, 경제, 문화 모든 것이 휘둘리고 있다고 크게 보아 통칠 수 있다. 그런 판국에 김달순 옥사를 제대로 평가하면 기득권자들이 자기 발목을 잡는 건데 그 일을 일부러 들출 필요가 있을까 하는 문제이다.

그러고 보니 김기백 회장이라는 사람이 문득 개인 한 명으로 보이지 않았다. 그런 객체들을 모아놓은 은유인 양 보였다. 그래서 그런 느낌들이 되풀이되고 있다는 느낌을 떨칠 수가 없었던 것 같았다. 지금 이 나라를 좀먹는 검언유착, 모피아들의 결합, 정경유착, 진보인 척 국민과 자신을 속이면서 더러운 카르텔과 한통속이 된 가짜 진보들……. 그 총체적 모순의 한 모델이 김기백 회장이라고 해도 크게 틀린 말은 아닐 것 같았다.

규철은 돌연 진실을 더 깊게 자기 눈으로, 가슴으로 목격한 것처럼 전율이 일었다. 그러나 이내 허탈감이 몰려왔다. 그래서 뭐가 변한단 말인가. 국민은 점점 입 없는 것들인 하루살이로 변해가고 있는데도 자각하는 법도 잃어버렸다. 그 또한 저들의 기획서 안에 한 장도 안 되게 적혀 있는 시나리오라는 것, 아니 그들의 뼛속에 각인되어 유전되고 있는 원형이라는 것,

천지개벽이 일어나지 않는 한, 아니다, 천지개벽이 일어났어도 한 계절이 지나가기 전에 다시 꿈틀거리며 일어설 그 천박성은 어떤 저항도 인식의 새로움도 그들의 먹잇감으로 볼 것이다. 규철은 슬픈 자괴감 속에 몸을 떨었다.

28. 우보

"언짢은 일이라도 있으세요?"

금이가 물어도 유구는 묵묵부답일 뿐, 그의 팥배나무 책상
엔 그동안 못 보던 책들이 쌓여 있었다.

"아버지 요즘 하시는 연구는 전혀 새로운 것 같은데요?"

"땅에 관해 쓰고 있단다."

"땅에 대해선 「본리지」를 쓰실 때 이미 많은 연구를 하셨잖
아요."

"그것하곤 성격이 좀 다르단다."

"네."

"혼자 좀 있고 싶구나."

우보가 물러나자 유구는 가슴 깊은 곳에서 올라온 쓰디쓴
물을 목구멍으로 다시 넘겼다. 땅 문제는 가슴에 박힌 또다른

앙금이었다. 시골로 낙향한 후론 땅 없는 사람들, 특히 땅을 빼앗겨 통곡하는 사람들을 부지기수로 보아왔다. 삼정의 문란 즉 세금만이 문제가 아니었다. 그 바탕인 땅 자체의 문제도 심각했다. 세금과 땅은 깊게 결합하여 조선을 송두리째 말아먹는 괴물이었다. 그 썩은 땅에서 일어나는 일들이 사람들을 황폐시키고 있었다.

현재 쓰이는 결부법(곡식 100부가 1결. '결'과 '부'를 합해 결부법이라고 한다)이 잘못된 땅 문제의 시작이었다. 결부법에 따르면 땅이 상품, 중품, 하품으로 나누어진다. 그 차등적인 땅에서 같은 양의 곡식이 나오려면 면적이 달라져야 한다. 다시 말해 땅의 면적이 상대적으로 결정된다. 땅의 면적을 임의로 들쑥날쑥 장난칠 소지가 다분하다.

지주들은 점점 늘어나는 추세였다. 새롭게 부상하는 상인들과 노론이 지주의 대부분을 차지하다보니 결부법 자체가 사람의 손에 따라 뒤죽박죽될 수도 있었다. 더욱이 그들은 힘을 쥐고 있었기에 그들의 땅이 제대로 조사될 리 없었다.

조세의 탈루가 일어날 수밖에 없다. 조정으로선 재원 부족이 초래되고 그것은 가뜩이나 핍진한 백성들에게 고스란히 전가되어갔다. 인징, 족징으로도 모자라 허구한 날 세금을 덮어씌어 허리가 굽을 대로 굽은 백성들은 감당할 길이 없었다. 굶어죽지 않기 위해 유랑 걸식으로 떠돌았고 화적, 비적, 거지, 살인자라도 되어야 살 수 있었다. 그것이 이 땅 조선의 현실이었다.

문제의 심각성 탓에 선조와 광해군 때 농지 조사를 시행해보긴 했지만 이렇다 할 진척이 없었다. 될 수가 없었다. 지주들이 허용할 리 만무했다. 은결(조선 시대 전세의 부과 대상에서 부정, 불법으로 누락시킨 토지)을 순순히 내놓을 리 없다는 결론에 이르자 서유구는 부아가 치밀어올라왔다.

원초적으로 비리의 씨앗을 품고 있는 결부법이야말로 부패의 온상이었다. 바꿔야 한다. 상대 면적을 계산하는 방식에 문제가 있기에 절대 면적을 계산하는 방식으로 고쳐야 한다.

순조 임금으로서도 그런 고뇌를 거쳐 결심했을 것이다. 문제의 원흉인 결부법을 버리고 경묘법(절대 면적을 계산하는법)으로 갱신해야 한다. 거기에 둔전까지 아우르면 금상첨화일 것이다.

한 권의 책자('의상경계책'이란 제목의 책자)로 완성되기까진 시일이 좀더 걸렸다. 서유구는 긴 호흡 끝에 남공철을 떠올렸다. 그가 몇 해 전 이곳 장단으로 사람을 보내 임금의 양전(농지 조사) 시행령에 대해 귀띔해준 일이 까마득하게 느껴졌다.

우의정 자리까지 오른 그와의 거리감이 새삼 격세지감을 실감하게 했다. 그가 이따금 도움을 주고 있긴 하지만 그로부터 받은 배신감은 머릿속에서 떠나질 않고 있었다.

규장각에서 김조순과 격돌할 때 김조순 곁에 바짝 서서 말

한마디 못 하고 바라보던 모습, 연암 어른에 대해 마음을 속이며 뻔뻔하게 무례한 서신을 썼던 일……. 이해 못할 길은 없지만……. 유구는 씁쓸함을 뒤로 하고 남공철에게 서신을 쓰기 시작했다. 한참을 써내려가다가 허공을 올려다본 유구는 설령 이 편지가 남공철을 통해 조정에 전달된다 한들 고위 관료들이 자기 살점을 떼어줄 리가 없다는 생각에 붓을 내려놨다.

임금께 직접 전달할 방법에 대해서 생각해봤다. 자신이 쓴 책에 나오는 대로 토지 조사를 시행한다고 한다면 관료와 지주들에 의한 대대적인 반대에 부딪힐 뿐 아니라 임금 뒤에 있는 왕비와 김조순, 그 아들들에게까지 생각이 미치자 서유구는 고개가 절레절레 흔들렸다. 이 책을 쓰기까지의 고뇌와 쓰는 과정에서의 노고와 시간이 한순간에 부질없어졌다. 허무라는 깊은 수렁에 빠져버린 유구는 그간 공들인 책을 걷어차고 싶어졌다.

깊은 허무감과 재도전, 탐구, 실천을 통한 몸부림이 반복되며 세월은 흘러갔고 그 몇 년 후 서유구는 회양 부사로 임명되었다. 우보 나이도 어느덧 스물여덟이 되어 있었다.

우보는 스물여덟이 되도록 아버지만 바라보며 농사를 짓고 물고기를 잡으며 살아왔다. 아버지와 함께 밭에 거름 주며 씨앗을 심고 추수하느라 청춘을 다 보낸 것이다. 우보는 벼랑 끝에 홀로 선 자신을 발견했다.

자식을 먼저 보내는 불행이 덮쳐오리란 생각은 하지도 않았다. 첫딸을 잃자 그 상실감은 그간 느낀 것들과는 사뭇 달라 눈물도 말라버렸고 그 무기력은 끊어낼 수 없었다. 그 가운데도 처의 피폐해진 몸에서 둘째 애가 또 생겨 낳았지만, 우울의 나날 속에 생긴 아이여서인지 시름시름 앓다가 죽었다.

처의 우울증은 시간이 흐를수록 깊어져만 갔다. 눈이 퀭해지고 몸이 초겨울 들판처럼 초췌했다.

회양 부사로 임명된 아버지는 그저 아버지의 길일 뿐이었다. 아버지가 십팔 년 만에 관직에 복귀한 것은 기쁜 일이기는 했지만, 지금 자신의 처지를 보면 허허벌판 같은 곳에 홀로 서서 찬바람을 맞고 있다는, 그 어느 곳도 갈 데가 없다는 느낌이었다. 아버지의 그늘에서 벗어나 혼자 농사를 지어보겠다는 생각도 해보았지만, 아버지가 안 계신 상황에 농사일은 엄두가 나질 않았다. 정신 끝자락 어디쯤 조용히 숨어 있으면서도 밖으로 나오고 싶어하는 시라는 게 있어서 겨우 견딜 뿐이었다. 그러나 그마저 출구가 아닌 게 식솔의 안위, 생존의 문제는 대놓고 시만을 쓸 수 없다는 압박으로 왔다.

뒤늦긴 했지만 과거 공부를 하는 수밖에 달리 길이 없다는 생각에 이르렀다. 그간 아버지 곁에서 임진강에 나가 쏘가리 꺽지를 잡고 집과 논밭에서 쇠스랑질 도끼질 망치질 가래질하는 일에 매달리다보니 학문을 등한시할 수밖에 없었다.

아버지를 돕는 일로 본 책들은 과거 시험과는 무관한 책들로 오히려 과거 시험에 도움은커녕 해가 될 수 있는 내용이었다. 때를 놓친 나이에 전혀 새롭게 공부를 시작한다는 게 쉬운 일은 아니었지만 지금 상황에 그 길밖에 없음이 현실이 되어 있었다. 빼짝 마른 처의 몸에선 세번째 생명이 자라고 있었다.

29. 창자를 끊어내는 아픔들 속에서

죄인 서형수를 도류안(도형과 유형에 처할 사람의 이름을 적은
죄인 명부)에서 지우노라.

회양 부사로 부임하여 관직 일을 하던 서유구는 집에 돌아
와 사랑채에 불도 켜지 않고 앉아 있었다. 우보가 조용히 문을
열고 들어와 호롱불을 켰다.

"아버님, 무슨 일 있으세요?"

"음. 몸은 좀 어떠냐?"

자식 둘을 잃은데다가 뒤늦은 과거 공부에 수척해져서 병
까지 든 우보를 바라보자 마음이 더 심란해졌다.

"괜찮습니다."

"내가 지어준 약을 거르지 않고 꾸준히 먹고는 있지?"

"네."

"너의 작은할아버지(서형수)께서 돌아가셨구나."

우보는 고개를 떨구었다.

"너의 작은할아버지는 내게 아버지 같은 분이시다."

우보는 아버지의 속내까지 다 헤아릴 수는 없었지만, 그 망연한 눈빛에서 깊은 슬픔을 볼 수 있었다. 큰어머니(빙허각 이씨)가 돌아가신 지도 얼마 되지 않았다. 이태 전에는 큰아버지(서유본)가 돌아가셨다. 큰어머니는 그 충격에 곡기를 끊다시피 하루하루 사시다가 돌아가셨기에 아버지의 슬픔은 아주 깊은 곳에서 시작되었다는 것을 알고 있었다. 연이은 가족사의 비보는 아들로서 고개를 들고 아버지의 얼굴을 바라보기 쉽지 않게 했다.

"그분의 추자도 유배는 있을 수 없는 일이다. 사후 도류안에서 이름을 지우다니……. 그리고 죄인이라니, 너의 작은할아버지 말이다. 적반하장이란 말이 이를 가리키는 것 같구나. 지금 이 세상은 도대체 어디로 어떻게 흘러가는 것인지 종잡을 수가 없구나."

유구는 말을 아낄 수밖에 없었다. 깊은 상실감에 병든 몸으로 뒤늦게 과거 공부에 뛰어든 아들에게 집안의 어둠을 들춰내는 게 이로울 리가 없을 것이었다.

유구는 우보에게 가슴속으로 건넬 수밖에 없었다.

'일어나서는 안 될 변고가 우리 집안에 연이어 일어나고 있구나. 너희 작은할아버지는 가족을 위해 희생하신 거란다. 그 분의 희생 덕에 우리 가족이 근근이 살아왔지. 돌아가신 것도 허무한데 이제야 죄인 명부에서 지워지다니. 죽어서야 도류안 에서 지워졌으니 본인은 죄인으로 삶을 마친 거 아니냐. 이 억 울한 한을 천지 어디에 하소연할 수 있단 말이냐? 숙부님의 죽 음으로 인해 우리 집안은 그간의 보이지 않는 어두운 사슬에 서 벗어나긴 했지만 말이다.'

"아버님. 아버님."

며느리가 다급히 뛰어왔다. 갓 태어난 셋째 딸마저 저승으 로 보내야 했던 슬픔이 얼굴은 산송장처럼, 몸은 검불이 굴러 다니는 것같이 만들어놓았다.

망연자실은 넋을 놓을 줄 아는 이들의 호사일 수도 있었다. 유구에게는 그것마저 녹록지 않았다. 기질 탓도 있지만 그럴 만도 한 것이, 최근 몇 년 동안 그의 주변에서 벌어진 일들 자 체가 그 경중을 가릴 여지도 없이 보편적인 삶을 살아가는 이 들에겐 일생에 손가락으로 셀 정도의 일들이었다.

"아범이 아무래도……."

후들거리는 다리로 겨우 내디디며 우보에게 갔을 때 아들은 끈적대는 땀을 흘리며 누워 있었다. 당황스러움을 겨우 누른 것은 우보의 몸 상태를 확인하고 나서였다. 비축해둔 초환단을 급한 대로 먹이고는 『동의보감』에서 아들의 몸 상태를 일일이 확인해나가며 비치해둔 약재들로 약을 달이기 시작했다.

약탕기가 올라간 화로에 부채질하면서 유구는 겨우 한숨 돌려놓을 수 있었다. 어려서 몸이 허약했던 아들이었지만 한양을 떠나면서는 그런대로 몸을 추스르고 건강이 어느 수준에 도달해서 장가까지 보냈건만 이렇게 급하게 몸이 망가질 줄은 예상조차 하지 못했다. 그간 아들의 삶을 되짚어보면서 그의 몸이 어떤 과정을 겪으면서 저 지경에 이르렀는지를 떠올려봤다.

어머니를 잃고 우울한 유년기를 보내다가 서조모와 할머니 등 온 가족이 낙향해 살면서는 어느 정도 우울도 이겨내는 듯도 했지만, 다시 연이은 어른들의 사별과 특히 자식들을 먼저 보내는 일을 겪으면서 점점 내상이 깊어졌을 것이다. 그래도 버텨내려는 의지 탓에 간신히 견뎌왔던 것 같았다. 결정적인 것은 내가 회양 부사로 떠나면서였던 것 같았다. 내가 이것저것 벌려놓은 농촌 생활을 혼자 감당하기 힘들었을 테고 결국 방법을 찾았다는 게 나이들어 과거를 봐서 식솔들을 책임져야겠다고 시작한 공부였다. 그것이 아들의 몸을 심하게 망가트려놨을 것이다.

녀석의 태생에 따른 기질도 한몫했을 것이다. 시를 짓는 일을 좋아했듯 평소 혼자 생각하길 좋아했고 고독을 벗삼듯 했다. 현실적이고 경쟁적이며 무엇이든지 책임을 져야 한다는 현실 세계가 그에게는 잘 어울리지 않는데도 아버지 탓에 기질과는 무관한 삶을 살아야 한다는 것이 몸을 혹사했을 것이다.

유구는 사직하겠다는 상소를 서둘러 올렸다. 자식이 병이 들어 위중한데 벼슬 따위는 안중에도 없었다. 그러나 사직 상소는 반려되었고 강화유수로 임명되어 새 임지인 강화로 떠날 수밖에 없었다. 병든 우보도 함께했다.

"아버님."

다급한 며느리의 목소리는 불안과 슬픔이 섞여 듣는 것만으로도 유구 가슴이 덜컹 내려앉았다.

"아범이 간밤에 이런 말을 했습니다. '나는 죽어도 그만이지만 아버지는 어떡하신단 말인가!'라고요. 이를 어쩌면 좋아요."

며느리의 어깨를 다독이면서도 아들의 상황이 어제와는 다르다는 것을 직감할 수 있었다.

"만약 제가 생이 부잡스러워서 이생에 여러 번 방문하게 된다 해도 저는 아버님 곁으로 꼭 찾아올 테니 너무 슬퍼하거나 염려하지 마십시오. 다만 아버지의 유지를 다 받들지 못하고 떠난다는 게 아플 뿐입니다."

아들을 땅에 묻을 때 유구는 자신도 같이 묻히고 싶었다. 아니 상여꾼들이 잡은 삽을 빼앗아 아들을 집으로 데려가 주검이라도 곁에 두고 싶었다. 아들의 죽음이 모두 자신의 탓이라고 여겨졌다. 거적때기가 되어버린 며느리를 볼 때는 세상의 모든 것이 이렇게 끝이 나는 거구나 싶었다.

밤에서 또다른 밤으로 이어지는 아픔은 날이 밝아올 즈음
엔 아들이 밤새 함께 있다가 떠났다는, 새벽녘에 문을 열고 나
가는 아들의 초췌한 환상이 현실이 되어가고 있었다. 한낮에
도 아들이 먹을 갈고 궤안을 뒤적이러 올 것만 같았다. 눈물은
그렇게 말라갔다.

그렇다고 관직 생활을 게을리할 순 없었다. 아들과 함께 연
구하며 교정하며 물고기 잡던 임진강 풍경에 대한 회상에 젖
어 있을 수만은 없었다.

> 난호 가에 초가 한 채 짓고
> 가르침의 편액 새로 거니 기뻐 잠 오질 않네
> 가랑비 속 뽕나무와 삼대는 그늘 드리우고
> 맑은 가을날 메벼밭 너머로 향기 들이네

우보의 물건들을 정리하는데 우보가 쓴 시가 눈에 들어왔
다. 유구는 종이를 쥔 손이 부들부들 떨렸다. 허금처럼 가라
앉아 있었던 아들에 대한 자신의 미숙함이, 아들이 어떤 사람
이고 어떻게 살아야 하는지 충분히 몰랐음에 가슴이 저며 들
었다. 통곡도 할 수 없는 상황이었다. 조용히 며느리를 불러
아들의 책들과 함께 시를 상자째 며느리에게 건네는 일밖에
없었다.

김조순이 죽었다. 순조 32년(1832년), 그 게걸스럽던 김조순이 죽었다. 사헌부 대사헌까지 오른 서유구는 그다음해에 전라 관찰사가 되었다. 관청의 마당을 거닐면서 허무는 마음이 아닌 마당에서도 나온다는 것을 아들의 시에서 봤다.

일흔이 넘어서도 서유구는 삶의 정성이 몸에서 나가지 못하고 있었다. 관직에 충실하면서도 사직 상소를 올리고 또 올렸다. 승진하려고 혈안이 된 사람들에겐 노욕과는 별개의 삶을 살아가는 유구가 이해되지 않았다. 유구의 마음속엔 게걸스러운 욕심이 아닌 선한 마음이 들어 있어서였다. 조선이 농업 국가임에도 이렇다 할 농서가 없는 상황에서 농서를 완성하는 것, 아버지가 이루려다 못다 한 꿈을 이루는 것, 정조대왕의 꿈을 하나라도 실현해보려는 의지, 그 구체적인 마음을 아는 사람은 아무도 없었다. 효명 세자가 통할 수도 있었지만, 그 역시 서유구를 정계 깊숙이 앉히자마자 급사해버렸다.

전라도 해안가 어촌을 거닐 때였다. 슬쩍 둘러봐도 사람들이 살 만한 곳이 도무지 아니었다. 스쳐가는 얼굴들은 퀭하고 핏기가 없었고 유리걸식들은 금방이라도 무너질 듯 체념만 고개를 들고 있었다. 역병이 지나간 자리마다 널브러진 시신을 덮고 있는 볏섬 가마니, 이 고기잡이 마을은 처참을 넘어 인적이라고는 흐느낌뿐이었다.

역병이 지나간 자리마다 농지로 사용되던 땅이 황무지가

되는 것을 유구는 도처에서 봤다. 황무지를 유리걸식으로 살아가는 사람들 터전으로 바꿀 수는 없을까? 둔전에 대한 새로운 모색이 이뤄질 실험을 해볼 수 있겠다는 확신이 섰다.

헌종 3년. 유구는 수원 유수가 된다. 삼 년 후엔 관직을 떠났고 그의 인생 4기가 끝났다. 4기 역시 유구는 비(費)라고 적었다.

몇 년째 지속된 가뭄과 흉년으로 조선이 초토화되어가고 있을 때 가난하고 헐벗은 백성들을 도와주고 수차를 개발케한 시간이었다. 삶의 터전을 잃은 유리걸식들을 위해 둔전을일으켜보려는 그의 시도는 시대의 한계로 인해 미완에 그쳤지만, 시대를 뛰어넘는 서유구다운 모색이었다.

전라도 관찰사 시절과 수원 유수 재임 시절엔 맡은 일들의과정과 결과를 일기 형식으로 빼곡히 적었다(전라도 관찰사 시절엔 『완영일록』, 수원 유수 시절엔 『화영일록』을 썼다). 눈도 침침해지고 살짝 가는귀도 먹었고 집중력도 떨어질 나이임에도『임원경제지』의 원고들을 하나하나 새로 분석하고 과한 것은빼고 부족한 것을 첨가하는 일에 매진해나갔다.

관청 서고에는 참고할 만한 자료가 제법 있었다. 전국의 시장들에 대한 것, 가라비장, 신천장, 동두천장, 마석우장 등 양주에 있는 시장들에 대해 세세히 기록되어 있었다. 문중의 고향 장단 인근의 부내장, 사천장, 사미천장, 구화장, 고랑포장,

도정장 등 장의 위치와 장 서는 날, 특산품도 적혀 있었다.

서유구는 관청의 자료들을 세심하게 찾아 기록했다. 양주에서 장단까지의 거리는 백 리였다. 장단에서 한양까지의 거리도 살폈다. 이동시간과 장이 서는 날짜, 지역의 특산품 등을 자세히 기록해 상인과 물건을 사려는 사람들이 참고해서 편리하게 이용하도록 하였다. '예규지'라는 제목도 일찌감치 정해놓았다. 장사에 관한 책이었다.

공업은 장사 곧 상업으로 연결되어야 한다. 그래야 백성의 삶이 윤택해지고 나라가 부강해진다. 농업은 공업으로. 그 둘은 상업의 흥성을 통해 향상된다. 그 셋은 유기적으로 원활해진다.

조선은 그리로 가야 한다. 칠흑 같은 장막이어도 그 길로 가야만 한다.

30. 가지 않은 길, 가지 못한 길

　연둣빛이 번지며 봄이 오기 시작했다. 백발의 서유구는 느
릿한 걸음으로 길앞잡이처럼 일정한 거리를 두고 날아가는
후투티를 따라가고 있었다. 유구의 삶처럼 고집스럽지만 고
집스럽지 않은 서재 앞에 섰다. 문설주에는 자연경실(自然經
室)이라고 적혀 있었다. 스스로 붙인 이름이지만 흡족한 듯 눈
옆 가로 주름이 조용히 움직였다. 단아한 용모는 백발에도 여
전했다.

　서재의 고요는 주변 풍경이 아닌 유구의 삶과 그가 집필한
책에서 빚어지고 있었다. 서재의 반 정도엔 책들이 빼곡하고
방 한가운데에 놓인 작은 탁자 뒤에 있는 먹감나무 병풍에는
주름진 산봉우리들이 양각해놓은 듯 가까운 듯 멀었다. 밀랍
으로 만든 꽃을 꽂은 병 두 개가 탁자 모서리에, 벼루 받침대와

오래된 솥 모양의 골동품들이 거문고 곁에 놓여 있었다.

초당 안이나 억새, 짚으로 지붕을 올려 지은 정자의 구석방에 금(琴)을 연주하는 방을 만든다. 이 금실의 땅속에 항아리를 묻는다. 항아리 안엔 구리종을 건다. 항아리가 묻힌 땅 위는 돌로 덮거나 널빤지를 깐다. 그 위에 악기 받침대나 나무 받침대를 놓고 금을 연주하면 그 소리가 공중에서 낭랑하게 울리며 소리가 맑고 깨끗하다. 저절로 이 세상 밖에 있는 듯한 분위기가 난다.

『구선신은서』의 문장은 생을 온몸으로 견뎌내고 지극함에 다다른 유구에게는 위안이 아닌 실현한 이상처럼 다가왔다. 유구는 가만 눈을 감았다. 자신도 저런 방을 하나 갖고 싶다. 노욕 아닌 적요라고 부르고 싶은 방에서 거문고를 연주하면서 방바닥 아래 묻힌 항아리에서 공명되어 퍼져나가는 소리를 듣고 싶었다.

"여보게나, 저기 저 거문고를 가져오게."

"네."

"그동안 익힌 자네의 거문고 소리를 오늘은 한번 들어보고 싶네."

"저 같은 게 어찌 감히 나으리 앞에서요……."

"사양하지 말게나. 자네가 옥분이를 먼저 보낸 후 상심이 커서 어찌 위로나 될까 해서 가르쳐봤는데, 그 소리에 상실이 배어 있는 게 느껴졌다네. 사양하지 말고 어여 한번 타보게나."

돌쇠는 머쓱해하며 거문고 앞에 앉더니 그간 익힌 우엽초 5장을 연주해나갔다.

"저는 아직 먼 것 같습니다."

"여보게. 거문고는 문(文)으로 열고 들어가 무(武)로 닫고 나온다고 말했었는데 기억하는가."

불쑥 튀어나온 자기 말에 유구는 흠칫했다. 유구가 술대를 건네받아 연주를 해나가는 동안 현에서 나오는 소리는 알 수 없는 슬픔으로 변해갔다.

농가에 가진 것 무엇 있나? 쟁기 하나에 소 한 마리뿐.
또 무엇이 있느냐 물으면, 꾸꾸 암탉 다섯 마리라네.
눈 날리는 저문 날이면, 소가 울고 닭은 홰에 오르네.
갑자기 문 두드리는 소리 나더니, 이장과 관리 요란하게 들어서네.

흥얼거리는 소리가 멀리서 들려왔다. 마을의 노인이 내는 소리였다. 서유구는 마을 사람들에게 양잠과 길쌈을 새로운 방식으로 가르친 것 외에도 일하며 부를 수 있는 시조를 지어주었다. 흥얼거리곤 하는 저 노인은 치자 때죽 살구 모과 층층 참빗살 뽕 옻 등 나무에 대해 모르는 게 없었다. 유구는 노인과 나무에 관한 이야기를 나누는 시간이 좋았다. 나무에 대해 알아가고 심고 가꾸는 일이 늘그막에 즐거움을 주고 있었다.

눈[雪]을 감상하는 이동식 암자인 관설암도 만들 수 있다. 가벼운 나무로 틀을 짜고 종이에 풀을 발라 3면에 붙여 병풍처럼 만든다. 위쪽에는 지붕면을 덮고, 앞쪽에는 겹으로 된 장막을 친다. 중간에는 작은 좌상 네 개를 놓을 수 있도록 공간을 만든다. 불 피우는 도구와 식기도 놓을 수 있게 한다. 장소를 따라 옮겨다니며 바람을 등진 채 이 암자를 펼친다. 먼 곳이라도 가서 눈 속에 세워놓으면 경치를 감상하는 데 더없이 좋다.

『준생팔전』에는 이동식 암자에 대해 나와 있었다. 중국에서 들여온 서적들을 살필 때마다 그 정교함과 방대함에 부러움을 항상 느꼈지만, 이동식 암자가 나오는 대목에선 신기해 만들어보고 싶은 마음이 생겼다.

"아버님. 진지 드세요."

며느리의 음성이 들렸다.

"오냐."

식사 때만 되면 유구는 허전해진 지 오래되었지만, 그 허함이 익숙해지지 않고 있었다. 며느리는 워낙 말수가 적었는데, 날이 갈수록 더 심해져가고 있었다. 다행히 금이가 며느리를

잘 보살펴주었다. 둘 사이에 조곤조곤 얘기하는 광경을 볼 때
는 참 다행이다 싶었다. 식사를 마친 유구는 『금화경독기』를
펼쳤다.

취진당.
활자를 보관하는 곳이다. 외지고 한적한 땅을 택하여 건물 두
개를 짓는다. 뒤쪽 건물의 북쪽 벽 아래에 나무로 만든 수납
장을 줄지어 놓고 활자를 보관한다. 남쪽 기둥의 아래에는 긴
걸상을 줄지어 놓고 책을 늘어놓는 곳으로 삼는다. 앞 건물의
정중앙에는 문을 만든다. 왼쪽에는 책을 인쇄하는 곳으로 삼
아 공투격, 연쇄자, 모추자, 저연석지 등 책을 인쇄하는 일체
의 도구를 놓는다.

조선의 부조리한 정치 때문에 백성들의 삶이 궁핍해지는
것을 안타까워하며 그것을 극복하는 방법으로 삶의 현장, 백
성들의 구체적인 삶에서 방법을 찾으며 그들을 위해 농공상의
표준화 작업을 해온 지독한 세월이 온갖 상실에도 불구하고
후회스럽진 않았다. 농공상인들에게서 들은 이야기와 그들이
사는 방법, 그것들을 더 궁구해서 집안에서 구현해보는 것, 실
천의 소중함이 더욱 가슴에 안기는 듯했다.

영빈관.

서재의 남쪽에 담장을 뚫어서 문을 만들고 규형의 대나무 문 짝을 단다. 문에서 나와 세 계단을 내려가서 그 아래에 다섯 묘 넓이에 터를 닦고 서너 칸 혹은 다섯 칸의 건물을 짓는다. 시원한 헌(軒), 따듯한 방, 짧은 궤안과 긴 평상을 간략하게 갖추어놓는다. 벽에는 속된 기운을 씻겠다는 약속을 써놓은 판을 걸어둔다. 시렁에는 귀를 맑게 하는 경쇠를 걸어두어 손 님을 맞이하여 접대한다.

손님을 맞이하기 위해 시원한 헌도 만들고 따듯한 방도 만 든다. 속된 기운은 씻겠다는 약속을 적은 판을 걸어두고 맑은 귀로 자연의 소리를 들으려고 경쇠를 건다. 금화 시절에 품었 던 마음이 아직도 자신에게 남아 있나를 더듬는 일도 노인의 하루를 채우는 소소함이었다.

의숙.
취진당 옆에 대여섯 묘 넓이에 터를 닦아서 의숙을 짓는다. 각 방마다 북쪽 벽에는 『준생팔전』 온각 제도와 같이 네다 섯 칸의 책장을 설치한다. 여기에 경서, 사서, 제자서, 시문 집, 유서, 첩괄 등의 서적을 보관한다. 가운데 방에는 숙사가 산다.

옳거니. 활자를 보관하는 방 옆엔 의당 의숙을 지어야지. 책들을 모아놓고 사람들을 가르치고 싶었다.

농사를 살피는 정자인 망행정, 추수 살피는 누각인 첨포루, 누에방과 길쌈방, 가축들을 키우는 우리도 내가 금화 시절에 적어놓았었구나. 어설펐던 농사를 익혀가며 일상의 온갖 것들에 심신의 열정을 바치면서도 촌음을 아껴가며. 양어장과 고기잡이 시설인 전어사도……. 조선에 없어서는 안 되는 기록물들이 살아가는 의숙, 이런 것들이 조선 팔도에 두루두루 있으면 얼마나 좋을까, 서유구는 간절한 소망을 침울 속에 녹이고 있었다.

텃밭 정자, 시냇가 정자, 강가 정자, 대나무 정자. 사정(射亭)……. 활쏘기하는 정자인 사정(射亭)에 관해서도 내가 썼구나. 저걸 쓸 땐 가슴속에 정조대왕이 웃고 계셨지.

변화될 수 없는 어리석은 사람이고 조각할 수 없는 썩은 나무처럼 쓸모없는 사람이라고 할 만하니, 오늘도 활쏘기에 내보내 잘 익히도록 하라.

잠에서 깬 새들이 몸을 단장하러 경희루의 춘당대에 출근하는 시간이었다. 정조 임금이 초계문신들과 그 가족을 초청해 자신이 진행하는 일을 설명하고 세상 돌아가는 일들에 대해 담소를 나누다가 임금이 하신 말씀이었다. 그 말씀처럼 활쏘기엔 영 소질이 없었다. 유구가 『시경』을 주서해 올리며 말씀을 드릴 땐 『시경』에 대한 주해에 시경을 한층 넓게 만드는 시적 감흥이 실려 있다고 칭찬해주시던 임금이었다. 서유구는 자기가 살아온 길이 비록 심한 부침 속에서도 신념을 벗어나지 않은 삶이었다는 확신이 들었다. 시를 좋아해 그 속의 깊이와 폭을 가늠할 수 없었던 아들, 먼저 간 우보가 불쑥 떠올랐다. 아들이 살아 있다면 마흔을 훌쩍 넘겼을 텐데, 그 사유는 얼마나 더 넓고 깊어졌을까. 마음이 절로 움직이며 왼손으로 자신의 얼굴을 쓸어내렸다.

가장 고된 동시에 가장 풍요로운 시절을 녀석과 함께 건넜다. 함께 비바람에 맞섰고 아침노을을 쳐다보며 더딘 희망도 가슴속에서 만들었다. 곁에서 먹을 갈아주고 교정을 봐주고 책을 찾아주었다. 자기 욕심을 한 번도 내지 않은 녀석이었다. 저세상의 고독을 품고 세상에 나온 아들이었다는 생각에 더는 자리에 앉아 있을 수 없었다.

31. 이운(怡雲)

깨달음의 이치는 혼자 갖는 게 아니라 함께 나누어야 한다.
그래야 도리에 어긋나지 않을 것이다.

산중에 무엇이 있을까?
봉우리 위 흰 구름 많지.
혼자만 즐길 수 있을 뿐.
그대에게 부쳐줄 수 없지

양무제가 나라를 세울 뜻을 두고 도홍경을 불러내기 위해
'산중에 무엇이 있는가?'라고 묻는다. 유불선에 통달한 도홍경
이 그에 따른 화답을 한 것이 이 시였다. 시구에 즐길 이(怡)와
구름 운(雲)이 나온다. 그 둘을 합쳐 이운(怡雲)이라고 이름 짓

자 그럴듯했다. 「이운지」. 『임원십육지』 중 하나의 이름이 그렇게 지어지자 유구는 입가에 흡족한 미소가 절로 돌았다.

삶은 의식주를 해결했다고 다 되는 것이 아니다. 그 기본 위에 건강, 사람다움, 품격, 문화의 향 등이 어우러져야 한다. 그것은 함께 사는 마을로 집집이 동심원처럼 번져야 한다. 건강과 치료를 위한 「보양지」와 「인제지」, 꽃에 대한 「예원지」를 지어온 것도 그 이유였다. 향촌 마을의 품앗이를 「향례지」에 담은 것도 그래서였다.

독서법, 활 쏘는 법, 수학, 글씨, 악보 등 다섯 가지 항목을 정해 『유예지』라고 해서 그 역시 임원십육지의 하나로 삼았다. 고서들을 뒤져 각각의 항목들을 채우고 자기 생각을 덧붙였다.

의식주를 넘어서 심신의 공부를 위한 교양 지식과, 선비로서의 고상한 취미 생활을 한 종류로 묶는 것보단 두 종류로 나누어 담는 것이 나을 것 같았다. 그런 이유로 「유예지」와 다른 별개의 책을 구상해왔다. 그 책의 제목으로 좋을 것 같았다.

「이운지」.

먹물을 찍은 붓을 들어 제목을 쓴 다음, 그동안 써놓은 내용의 목차를 다시금 살폈다.

은거지의 배치

휴양에 필요한 도구로서 상과 침구류

병풍

음주 도구

임원에서 즐길 거리로서 차, 향, 악기

순서로서 큰 무리는 없어 보였다. 서유구는 그 안을 펼쳐 세부 내용도 대강 훑어보았다. 수없이 들춰봐서 환히 알지만, 전체적인 구도에 어긋남이 있는지를 살폈다.

꽃과 수석

새와 물고기

붓, 먹, 벼루, 종이

이만하면 괜찮겠다 싶었다. 종이 항목을 펼쳤다. 대나무로 종이 만드는 법, 쌀가루로 종이 만드는 법, 삼으로 종이 만드는 법, 색종이 만드는 법, 종이에 금색 꽃무늬 입히는 법, 볏짚, 보릿짚, 귀릿짚으로 종이 만드는 법……

토갱지병.

종잇값도 못 하고 공부다운 공부는커녕 글로 사람을 죽이고 학식으로 세상을 겁탈하는 자들이 더욱 들끓음에 개탄한 말, 자기가 지어놓고도 좋은 말 같았다. 조선의 학문 유학이 개

국시 이상주의 국가를 실현해나가기 위한 국시였음에도 불구하고 이상을 허상으로 만든 것이 유학자들 당사자였다.

김조순이 죽은 후 그의 아들 김유근(1785~1840. 김조순의 아들로 김조순이 죽은 후 세도 정치를 이음)과 그 가족들의 욕심은 거칠 것이 없었다.

이삭도 나지 않은 땅에 세금 매기고, 잘 익은 땅에는 오히려 없다네.
야박하다 호소하면 매 맞고 갇혀버리네.
뼈와 살이 터지고도 절반도 못 내니 가혹한 정치는 법보다 무서운 법.
열흘이나 가둬두고 무엇 했나? 못된 관리 먹거리만 장만하네.

조선 천지를 풍자와 조롱의 땅으로 만든 것은, 유학이었다. 정조대왕이 죽은 후 조선 유학은 김조순 일가와 그 일당들이 저지른 전횡과 횡포의 도구였고 말세라는 말 이외는 세태를 표현할 길이 달리 없었다.

논밭에서 일하던 사람들이 힘에 부칠 때 부르는 노동요가 김조순 일가를 비아냥거리는 풍자와 조롱을 담았다. 서유구는 저 노랫가락을 들을 때마다 부끄러움은 자신의 몫이라는 생각에 고개를 들기 어려웠다.

겸재 정선과 심사정, 최북과 이광사, 표암 강세황에 관해 쓴 글을 읽어가다가, 어제부터 쓰기 시작한 스승 김홍도에 머물렀다. 나는 샌님이었을까? 떠돌이였을까? 책의 목차를 정리하다가 자연경실을 둘러보았다. 돌쇠도 이제 나이가 나이인 만큼 먼지를 털어내고 거미줄을 걷어내고 부지런함을 떨고 있지만, 서가 위쪽 거미줄이 보였다. 서유구는 싸리비를 갖고 들어와 거꾸로 들어 거미줄을 걷어냈다.

장터든 농사짓는 곳이든 강가든 돌아다닐 만큼 다녔지만, 유구의 마지막 유랑은 자연경실이었다. 서각이 천하라는 유학자적 사유도 작용했겠지만 타고 나온 섬세한 기질도 한몫했다. 그래서인지 정사각형 선비의 집 서각에서 세상일을 혼자 논하는 상상 속을 떠돌아다니는 일이 익숙해져 있었다.

유랑으로 자신의 세계를 찾았던 스승 김홍도에 관해 다시 쓰자니 자신과의 차이가 느껴져 먹먹해졌다. 『금화경독기』를 다시 펼쳐 금화 시절에 적어두었던 장을 열었다.

내 집에는 오래전부터 김홍도의 〈음산대렵도〉 비단본 여덟 폭이 있었다. 이를 이어서 병풍 하나로 만들었다. 이 병풍은 무성하게 띠가 자란 광야에서 활시위를 울리며 말을 타고 달리며 쫓는 모습이 마치 살아 있는 듯이 생생했다. 이 그림을 김홍도는 평생의 수작이라고 했다. 다른 사람이 설사 모방하는 일이 있더라도 생선 눈알과 야광주처럼 차이가 현격하니 한눈에 알아볼 수 있다.

남산 저택에 걸려 있던 〈음산대렵도〉가 어른거렸다. 이사 나올 때 형님께 갔는데……. 그 행처가 불분명해 늘 가슴 아팠다. 그 대목을 그대로 「이운지」에 실었다.

32. 욕망은 더 큰 욕망으로

"박규수도 번계(서울 번동 지역에 있던 북한산 자락. 서유구
가 노후에 이곳에 터를 잡아 시회도 엶)로 서유구 선생을 찾아
오지."

"둘이 만나면 뭐해요? 아무것도 없잖아요. 그토록 중차대한
시기에⋯⋯."

"아편전쟁이 일어나던 무렵이니까, 조선뿐 아니라 동아시
아, 세계적으로도 중요한 시기지. 규철 네 말이 맞아. 둘이 만
났어도 뾰족한 일이 일어나지는 않았어. 박규수는 박지원의
손자로 개화파의 선구자잖아. 서유구는 폐족인 북학파를 간신
히 이어 그 무렵엔 원로가 되어 있었고⋯⋯."

조상호의 얼굴에도 분기가 흘렀다.

"박제가는 추사 김정희로 이어지죠. 추사로부터 소치 허련

의 남종화가 태어났고 여항 운동들도 간간이 일어났고, 게다가 박제가의『북학의』서문을 서명응이 써주었고요."

"그렇지. 서명응, 박제가, 추사, 소치 허련으로 물줄기가 이어지지. 유금에서 서유구, 박규수로도 이어질 수 있는데, 아쉽게도 서유구와 박규수 사이에 끈이 약했어."

"저도 그 대목에서 속상합니다. 북학파와 개화파 사이에 사상의 흐름이 합수될 가능성도 충분했는데, 더욱이 효명 세자가 죽은 후라 그와 관계가 좋은 서유구와 박규수 둘 다 상심이 커 깊은 얘기들이 오갈 수도 있었잖아요."

"그렇지. 근데 북학파는 그 자체에 한계가 있다고 볼 수 있어. 북학파는 청나라를 넘지 못했거든……."

조 대표는 눈을 크게 뜨고 요때다 싶은지, 말을 이었다.

"홍대용도 박지원도 마찬가지야. 일본에서『해체신서』가 발간된 해가 1774년이야. 홍대용이나 박지원, 이덕무, 박제가 같은 백탑파들이 펄펄 날던 때라고. 이덕무는 알았지만, 백탑파는 대개 일본의 변화에 긴밀하게 반응하진 못했어. 하멜이 제주도에 표류한 게 효종 때이고 통신사 신유한이 일본에 다녀와『해유록』을 쓴 해가 1719년이야."

규철의 머릿속엔 위당 정인보가 스쳤다. 그의 말이 맞는 것 같았다. 백탑파마저 없으면 조선 후기는 너무도 빈약하고 창피했다. 개화파 역시 무슨 지대한 공헌을 했는가? 일본의 근대화 엘리트들은 밀항선을 타고 서구의 심장으로 뛰어들지 않았던가. 백탑파와 개화파 사이의 끈 역시 너무도 허약해 보였다.

"다산의 아들도 서유구를 찾아 번계로 왔지만, 그러나 그 둘의 만남도 안부 차원을 넘지 못했어. 서유구는 그때쯤은 조선 재야의 최고 어른이잖아. 생각해봐. 정조가 총애한 셋 중 김조순은 이미 죽었고 다산도 죽은 지 몇 년 되었잖아. 규장각 대교, 홍문관 부제학 등등 요직을 거치고 낙향해 십팔 년간 농사를 짓고 물고기를 잡다가 다시 관계에 진출해 회양 유수, 사헌부 대사헌 같은 요직을 두루 거친 칠십대 중반의 옹(翁)이었잖아. 추사나 초의, 최한기는 한 세대 아래였지. 동학의 수운과 서학의 김대건은 아직 미명 속에 있었고……. 그런 어른을 찾아왔으면 무너진 백탑파를 다시 일으키든 새로운 도모를 할 수는 없었을까. 서유구 또한, 박규수를 강력히 흡인해서 동참하게 했다면 새로운 운동의 불씨를 살려내지 않았었을까."

규철은 조선 후기에 대해 아쉬움이 한둘이 아니었다. 조 대표 말대로 도대체 이렇다 할 불꽃이 일어나지 않아 보였다.

"정조의 시스템 부재 애길 하신 적 있잖아요. 당시 선각자들이 청나라를 방문하고 그 사회적·문화적 충격으로 유학에만 의존하지 않고 자신만의 독특한 학문을 추구했던 학자들을 광사(狂士)라고 불렀다는 말 들어보셨어요? 그 맥락을 쫓아가다 보면 매월당, 허균, 정제두 등 근근이 이어져왔겠지만, 영·정조 시대에 확산하였던 것 같아요. 백탑파든 서유구든 정약용이든 모두 개성이 강했는데 그런 천재들을 중용하는 이상으로 시스템에 정조가 더 눈을 돌렸다면 얼마나 좋았을까요."

"그렇지. 하여튼 박규수가 서유구를 찾아갔을 때 『임원경제지』를 분명 접했을 거야. 그 안에 박지원의 『열하일기』와 『과농소초』에서도 인용된 글이 있었으니, 서유구와 박규수 사이에 말이 오갔을 듯도 해. 물론 상상이지만, 적어도 그 책의 존재는 박규수가 알았을 것 같아."

"글쎄요. 아닐 수도 있구요."

"『임원경제지』를 접했더라도 소화를 시킬 만한 식견이 부족했을 수도 있고……. 서유구의 심오한 사상과 방대한 성과, 당대의 바깥에 서서 독자적으로 이룩한 결실, 그 훌륭한 정신을 쉽게 이해한다는 것은 어쩌면 우리가 박규수를 너무 높게 평가하기 때문일 수도 있어."

조 대표는 말을 이어갔다.

"물론 어렵겠지. 세도 정치가들은 유학과 조금만 다른 사상을 그냥 내버려둘 리 없었고 백성들의 골육을 빨아먹는 시대였잖아. 암흑의 시대, 민란이 그칠 새 없이 일어났고 이양선들이 서서히 출몰하지……. 그런 와중에 『임원경제지』라는, 평생이 걸렸어도 여전히 미완인 그 방대한 책을 소화할 능력도 여유도 없었을 거야. 만약 되었다면 박규수에서 김옥균, 박영효로 흘러가는 개화파의 물결이 한결 튼실해졌겠지. 실패 아닌 성공이 되었을지도 모르고. 조선의 폐쇄적인 체제 속에서 그나마 불타올랐던 백탑파, 개화파. 아쉬운 점이 정말 많아."

경인미술관이 박영효의 생가라서 그런지 조 대표는 얼굴이 더욱 심각해져 있었다.

"아편전쟁은 동아시아만 놓고 봐도 중차대한 사건이야. 연암조차 동경했던 청나라가 근본적으로 기우뚱거리다가 망했잖아."

"그렇죠."

"파렴치한 짓이야. 중국, 나아가 동아시아에 아편을 먹인 사건이라고도 볼 수 있어. 자신들의 이득을 위해 타인에게 독약을 먹인 짓이지. 당사자는 물론 영국이지. 포르투갈, 스페인에 이어 네덜란드로부터 제국주의의 바통을 이어받은. 자체적으론 뉴턴과 애덤 스미스 같은 훌륭한 사람들도 많았지만…….뉴턴 등에 의해 과학 혁명의 초석이 되는 계기가 마련되었고 애덤 스미스는 자본주의의 발전과 산업혁명에 그 공이 컸다고할 수 있지. 그러한 물결이 일어난 지 얼마 되지도 않은 해였잖아. 성장이 관성을 타고 가속화되자 그 팽창된 국력을 소화할 부분이 필요했고 그 일환으로 다른 나라들을 식민지로 삼아가기 시작했지. 아! 그놈의 아편전쟁……."

규철은 고개를 끄덕였다. 그렇다. 일본은 아편전쟁으로 인해 근대화의 길에 가속 탄력성이 붙었다. 이렇게 중차대한 무렵에 조선 최고의 원로 격인 서유구와 개화파의 비조인 박규수가 만났던 것이었다. 그런데도 시국이 어떻고 세계 흐름에 대한 낌새는 선각자들로서 적어도 알았을 텐데, 아니 당대의 선각자들이라면 그런 얘기를 제외하면 무엇을 얘기했다는 말인가. 서유구에 대한 실망마저 들었다.

"동북아만 그랬겠어? 아프리카 사람들은 이미 오래전부터 피를 흘렸고 중남미, 중동, 아프가니스탄, 허구한 날 시체가 뒹구는 곳이 지구촌이야. 노예, 인종 사냥, 전쟁……. 살아 있는 지옥이지. 이중 혁명도 다시 봐야 해. 그것을 발판삼아 서구는 비약적인 발전을 한 것이 사실이지. 지금 세계 구조가 그 판 위에 서 있음은 부정할 수 없어. 그러나 히틀러의 파시즘을 말하지 않더라도 세계 도처에 폭력이 난무하잖아. 아메리카 원주민들은 멸종되다시피 했고……. 그런 비극들 또한 이중 혁명과 무관하지 않다고 봐. 지금 지구적인 문제인 생태 파괴, 기후 위기, 환경 문제도 이중 혁명과 무관하다고 할 수 없고……."

규철은 브레히트의 「살아남은 자의 슬픔」이 슬쩍 떠올랐다가 바로 식상해졌다. 파시즘 시대의 고통 속에 시와 희곡을 이색적으로 쓰다 죽은…….

조 대표의 흥분은 억누를 수 없을 정도로 올라가고 있었다. 그래, 지금의 세계는 더욱 다양하고 유연하지만, 이중 혁명의 발판 위에 서 있음을 부정할 수 없으며 그 수혜자들의 갑질 속에 세계는 고통스럽게 신음하고 있음 또한 사실이었다. 이중 혁명 후에 세계의 생산성은 가파르게 치솟았고 생산 역시 빛과 그림자를 만들어냈다. 생산은 소비에 절대 요소이며 결핍을 채워주기에 좋은 역할도 한다. 그러나 구조적으로 불균형화된 상태에서 생산에서의 소득은 생산자 위주로 흘러가기 마련, 세계의 양극화와 그에 따른 재앙들은 거기에서 비롯되는 바가 크다고 볼 수 있다.

생산은 욕망을 과도하게 부풀리는 경향이 있다. 물론 좋은 욕망이 있고 나쁜 욕망이 있다. 악화가 양화를 구축하듯 좋지 않은 욕망 위주로 역사는 팽배해져왔다. 욕망은 더 큰 욕망으로 타오르기 십상이다. 사람이 사람마저 욕망의 수단으로 이용하고, 본격적이고 체계적인 방편으로 삼고 있다. 자연 생태계 사람 모두가 소수 갑의 그릇된 욕망의 도구가 된 지 오래되었으며, 그것을 제어할 수 있는 인간성과 도덕과 사랑을 교묘히 피해 변신하며 발전해나가고 있다. 코로나19 팬데믹, 기후 변화, 생태 파괴, 지구촌의 위기 역시 그런 맥락 속에서 봐야 하고 그 알 수 없는 실체는 신자유주의라는 가면을 쓰고 있었다.

33. 노비의 거문고 소리를 들으며

현자들은 이상세계를 꿈꾸고 온 힘을 다해 그 세계가 실현
되면 유유히 떠난다는 말이 있지만 유구는 『임원경제지』의 마
지막 글자를 써놓고는 홀가분함보다는 오히려 착잡과 허무 속
에 있었다. 짙은 공허 속으로 할아버지, 아버지, 어머니, 서조
모, 숙부, 형님, 형수님, 우보, 손주들, 조카들……. 먼저 간 핏
빛 그리움들이 다녀갔다.

"「정조지」를 가져오게나."

서유구는 금이가 들고 온 책자를 펼쳤다.

"솥과 도마에 관한 이 책은 자네의 공도 크다네."

"제가 뭔 도움이나 되긴 했겠어요. 다 나으리의 정성이 있었
기에……."

"메밀산자에 대해 자네가 들려줄 때 이 책을 꼭 완성해야겠

다는 결심이 새삼 다져졌었네. 참 벌써 아득한 일이 되었지만."

"……."

"「본리지」도 가져와보게나. 번거롭겠지만 『해동농서』
도……."

『해동농서』를 뒤적거리는 유구의 손끝이 가늘게 흔들렸다.
농기구가 그려진 곳을 펼쳤다.

"우보야, 아참, 칠보야 이 그림을 보아라. 이처럼 그림을 넣
은 것은 우리나라 책에서는 전례가 없는 일이란다. 『해동농
서』는 너의 할아버지가 쓰시다가 완성 못한 책이다. 이 아비는
평생 너의 할아버지께서 못다 한 꿈을 이루어드리고 싶었단
다. 오늘이 그날이구나."

서유구의 목소리가 떨렸다. 칠보도 금이도 며느리도 고개를
차마 들지 못하고 있었다. 서유구는 「본리지」를 뒤적거리다가
농기구를 그려놓은 대목에서 멈췄다.

"이 아비가 너의 형 우보와 함께 지은 이 책에도 농기구가
실려 있지 않느냐."

유구의 목소리는 낮고 축축해져 있었다.

"나머지 책들도 다 가져오너라."

「보양지」「인제지」「예원지」「향례지」「유예지」「이운지」
「예규지」, 나무에 관한 「만학지」, 작물에 관한 「관휴지」, 길쌈
에 관한 「전공지」, 풍흉 예측에 관한 「위선지」, 고기잡이에 관
한 「전어지」, 집과 살림 도구에 관한 「섬용지」, 풍수에 관한

「상택지」가 서유구 앞에 놓였다.

금이를 빼고는 식솔들을 내보내고는 한 권 한 권 펼쳐보다가 호롱불을 쳐다봤다. 등잔 너머 금이의 얼굴은 불빛이 흔들릴 때마다 잔주름도 따라 흔들리고 있었다. 금이 눈동자의 엷은 어둠 속에서 유구 자기 모습이 보였다. 눈부처였다.

눈부처 속에 앉아 있는 유구는 자기 모습을 살펴보다가 조용히 잠에 들었다.

삼 년 후 겨울날, 서유구는 가진 것들을 모두 나누어줬다. 병상에 눕더니 결국, 일어나지 못했다. 서유구의 임종은 돌쇠의 우초엽 5장의 연주와 함께했다.

34. 안과 밖

　지난 일 년간 서유구를 이해하기 위해 만난 조선 후기 광사
들……. 그들의 삶은 그 어느 시대보다도 더 지금 규철이 사는
시대를 투영하고 있음에, 아니 그 시대의 좌절이 이 시대의 좌
절로 이어져왔음에, 역사는 돌고 돈다는 그 쓸데없이 돌아다
니는 가벼운 시쳇말이 떠올랐다.
　"여보. 다녀올 수 있겠어?"
　그러나 내일이다. 내일이면 소로리의 마을 공터에서 일 년
간 준비한 행사가 치러진다. 김기백 회장도 참석한다. 그가 김
달순의 팔 대손이란 말을 듣고는 준비하던 강의가 절벽에 부
딪혔고 조 대표에게 하지 않겠다고 했다. 조 대표도 곤혹스러
운 낯빛이었지만, 어떤 언급도 하지 않았었다. 규철은 수인과
함께 집을 나섰다.

미호강을 따라 청주 옥산 논 가운데 소로리 마을에 들어서며 여물 삶는 냄새 비슷한 논물 논흙 냄새를 맡자 김달순에 관한 발표 때문에 받았던 압박감을 무장해제시키듯 마음을 풀어놓았다. 마을에는 논살림과 전국도서관 협의회 회원들, 조합원들이 행사 준비로 분주히 움직이고 있었다.

의자 간의 간격을 두기 위해 토종 벼에 빨간 리본을 묶어 표시를 해두었다. 다과와 차를 준비하는 사람들과 그것을 미연은 카메라에 담고 있었고 토종 이십 년 농부는 이곳저곳 부족한 곳을 챙겼다. 소로리 이장은 먼저 온 관계자들에게 커피를 돌리고 있었다.

준비를 끝내고 식당에 모여 술잔을 돌렸다. 규철도 몇 잔 마셨다. 마음이 스산했던지 술이 잘 들어갔다.

부패와 무능으로 속절없이 무너져가던 시기의 조선, 그 곪아터진 현실에서 현실 참여와 실천으로 눈부신 삶을 살아냈던 삶을 왜 스스로 비(費)라고 했을까. 아니 왜 자기 삶 전체를 오비거사라고 통칭해야 했을까. 규철은 식당을 빠져나와 미호강 쪽을 바라보았다. 물수리 한 마리가 물고기를 한쪽 발톱에 꿰고 오송 쪽으로 까마득히 날아가고 있었다.

개인적으로 겪은 비극적인 가족사……. 아니면 정조 사

후, 몰락으로 치닫는 조선이라는 부조리한 거대한 현실 때문에……. 그렇다면 그는 그런 현실을 견뎌내기 위해 실천하는 지성으로 한 생을 살았다는 말인가……. 어쩌면 날 때부터 가지고 나온 내면의 또다른 끝없는 허무를 견뎌내기 위해 실천을 요구했던 실존주의적인 정신이 있었다는 말인가.

세계가 생산과 욕망으로 타들어가는 시기에 비(費)의 삶을 산 사람. 눈부신 생산성으로 살았음에도 인생을 송두리째 허비했다고 말하는 사람. 소비의 진정한 면모를 온몸으로 보여준 사람. 그럼으로써 생산성의 가면 뒤에 숨은 폭력성, 가짜 욕망 속에 깃든 기만을 역으로 날려버린 오비거사 서유구……. 규철은 다시 식당으로 돌아와 술을 연거푸 마셔댔다.

"오늘, 너무 나가는 거 아냐?"

조 대표가 앞자리에 합석했다.

"요즘 마음이 좀 그렇습니다. 쓸데없이 서유구를 알게 되어서……. 제가 괜히 그의 인생에 개입하게 되다보니 억지로 해석해보려는 거 아닌지……. 하긴 보잘것없어 보이는 삶도 파고들면 파고들수록 난해해지는 게 사람의 삶인데 제가 감히……. 그렇지만 서유구에 관한 연구가 너무도 빈약해 가슴이 아픕니다. 정약용은 알아도 서유구는 모르고, 신유박해는 연구되었어도 김달순 옥사는 외면되었고……. 정약용 못지않은 삶을 살았음에도 서유구는……. 김달순 옥사 사건은 세도정치의 계기가 되는 큰 사건임에도……. 해서 신유박해와 비교하면 그 중요성이 더 크다고 할 수도 있는데……. 제 말이 억지스러운가요?"

"오늘 과하면 절대 안 되는데……."

"정약용이 당시의 틀 안에서 몸부림쳤다고 한다면 서유구는 그 바깥으로 나와버린 사람 아닐까요."

"깔끔하네, 저번의 심(心)과 비(費)의 대비보다 오히려 구체적인데……. 정약용과 비교하면 서유구는 확실히 바깥으로 나온 사람이란 그 규정."

"제 생각이 맞긴 한 건가요?"

"서유구 선생께서도 글로 남겼잖아. '나는 예전에 경학을 공부했다. 그런데 말할 만한 것은 옛사람들이 이미 다 말해버렸다. 내가 거기다 두 번 말하고 세 번 말해야 무슨 보탬이 되겠는가. 나는 경세학도 공부했다. 하지만 처사들이 이리저리 생각하며 한 말은 흙으로 끓인 국이며 종이로 만든 떡이었다. 내가 그런 노력을 한들 무슨 보탬이 되겠는가.' 선생 스스로가 경학과 경세학 즉 당대의 틀 바깥으로 나왔음을 선포한 셈이라고 해도 무방하지 않겠나."

"그렇게도 볼 수 있겠네요. 그러면서도 선생이『중용』23장을 좋아한 것을 보면, 한편으로 독특한 분이기도 해요"

"선생은 바탕을 중시하면서 그 틀 안에서 바깥으로 나온 사람일 테니까."

"당시로서는 지극히 예외적인 존재지요. 지금, 이 시대에도 그런 사람이 절실히 필요할 것 같아요."

"백 퍼센트 동의!"

"네."

"작은 일도 무시하지 말고 최선을 다해야 한다. 작은 일에도 최선을 다하면 정성스럽게 된다. 정성스럽게 되면 겉에 배어나오고 겉에 배어나오면 겉으로 드러나고 겉으로 드러나면 이내 밝아지고 밝아지면 남을 감동하게 하고 남을 감동하게 하면 이내 변하게 되고 변하면 생육된다. 오직 세상에서 지극히 정성을 다하는 사람만이 나와 세상을 변하게 할 수 있는 것이다.'"

"『중용』 23장, 다 기억하시네."

"서유구 선생이 좋아하는 글이라 외우고 있지. 내 삶의 좌우명으로도 삼고 있는 글이기도 하고……."

"그렇군요."

"흙으로 끓인 국이며 종이로 만든 떡, 서유구가 말한 토갱지병에 정조도 정약용도 자기 자신을 포함했었을 수도 있어. 그래서 그렇게 그걸 벗어나려는 몸부림이 실천이었을 수도 있고……."

규철은 깜짝 놀랐다. 조 대표라는 사람의 해석 폭이, 그간 그를 평가했던 그것보다 훨씬 넓다는 것에…….

"이런 생각도 해봤다네."

"뭔데요?"

"강증산의 증(甑)이 시루잖아. 솥과 시루, 뭔가 불완전할 것 같은데도 완전한 느낌이 들지 않나?"

규철은 당혹스러웠다.

"원불교의 창시자 박중빈은 솥이야. 그의 호인 소태산은 솥의 산에서 나온 것이지. 박중빈은 스스로 솥을 중시했고. 네가 솥에 꽂혀 있기에 언뜻 떠오른 것인데, 조선 후기의 깊은 어둠, 백성들이 의지할 곳도 오갈 곳도 없을 때 동학의 불길이 일어났지. 유무상자(有無相資), 가진 자나 없는 자가 서로 어울려 밥도 먹고 국도 먹고 어울린다는……. 그래 고반재(考般齋)란 말은 들어봤어? 그릇을 두드린다는, 한 소식했다는 말도 되고 먹고사는 일을 함께 해결한다는 말도 되는데 동학인들뿐 아니라 노장들도 추구했던, 유래가 깊은 정신이지. 조선 후기를 실질적으로 이끈 것도 솥과 관계가 깊다고 할 수 있을 거야. 그렇게 난 본다네."

"……."

"조정이 해선 안 될 일을 또 저질렀잖아, 외세를 끌어들여 청일전쟁이 일어나 애꿎은 우리 땅이 전쟁터가 되고 동학군과 백성들은 억울하게 죽고……. 백성들에서 시작된 혁명의 불길은 꺼질 듯하다가 증산의 시루로, 박중빈의 솥으로도 살아났지. 백성들의 심혼에 불을 붙이면서 말이야."

솥이 의외의 방향으로 해석되고 있었다.

"일본의 개항이 1854년에 이루어지죠. 아편전쟁이 일어난 후 고작 십몇 년 지난 해죠. 그 십몇 년 후엔 메이지유신을 일으키구요. 서유구 선생이 죽은 다음에 일어난 일들이죠. 1845년에 죽었으니. 일본이 그렇게 나아갈 때 조선은 진주 민란이 일어나는 등 더 깊은 어둠에 처박히게 되고. 그 흐름이 동학 혁명에 청일전쟁까지 가는 거죠. 그후 조선은 더 깊은 어둠 속으로……."

"생각할수록 가슴 아프지."

"……."

"서유구의 비(費)는 현대까지 넌지시 비추는 철학적 조명으로 재해석될 여지도 풍부하다고 할 수 있지."

원래의 자리로 조 대표의 설이 돌아왔다.

"전 그 비(費)를 생각만 해도 아득해지곤 해요. 개인적 욕망이 극한으로 타오르다가 결국, 선한 욕망까지 고꾸라뜨리는, 이 시대에 주는 울림이 크지요. 최대한의 생산성으로 산 사람이 스스로 비라고 하니 더욱더……."

"그렇지, 꽃을 기르는 것은 허를 기르는 것이다. 그가 예원지 서문에 쓴 말과도 통해."

"빙허각 이씨의 호 빙허는 기댈 빙(憑)에 빌 허(虛)지요. 빙허, 허에 기댄다는 그 말……. 허상을 통해 실상을 본다는 뜻과도 일맥상통하지요."

"아, 그렇게도 연결이 되네."

"서유구의 임종 때 돌쇠가 연주한 거문고 곡, 그 사라진 소리에서도 비(費)의 냄새가 났었어요."

"노비에게 거문고 연주를 가르쳐준 사람이 조선조에 또 있었을까?"

"그런데요."

"응, 왜?"

"서유구의 4기가 어젠 왜 갑자기 비겁해 보였을까요?"

"그게 무슨 말이야?"

"저 같으면 그냥 3기에서 그대로 직진했을 것 같습니다."

"뜻밖의 생각인데?"

"금화, 난호에서 십팔 년간이나 농사를 짓고 물고기를 잡으며 『임원경제지』를 써왔잖아요. 그 정도면 그 생활에 적응되고 시각도 넓어졌을 테고 농, 공, 상뿐 아니라 조선을 경영할 시스템을 어떻게 가져가야 할지 파악했을 것 같아요. 굳이 관직으로 되돌아가지 않아도 되지 않았을까요?"

"책의 완성을 위해서는 그게 더 효과적일 수도 있겠네. 근데 『임원경제지』의 어떤 내용은 관청의 자료를 참고해야만 되는 것도 있었을 테니 그 판단이 쉽지만도 않네."

"전국 시장들이나 그것들 간의 거리 조사 같은 구체적인 것에서는 미흡할 수도 있었겠지요. 그러나 한창 소위 글발이 오르는 시기에 관직 생활에 많은 시간을 빼앗겼으니 글에 대한 집중도는 떨어질 수밖에 없었겠지요. 망해촌에서 그 막막함 속에서 결단한 회심이 관직에 들어감으로써 약해지진 않았을까 그런 생각이 어젠 들었었어요. 효명 세자가 끌어들인 것도 있을 거구요. 어쩌면 우보 문제도. 아들 우보에게 미안했고 그 아들을 한양의 제도권으로 올리고 싶은 사심도 관직에 복귀할 때는 깔려있던 건 아닐까요? 그러다가 아들을 잃고……. 『임원경제지』집필에도 아무래도 애로가 생겼을 테니 어쩌면 그 4기를 서유구는 진짜로 허비했다고 했는지도 모르지요. 부정적 의미로요. 물론 또다른, 더 큰 것이 있을 수도…….

"그 생각까진 못했었네."

"그 시기에 서유구 집안은 서형수가 죽은 후 도류안에서 지워져 가문도 회복되잖아요. 경험, 나이 다 무르익었고 탄력도 붙어 있어 그야말로 절정으로 치달을 수 있었겠죠."

"그럴듯해. 그런데도 『임원경제지』를 기필코 완성하고 죽었으니 대단한 사람이고 그건 인정해야지."

"물론 인정하죠. 그 자체만 해도 엄청난 일이죠."

"그렇지."

"서유구의 삶 1기의 비, 2기의 비, 3기의 비, 4기의 비, 5기의 비가 각기 다 다른 것 같아요."

"그러면서도 전체를 다 비라고 했으니 나라가 망해간다는 느낌이 있었을 테고 자신이 아무리 몸부림쳐도 그걸 막을 수 없다는 걸 알았을 테니까, 모든 게 속수무책이었던 1840년대 초반 조선의 암담한 국운을 비라고 한 것은 아닐까?"

"아편전쟁이 일어난 시기와 맞물려 더욱 그랬을 수도 있었겠죠."

"그렇지, 중국뿐 아니라 동아시아 전체가 기우뚱한 시대였지. 영국은 자가당착에 빠져 있었고⋯⋯."

"아무튼, 서유구의 비는 이해하려 들수록 늪에 빠지는 기분이에요."

"그건 그래."

"그래서인지 그 비에서 비[雨] 냄새도, 슬픈[悲] 냄새도 나는 것 같아요. 허에 기대다. 꽃을 기르는 것은 허를 기르는 것이다. 그런 것에 깃든 도저한 경지도 담겨 있어 보이고⋯⋯. 평생을 함께한 노비에게 거문고를 가르치고 마지막 순간에 그에게 연주를 부탁해 들으며 숨을 거두는 모습과도 절묘하게 어우러지고요."

"그렇지. 그런데 말이야."

조 대표의 표정이 슬그머니 바뀌어 있었다. 규철은 조 대표에게서 보지 못하던 태도라 긴장됐다.

"생각해봤었는데⋯⋯. 김달순 옥사. 그 사건 말이야."

조 대표가 좀더 조이듯 말했다.

"네."

"내일 발표할 때 꺼내지 마."

"네?"

"김기백 회장에게 연락이 왔어. 내일 국회의원들도 함께 오고 부인도 동반하겠대. 너의 성격상 적당히 에둘러 논리를 펼

것 같지도 않고 불안해서 하는 말이야. 너도 알다시피 우리 협동조합이 중요한 단계에서 하필 김기백 회장의 선택이……."

35. 내일

규철은 수인에게도 말하지 않고 몰래 빠져나와 택시를 잡
아타고 달렸다.

"율량동 먹자골목으로 갑시다."

혼자 흠뻑 취하고 싶었다. 제기랄, 개새끼, 욕이 절로 나왔
다. 술집의 벽면 티브이에선 마침 회칼이 눈앞에 번득이고 민
어가 도마 위에서 껍질이 벗겨지고 핏물이 나무 도마를 홍건
히 적시고 있었다.

먹방 문화에 대한 단맛의 도배질, 동식물을 요리의 대상
으로만 보고 무자비한 살상을 당연시하는 게걸스러운 문
명……. 민어, 고등어, 삼치, 돼지, 닭, 오리, 염소 등 숱한 생명
체가 칼질과 데침, 무침, 볶음의 끊임없는 탐욕의 대상으로만
존재하고 사람들은 환호하고 있었다. 티브이는 그런 것을 고

무시키며 소비자들은 그 게걸스러움에 매몰되어가고 있음에도 인지하지도 못한 채 즐거워하고 있었다. 방송에 나온 대로 개개인은 고기나 생선을 도마에 놓고 칼로 치고 탐욕스럽게 먹는 장면을 페이스북이나 인스타그램에 올리고 그것을 경쟁하는 사회······.

세계를 비극으로 몰고 간 양극화는 의식주 문화, 개인의 실생활까지 침범하고 있었다. 아무래도 돈이 많이 들어가고 희귀한 식자재일수록 기상천외하고 먹음직스럽게 요리되고 그런 사진과 동영상은 '좋아요' 표시가 많이 달리고 그 SNS 사용자는 어깨에 힘이 들어갈 뿐 아니라, 돈이 되기도 하는 사회······. 다른 한쪽에서 그럴 수 없는 사람이나 그것을 천박하게 여기는 사람들······.

정(鼎)은 오미를 조화시키는 그릇으로, 발이 셋이고 귀가 둘이다. 정(鼎)이라는 글자는 위쪽은 솥의 모양을 본떴고, 아래쪽은 장작을 지피는 모습을 본떴다. 삼례(三禮)를 조사해 보면 정에 담는 것은 모두 희생의 몸체이다.

조(俎)는 희생을 올리는 그릇이다. 조라는 글자는 반육(半肉)을 본떴다. 반육은 고기를 반으로 자른 것이다. 우리나라 사람들은 정이 음식을 끓이는 솥이라는 것을 알면서, 조가 희생을 올리는 제기라는 사실은 알지 못하니, 그 지식이 엉성하다.

지금 우리의 음식문화는 어디까지 얼마만큼 게걸스러워질까? 살생과 과욕에 관한 경계는 서구에서 메를로퐁티(프랑스의 철학자)가 말한 적이 있다.

생존하기 위해 다른 생명체에 대한 폭력은 어쩔 수 없다. 그러나 최소한의 폭력에 한정하자.

인간도 생존해야 하기에 다른 생명체에 대한 살상은 어쩔 수 없다. 동식물을 죽여서 먹지 않으면 인간이 굶어죽는다. 그러나 동식물도 생명체인 이상 살상과 폭력을 최소한에서 하자. 이중 혁명 개념이 식상해질 무렵 누군가 소개해준 메를로퐁티의 '최소한의 폭력' 개념이 이제는 더 무색해지고 있었다.

세계 도처에서 벌어지는 폭력들, 양극화에서 비롯된 폭력이든 생태계 파괴든 세계 구조 속에서 일어나는 일이며 그 바탕엔 이중 혁명이 있음을 부정할 수 없다. 이중 혁명이 지구상 모든 분야에 있어서 발전을 이룩한 것은 사실이지만 그로 인한 어둠도 그만큼 깊었다. 그 어둠의 형태는 폭력과 희생으로 나타났다. 음식물 역시 인간의 기본요소인 의식주의 하나로서 폭력이 수반될 수밖에 없긴 하지만 현대의 음식문화에선 지나친 폭력이 문화라는 이름으로 포장되고 있다.

욕망이 또다른 욕망을 불러내 생태계에 대한 파괴가 비참에 이르렀고 인류 문명이 벼랑 끝까지 몰렸음에도 왜 그런지에 대한 통찰이 빈약하다. 코로나19 팬데믹은 그런 맥락에서 나온 현상 일부일 뿐이다. 더 무서운 복수가 자연에서 올지 그 누구도 알 수 없다.

인류사의 긴 여정을 보면 동식물과 인간은 같은 배를 타고 왔다. 인간은 동식물에 대한 연민이 있었다. 고대의 원시인 중에 숲으로 사냥을 떠나기 전에 땅에 태양을 닮은 큰 원을 그려 그 안에 화살을 쏜 종족도 있었다. 먹고살기 위해 어쩔 수 없이 살상할 수밖에 없으니 그에 따른 죄스러운 마음을 의례를 통해 그나마 빌고 숲으로 들어간 것이다.

그 모든 것들이 솥과 도마와 통한다. 서유구는 솥과 도마에 음식 문화의 깊은 철학인 희생을 담았다. 그와 동시에 솥과 도마를 단지 그릇[器]이라고 말한다. 양극단을 머금은 그 사유는 흐트러지지 않고 고요하게 수렴된다. 사단칠정이 중용으로 수렴되고 온갖 있음[有]이 무위로 통하는 이치와 흡사하다. 서유구는 성리학의 바깥으로 나갔으면서도 성리학의 정수가 올곧게 몸에 밴 사람이었다.

솥과 도마는 어느 집에서나 볼 수 있는 흔한 물건이다. 기와 집이나 초가나 노비의 방, 갓바치, 백정의 방에도 솥과 도마는 있었다.

남자들은 거들떠보지 않았다. 흔하고 버림받은 그것들에게 서유구는 숨결을 불어넣었다. 남성 위주의 사회에서 소외된 여자들이 평생 다뤄야 할 솥과 도마, 그 도구들로 밥과 국, 반찬을 지어 먹어야 일상생활과 정치, 경제, 행정, 문화가 돌아간다. 남자들은 천시하고, 부엌에 들어가는 일이 모독으로 여겨지던 사회에 서유구는 바로 그 도구들과 함께 살며 그것들에 의미를 부여하며 삶과 사회와 정치 경제의 무대에 중요한 존재로 등장시켰다.

하찮은 그것들을 희생물들의 제기(祭器)로 보았다. 일상에 쓰이는 보잘것없는 그릇인 동시에 제사용 기물……. 엘리아데(루마니아 출신의 종교학자)라는 사람이 있다. 이중 혁명이니 메를로퐁티, 엘리아데……. 그런 대화를 유독 풍성하게 나눌 수 있는 사람이 조상호였다. 86 세대는 역사에 공헌한 만큼 역사의 죄인이 되었다. 기득권에 저항하다가 어느 순간 기득권이 되었다. 앞선 도둑놈보다 더 사악한 도둑이 되었다. 뻔뻔함도 이어받았다. 그 배신에 따른 치욕으로 괴로울 때 위로를 받은 사람이 바로 조상호였다.

그에 대해 좋지 않은 소문들이 더러 들려오긴 했었다. 조합의 돈을 몰래 빼돌리는 것 같다느니, 회계 조작도 했다더라는 등 게다가 요즘 출판사가 잘될 턱이 있나 책을 보지 않는 세상이니, 본업이 휘청댈 때 풍석 사회적 협동조합 돈으로 출판사의 빚을 돌려막고 있을 것이라는 등, 말이 좋아 사회적 협동조합이지, 정부 돈 빼먹기 위해 만든 거 아니냐는, 그런 말까지 돌았다. 조 대표에 관한 악소문이 들릴 때마다 규철은 서유구 선생과 『임원경제지』를 그렇게 이용하는 것이 아닌가 설마설마하는 마음을 갖기도 했었다.

종교와 세속의 벽을 허물고 성(聖)에도 속(俗)이 있고 속(俗)에도 성(聖)이 스며 있음을 통찰한 엘리아데. 물은 고이면 썩는 냄새를 풍기고 어찌하다 개울을 만나면 돌돌돌 노래를 부르며 강으로 나가 서로 만나서 큰 바다로 흐른다는 매월당의 세상에 대한 사유와 더불어 이중 혁명에 빠지던 시절에 마음을 흔들었던 그의 사유가 정조지의 서문에 들어 있지 않았던가. 그 시절에 가장 세속적이라고 해야 할 솥과 도마는 그 자체로서도 성(聖)을 품은 제기였다.

조선조의 민초들이 쓰던 막사발이 일본의 무사들에 의해 다완으로 승화되어 가치가 거듭났듯 부녀자들의 일상이었던 솥과 도마를, 서유구는 조선이 직면했던 문제를 해결할 시발점으로 여겼다. 솥과 도마는 유학의 한계를 극복하려 한 서유구가 모색한, 실천적인 혁명이었다.

노동은 숭고하다. 불행하게도 세계가 자본과 노동으로 갈리어 노동의 숭고함이 자본에서도, 심지어는 노동의 과다 및 혹사, 착취, 상대적 박탈로 노동에서도 누락된 것이 세계의 비극 중 하나일 것이다.

부엌 노동 역시 숭고하다. 부엌에는 인류사의 소중한 가치들이 혼융되어 있다. 불과 물, 토기에서 비롯된 각종 그릇, 도마 등의 목기, 석기, 청동기, 솥, 칼 등의 철기 시대의 산물들, 그런 도구들에 의해 수렵, 채취의 결과물들이 요리되어 음식으로 나온다. 부엌의 가치를 놓치면 인류 문화사의 절반을 놓치는 것일 수도 있다. 남자들은 대개 외부 노동의 과다로, 여자들은 대개 살림의 과다로 부엌의 가치를 제대로 느끼기 어려운 것이 현대 일상생활의 한 모습일 것이다. 음식의 대상인 생명체들은 불에 닿으면 갈색으로 변한다. 불을 사용하기 전엔 모든 음식을 날것으로 먹어야 했겠지만 불을 사용하면서 요리의 기술이 발전했을 테고 인류의 문화도 새로운 단계로 접어들었다. 솥과 도마는 부엌에서 밥과 국, 반찬 들을 위한 필수품이며 그 사소하면서도 귀중한 의미는 아직 충분히 조명받고 있지 못할 것이다.

빈 솥을 채울 길 없는 농민들은 갑오년에 죽창을 들었다. 항쟁이 실패하자 동학의 유무상자는 강증산의 시루, 박중빈의 솥으로도 이어졌다.

조선 시대에 큰 솥은 마을 사람들의 품앗이이자 장가를 가고 장례를 치르는 공동체의 요소였다. 전립투는 일본이 조선을 식민지로 삼은 후엔 공출되어 무기로 변했고 공동체는 무너져갔다.

'서유구를 김달순 옥사와 너무 연계시켜 글을 준비하는 건 아니겠지?'

조 대표는 그 말도 했다. 규철은 속이 타 술을 연거푸 털어

넣었다. 희생과 제기, 음식물과 희생, 성과 속, 솥과 도마에 깃든 고운 결, 그런 주제들로도 서유구를 풍요롭게 해석해낼 수 있을 텐데, 김달순 옥사 사건과 연결 짓는 게 내심 불편한 것도 사실이었다.

지금껏 헛물을 켰다는 생각도 들었다. 오도송처럼 남긴 비(費)라는 말 한마디에 그 생을 몇 번이고 되짚어봐야 했던 자신이 너무 경솔했나 싶었다.

사람들의 마음을 읽어낼 줄 알았던 서유구는 대인관계가 많지 않고 늘 고독할 수밖에 없었다. 만약 그가 다산이나 수운 같은 기질이 있었다면 스스로 자기 인생을 비로 몰아세웠을까.

트이고 흐르게 하는 역할을 주관하는 것이 채소이다. 채소(菜蔬)에 소(蔬)를 쓴 까닭은 소통(疏通)의 뜻이 있기 때문이다. 이것을 먹으면 장위의 기운을 잘 펴지게 해서 막히고 정체되는 질환이 없다.

깨달음의 이치를 관통하는 듯한 이 문장에 돌연 숙연해졌다. 서유구는 채소를 통해서도 소통을 말하고 있었다. 「정조지」는 과연 희생과 소통을 다룸으로써 음식 문화에 대한 철학의 바탕을 제시했다. 단맛에 길들면서 폭력성에 기반을 둔 현대 음식 문화와 티브이에서 먹방 문화의 과잉 같은 천박성과 비교되기도 했다.

음식은 먹는 것으로 국한되지 않는다. 눈으로 보며 모양과 색감을 즐기고 향을 맡고 촉감도 있다. 정조지 서문에서 솥은 오미(五味)를 조화시키는 그릇이라고 했다. 먹는 것은 실(實)이고 조화는 허(虛)이다. 허(虛)야말로 음식 문화의 본질이다. 물론 굶주려 고달픈 백성들에게는 허기를 채우는 일이 먼저였다는 비판을 피할 수는 없다. 하지만 일상적인 음식에서 이치를 열어가는 서유구의 사유는 비판을 넘어 보편의 마당에 닿고 있었다.

허와 실의 관계, 그 이치를 깨달은 자, 허상을 통해 실상을 봐낼 줄 알았던 자, 서유구……. 규철은 「정조지」에 담긴 그의 사유가 조선 후기의 사회에 아무런 영향을 미치지 못했다는 것이 안타까웠다.

서유구가 풍류와 격조, 문화와 결, 멋을 중시하는 「유예지」와 「이운지」에도 왜 신경을 기울였는지 이해가 되었다. 맛은 멋이기도 한 것이다. 서유구의 음식 철학은 「보양지」와 「인제지」로도 자연스럽게 이어진다. 음식을 통해 인간은 정기신(精氣神)의 정을 채우고 올바른 식생활과 정신 수양, 심신 단련을 통해 정은 기로, 기는 신으로 승화된다. 그 선순환은 먹거리를 넘어 모든 것들로 이어진다.

'인간의 입과 항문 사이의 통로는 실은 몸의 바깥이라고 현대 의학에선 본다는 말 들어보셨어요? 허공 같지 않나요?' 규철은 전국씨앗도서관 협의회 회원의 말이 슬쩍 떠올랐다. 인간의 몸에서 음식이 들어올 때부터 나가기까지의 통로……. 그것 역시 허, 그 허가 있어야 실이 존재한다. '허가 실을 이룬다'라는 언급은 꽃을 다룬 「예원지」 서문에도 나오고 있다.

'이끼는 산(酸)을 분비해 바위를 녹여요. 바위에 그렇게 뿌리를 내려 양분을 섭취해 먹고 살죠. 그런데 잘 보세요. 인간도 위장에서 산을 분비해 음식을 소화하죠. 위장도 사실은 몸의 바깥이라는 말이 맞는다면 어떻게 되겠어요? 이끼나 인간이나 같은 방식으로 삶을 영위하는 거죠. 몸 바깥에서 산을 분비해 먹거리를 소화해 살아가는 거, 식물과 동물은 그렇듯 가깝다고 볼 수 있죠.'

일반인들이 잘못 들으면 허풍으로 해석될 말, 그의 그 말을 들으며 허의 확장성이 무한함을 느낄 수 있었다.

음식을 포함한 이런 의식주 문화를 서유구는 집안으로 제한하지 않았다. 집밖으로까지 끌고 나갔다. 공동체를 향한 마음이었다. 「향례지」라는 책에 그 마음을 담았다.

이 모든 것의 중심에 「정조지」 즉 솥과 도마가 있다. 그것은 한해의 농사를 다룬 「본리지」에서 비롯된다. 「본리지」는 하늘과 땅의 축약이었다. 서유구는 당시 하늘만 공허하게 바라보는 사대부들을 토갱지병이라고 비난했고 『임원십육지』의 첫 권인 「본리지」의 시작을 땅에 두었다.

서유구의 허와 실에 대해 성찰하면 할수록 그가 비라고 한 것이 거슬렸다. 그러나 허와 실과 비는 긴밀하고 묘한 조화 관계로 보였다.

어찌 서유구가 천재라서 그런 책을 썼겠는가. 어쩌면 상식 아닌가. 최선을 다한다면, 길든 사고와 덧씌우는 이데올로기, 그 모든 작위의 껍질들을 벗겨 내면의 그윽함과 올바른 실천 의지를 다지며 실천하며 살았던 것만으로 그를 평가한다고 해도 넘쳐날 텐데…….

사농공상, 조선은 사(士)가 사(詐)가 되었다. 나라를 잘 이끌어야 할 선비들은 사기꾼이 되어 있었다. 또한 사(死)가 되어 조선을 멸망을 향해 몰고 갔다.

그 무렵 유럽은 전통적 농업국답게 농업을 기반하되 산업으로 비약해나갔다. 산업혁명의 최초 기계는 방직기계였다. 길쌈이 기계화했다. 방직은 목화가 그 원료였다. 그것이 기계 즉 공업의 힘으로 생산력을 증가시켰다. 정조가 문무를 중시할 무렵 서양은 과학기술의 페달을 굴렀다. 유통 즉 상업이 그 뒤를 따르면서 분업화, 전문화, 계열화되면서 산업의 표준화를 이뤘다. 프랑스혁명을 통해 자유마저 선물로 주어졌다. 유럽인들은 부국강병과 자유의 팽창을 동시에 갖게 되었다. 산업혁명은 정보혁명으로 이어졌다.

서유구는 농업을 중시하며 공업 역시 중요하게 여겼다. 그 것은 상업으로 이어지는데 『임원십육지』의 마지막 「예규지」

가 상업을 다룬다. 「예규지」엔 조선 팔도의 시장, 시장과 시장 사이의 거리를 빼곡히 적어놓았고 일일이 자료를 찾아 기록했다.

『임원경제지』는 「본리지」에서 시작해 「예규지」로 끝난다. 「본리지」와 「예규지」 사이에 길쌈 즉 옷에 관한 「전공지」, 음식에 관한 「정조지」, 집에 관한 「섬용지」까지는 의식주, 「보양지」와 「인제지」는 건강, 「유예지」와 「이운지」는 풍류와 향기와 격조와 향유, 「향례지」는 공동체를 설했다. 농사는 하늘이 하는 일이라는 말처럼 날씨에 관한 「위선지」도 있었다. 또 그가 풍수에 대해 다룬 「상택지」는 장마철에 집을 짓거나 이사를 하면 안 된다는 식의 때가 묻지 않은 풍수였다. 채소에 관한 「관휴지」, 나무에 관한 「만학지」, 고기잡이에 관한 「전어지」만 해도 백과사전의 틀로 충분했다. 서구에서 디드로 등 백과전서파들이 여러 사상가의 힘으로 백과사전을 만들어나갔다면 서유구는 아들과 둘이 일상 실용에 관한 백과사전을 만들었다.

꽃에 대한 「예원지」에서 꽃을 기르는 것은 허를 기르는 것이라는 허에 대한 설은 그의 인생 화두인 비(費)와 두 개의 종처럼 서로 조응하고 있었다.

오비거사 서유구, 그는 허를 통해서 실을 보려고도 했다. 규철은 다시 생각했다. 실을 통해 실을 보려는 사람, 실을 허로 보려는 사람, 허로 허를 보려는 사람으로 나뉘어도 사람에 대한 대강의 그림은 그려질 것 같았다. 물론 한낱 미물도 오묘하거늘 사람도 오묘함이 밑도 끝도 없는 것이긴 하지만. 서유구 선생이 산 시기를 놓고 보면 김조순은 실을 통해 실을 본 사람이라고 말해도 큰 어폐는 아닐까. 다산은 어떻게 볼 수 있을까. 실로 허를 보려는 사람이었을까. 다산 역시 큰 인물이기에 딱히 들어맞지는 않았다. 정조는 어떤 사람이었을까? 정조 또한 다산처럼 허와 실, 실과 허 사이의 인물일까. 허와 허 사이의 인물도 있을까 가늠해보니 매월당이 떠올랐다. 허를 통해 실을 보려 했지만 좌절하고 허를 통해 허를 볼 수밖에 없었던 인물, 매월당…… . 그렇다면 조 대표는, 김기백 회장은, 그리고 나는…… .

그러나 한 사람의 일편단심 몸부림에도 불구하고 조선의 위정자들은 그가 가리킨 방향으로 가지 않았다. 정약용을 십팔 년간이나 유배지에 처박아놓고 풀린 후에도 정계에 복귀시키지 않은 그들은 서유구도 십팔 년간이나 농촌과 강가를 떠돌도록 방치했다. 『목민심서』나 『임원경제지』 같은 훌륭한 보물을 얻은 바는 되었지만 조선이 삼십육 년간이나 일본의 식민지가 되도록 했다.

'그렇게 한 주범들이 우리나라가 일제에서 해방이 되고도 청산되지 않고 남아 있어. 구석에서 연명하긴커녕, 미군정의 힘과 세도가의 술수로 주류가 되어버렸지. 그에 용감한 저항을 한 4·19 혁명은 군사정권의 밥이 되었고 그 독재는 길게 지속되어 전남도청이 불타버리고 무고한 시민들이 희생되었지.

그후 좌우가 돌아가며 정치를 했고 결국 진보 정권이 집권했을 때도 적폐 청산은 요란한 구호 속에만 떠돌았지.'

언젠가 했던 조 대표의 그 말도 오늘따라 그저 그렇게 여겨졌다.

김기백 앞에서 김달순 옥사를 꺼내지 말라는 말이 충분히 이해는 갔다. 조상호는 풍석 사회적 협동조합의 대표로서 조합을 살려야 하는 사람이다. 그러기 위해 김기백을 붙잡아야 했고 그가 적폐와 한통속이든 표리부동한 사기꾼이든 꼭 필요하다는 것도 이해하고 싶었다.

조합원이 주인인 조합을 그가 사리사욕의 도구로 삼아 이용해온 게 사실이라면, 서유구를 꺼내들고 그가 미완으로 남겨둔 둔전 사업을 현대적으로 실행해보겠다고 한 말 역시 거짓이며 사기일 것이다. 서유구가 좋아한 『중용』 23장의 글마저 자신의 마음인 듯 포장했던 조상호의 얼굴이 김기백 회장의 얼굴과 별반 다르지 않아 보였다.

김달순 옥사 하나 제대로 밝히지 않는 나라, 온전한 정신을 외면하며 사리사욕을 위해 해석하고 이용하는 자들이 세상을 지배하고 있다는 게 슬펐다. 발표할 내용의 핵심인 김달순 옥사를 건드리지 말라고 부탁하는 조 대표의 얼굴에서 김조순의 얼굴을 그려보고 있었다.

"열시에 문을 닫아서요."

"열시요. 아 그렇지요."

규철은 결제하고 밖으로 나섰다. 거리가 한산해 황량하기까지 했다. 코로나19 팬데믹을 거치면서 밤거리는 자연스러운 통행금지를 스스로 이행하고 있었다.

"소로리 갑시다."

택시는 적막한 율량동 먹자골목을 빠져나와 미호강이 흐르는 소로리를 향했다. 저 멀리 공터에서 불빛 속에 몇몇 조합원들이 어른거리는 모습이 작은 풍경처럼 다가왔다. 조 대표는 없었다. 수인도 보이지 않았다.

앉은뱅이 밀이 자랐던 곳을 지나 자주감자, 검정찰옥수수, 조선 오이, 녹두가 자랐던 길을 걸었다. 하늘에는 밤새처럼 보이는 것들이 날아다녔다. 자세히 몸짓을 보니 박쥐들이었다. 멀리서 조합원들이 혹 볼지 몰라 스마트폰 플래시도 켜지 않고 발이 하는 대로 걷다보니 밤길도 익숙해졌다.

농막의 평상에 반쯤 몸을 젖히고 박쥐들을 봤다. 어둠 속에서 날 때와 가등 사이를 날 때와 차이를 보였다. 앉아서도 불을 켜지 않았다. 가등 아래 나방을 낚아채는 박쥐의 몸짓에서 어딘가 익숙한 것들이 있다고 느껴지자 헛웃음이 나왔다. 장소를 알 수 없는 곳에서 들려오는 귀뚜라미 우는 소리는 또다른 허를 자극해왔다.

혹시 불빛이 새어나갈까봐 각도를 조절하고 스마트폰을 켜고 조합 단톡방에 들어갔다. 정 소장이 올려놓은 유튜브 영상이 있었다. 규철은 소리를 낮추곤 들여다봤다.

'북흑조'라는 토종 벼가 있습니다. 이름처럼 색깔이 검습니다. 그 이름도, 생김새도 대부분 사람이 모릅니다. 맛도 알 수가 없죠. 존재 자체를 모르니까요. 키가 이 미터가 넘는 것도 있습니다. 뿌리가 오십 센티미터 넘기도 하고요. 이렇게 큰 벼가 달리 또 있습니까? 검은색 벼가요. 장엄하지요.

북흑조라는 말에 담긴 알 수 없는 슬픔이 가슴속 어느 곳인지 모르는 곳을 건드렸다. 검은빛, 규철은 흰 꽃에서도 그 검은빛을 봐왔고 흰빛의 고향이 검은빛이라고 여겼던 대학 시절의 알 수 없었던 그 허, 허기가 가을 논 바람에 나부끼는 풍경을 상상했다.

북흑조를 볼 때마다 저는 숙연해집니다. 일본 제국주의가 극성해지던 1910년 이전에는 북흑조 같은 토종 벼들이 조선 팔도에 천사백여 종이나 자랐습니다. 녹토미, 붉은메, 북흑조, 백경조, 노인도, 졸장벼, 자광도, 붉은 차나락, 신다마금, 장끼벼, 벼들벼…… 지역별로 자라 논을 물들였습니다. 노란색, 검정색, 주황색, 녹색…… 색깔도 다 다릅니다. 얼마나 다양하고 아름답습니까. 황금 들판이라고요? 황금 들판이라는 신화를 깨야 합니다.

규철은 볼륨을 조금 올렸다.

　황금 들판 이전에 오색 들판이 우리나라 전역에 물결쳤습니다.

화면을 잠시 정지해놓고는 눈을 감았다.

　그 오색 들판이 사라진 것입니다.

헛웃음이 올라왔다.

　그 오색 들판을 생각하면 황금 들판은 그 일부밖에 되지 않습니다. 황금 들판 신화를 깨야 합니다.

황금 들판만 봐도 마냥 설렜는데, 오색 들판…….

　이런 거대한 뿌리까지 우리는 가야 합니다. 이게 어찌 민족주의이며 편협한 생각입니까. 우리 고유의 대지이며, 땅, 자연입니다. 인디언은 인디언의 땅, 유럽은 유럽, 아시아는 아시아의 대지를 지니고 있습니다. 폭력이 심해지기 이전, 폭력이 사라진 뒤의 고유한 숨결을 말하는 것입니다. 우리 사회가, 지구촌 문명이 가야 할 길입니다.

정 소장과 나눴던 이야기였다. 지구 곳곳에 그 지역 고유의 문화들이 존재해왔다. 실체만 쫓는 세력들에 의해 파괴됐지만, 더 그래서는 안 된다고 말하고 싶지만, 시작부터 발목이 접질릴 것 같은 현실이 막막했다.

그것만이 아닙니다. 개량종 벼엔 까락이 없습니다. 벼과 식물의 선단에서 나오는 강한 털과 같은 돌기를 까락이라고 합니다. 일종의 수염이에요. 까락은 옷에도 붙어 잘 떨어지지 않고 피부를 따갑게 하죠. 그런 이유로도 까락을 제거했습니다. 그러나 토종 벼들은 대부분 가지고 있죠. 천연적이며 야생성 그대로인 거죠. 까락으로 인해 벼는 해충에 강하고 수분이 유지되며 가뭄에도 잘 견딥니다. 천연적인 까락을 지닌 야생성 토종 벼들이 이루는 오색 들판을 개량종들이 대체해 황금 들판을 이루며 일렁거리는 거죠. 알고 나면 애석한 일입니다.

지금 세상을 보세요. 기후 위기는 점점 더 심해지고 있습니다. 전 지구적인 가뭄, 홍수, 화산 폭발, 빙하의 소멸 등등 장난이 아닙니다. 그 모든 것의 원인 중 하나가 서구 문명임은 틀림없습니다. 자연과 타자를 수단화하면서 그 욕망이 제어 없이 타오르다보니 생태계도 남아날 길이 없는 거지요.

기후 위기가 더 심해지면 자기 보호적인 까락을 지닌 식물이 강할까요, 그것이 제거당한 식물이 강할까요? 자명합니다. 자연에 귀를 기울이며 실천에 옮겨야만 합니다.

논엔 그런 색색의 천연 토종 벼들이 그림처럼 자라고 밭엔 또 고유의 토종작물들이 자랐습니다. 토종 쌀들로 마을마다 다양한 술을 빚고 다양한 맛의 밥을 해 먹었습니다. 그 모든 것이 단절되었습니다.

어둠이 깊어지자 밤하늘을 날아다니던 박쥐들이 사라졌고 은하수가 남북으로 길게 늘어선 게 가을이 떠나고 있다는 생각이 들었다. 약간의 한기도 느껴졌다.

그 아름다움을 누가 단절시켰을까요?

규철은 내일 행사에서 김 회장이나 조 대표의 눈치를 보지 말아야겠다는 생각이 들었다.

일제 식민지 등등 외부적인 것들이 있을 것입니다. 그러나 그게 다가 아닙니다. 내적으로도 우리는 우리 스스로를 단절시켰습니다.

규철은 유튜브를 껐다. 농막에 있는 막걸리를 꺼내와 통째 마시자 가슴이 다소 진정되었고 다시 켰다.

우리나라는 식민지와 전쟁으로 인해 과거로부터 단절된 상황에서 산업화가 시작되었습니다. 그후 민주화가 이어집니다. 그 이후 정보화의 물결이 또 흘러갑니다. 그 무수한 파도들이 주로 외부에서 와서 제도화되는데 정작 중요한 우리 고유의 내적 전통, 미풍양속, 아름다운 마음, 금수강산 같은 곡선미는 단절되었기에 혼융될 수 없었습니다. 위정자들은 그럴 생각도 능력도 대개 없습니다.

단절되지 말았어야 할 가치들은 단절되고 단절되었어야 할 무리는 단절은커녕 도리어 주류가 된 부조리한 상황이 현실입니다. 통탄할 일이지요. 산업화, 민주화, 정보화가 되어가는 중요 맥락들 속에서 우리 고유의 문화들이 누락된 이유도 됩니다.

어느 나라 역사든 중요한 변곡점이 있습니다. 지금 세계의 문명도 변곡점에 처해 있습니다. 우리나라에도 중요한 변곡점들이 있는데 그중 하나가 김달순 옥사일지도 모릅니다. 저는 딱 그렇게 보진 않지만, 조합원 한 분이 그 사건을 중시하는데 일리가 있어 보입니다. 김달순 옥사를 획기적인 것으로 보든 비중을 낮춰 보든 그게 중요한 게 아닙니다. 더욱 중요한 것은 다양성의 인정입니다. 그리고 그 다양한 견해들에 대한 경청과 대화, 논의, 재해석입니다. 제가 화나는 것은 그에 대한 문제 제기조차 우리나라에 없다시피 하다는 것입니다. 문제 제기에 필요한 인지조차 결여되어 있습니다.

왜 그럴까요? 방해 세력이 있는 걸까요? 우리나라의 구조 자체가 부조리하게 굳어버려서 그러한 의문 제기조차 얼어붙은 상태일까요? 숨죽여 살고 있나요? 매몰되었음에도 모르는 매몰의 노예가 아니라고 말할 수 있나요?

김기백 회장이 앞에 있고 없음이 무슨 상관이란 말인가. 하지만 내일 자신이 던질 말이 조합의 미래에 치명적인 장애가 된다면? 자신의 발언이 빌미가 되어 서유구를 기리고 이 메마르고 건조한 시대에 진정한 가치를 실현하려고 모인 사람들이 상처를 입는다면, 조 대표가 양아치인지 아닌지 혼란스럽지만, 혹 아닐 경우 자신을 이 자리에까지 이끈 그에게 결과적으로 좌절을 안긴다면, 전통 속의 아름다운 가치를 되살리고 재해석하려는 그 왜소한 불씨가 꺼져버린다면……

규철은 두 손으로 눈 주변을 밖으로 쓸어냈다. 아무렇지 않을 수도 있다. 우리 사회는 생각을 하지 않는다. 질문도 없고 생각도 없다.

지금 우리의 현실은 질문다운 질문도 없고 생각도 없는 사회가 되었기에 마음이 편할 수도 있다. 아무 말이나 지껄여도 알아듣지도 못하는 사회니 마음 내키는 대로 말해도 괜찮을 것 같다는 냉소도 일었다.

규철이 남은 술을 마시기 위해 술병을 들려고 하자 전화 오

는 소리가 들려왔다. 조 대표였다. 무음으로 바꿨다. 아내에게
서 온 전화도 받지 않았다.

'그라운딩은 모든 것의 기초라는 뜻이에요. 소마라는 말에
서 비롯되었죠. 소마는 총체적인 생명체라는 뜻이고요.'

논살림 활동가 미연의 말이었다. 생명체는 중력을 수용하면
서 부양력을 만들고, 모든 것을 갖춘 그라운딩이 되어야 진정
한 부양 즉 리프팅이 가능하다는 말로 세계 어느 나라든 그라
운딩 되어야 국가는 제구실할 수 있다고 했다.

피상성과 천박성을 벗고 그윽함과 현묘의 깊이를 품은 문
화 대국이 되기 위해서는 부패한 정치 사회 구조를 탈피해 건
강한 사회 구조로 그라운딩 되어야 하고 세계는 폭력을 지양
하고 평화와 공존으로 함께 나아가야 한다.

'『임원경제지』에서 경제는 경세제민이라는 뜻이지요.'

정 소장은 임원은 산림, 시골이라는 말을 했다. 서유구 시절
의 조선은 농촌 사회였기에 임원 곧 산림, 시골은 지금 말로 하
면 일상생활로 경세제민을 뜻했다. 『임원경제지』는 일상생활
의 경세제민을 다룬 책이라고 할 수 있다.

왕과 사대부들이 자신들의 부른 배와 권력을 위해 백성들
의 일상을 파괴하는 시대에 외진 시골과 강변 마을로 들어가
일상생활에 필요한 것들을 하나하나 살피고 그것들에 숨을 불
어넣는 일을 마다하지 않았던 서유구 선생이야말로 경세제민

을 실천한 사람이었지만 자기 삶 전체가 허비였다고 묘비명에 새긴 인물…… 조상호와 마음을 모으며 미래를 꿈꾸게 만든 사람…….

서유구 선생이 살던 시절 조선은 청나라나 서양에서 보면 동양의 이름 없는 작은 나라에 불과했다. 나라 전체가 기울어져가는 상황을 당장 바로잡지 못할지라도 언젠가는 그 박석이 될 일들을 하나하나 실천을 통해 틀을 마련하면서도 그마저 놓아버린 허(虛)의 마음으로 농사를 짓고 물고기를 잡으며 거질의 책을 남겼다. 그 책에는 동서양 문명이 서로 부작용 없이 습합되게 했을 뿐 아니라, 미래 문명까지 예리하게 비추는 힘이 들어 있었다.

전화를 받지 않으니 조 대표와 아내는 쉴새없이 메시지를 보냈다. 규철은 어둠 속에 앉아 있었다. 김기백 회장이 조합의 앞날에 결정적인 변수가 되는 현실, 새삼 야속하면서도 우스꽝스러웠다.

꽃을 기르는 그 허(虛)로 도피하고 싶었지만, 그것마저도 여의찮았다. 신자유주의의 굴레에서 겨우 탈출해 결이 섬세한 사유와 성실한 실천을 세워보고 싶어 찾아온 소로리. 소로리에서의 삶 또한 자본의 논리에 휘둘릴 수밖에 없다는, 아니 휘둘려 또다시 방황해야 한다는 생각이 들자 아찔해졌다.

대개의 유학이 하늘에서 비롯되어 인간 삶을 설계하고 지배했다면 서유구 선생의 경우는 달랐다. 서유구 선생은 땅으로 내려와 흙을 일구고 가꾸면서 하늘을 바라보았다. 그가 말한 비는 허와는 또다른 해석이 필요할 듯도 했다.

  서유구 선생이 자신의 삶 전체를 비라고 한 것을 알 듯도 했다. 규철은 미호강처럼 길게 누워 은하수가 서서히 남북으로 기울어가는 것을 바라보듯 그 움직임을 볼 수는 없지만 느낄 수 있었다. 밤새 한 마리가 보이지 않고 푸드득 소리를 내며 날아갈 때 날아온 그곳이 서유구 선생에겐 비이고 자신에겐 허일 거라는, 또 그 새가 날아간 곳은 어디일까, 그런 생각을 하다가 잠이 들었다.

작가의 말

제임스 조이스가 자신이 살던 시대에서 마비를 느꼈고 카뮈가 당대를 부조리라고 진단했듯 이 시대를 관통하는 말은 무엇일까. 다채로운 시각이 가능하겠지만 국내적으론 숱한 오염에서 정치 오염을 빼놓을 수 없고 세계적으로 절박한 기후 위기도 오염과 통하니 오염이 어떨까, 생각해본 적이 있다.

서유구를 알게 된 것은 우연이었으며 그를 작품화하기까지 칠 년 정도의 시간과 고뇌, 열정을 거쳐야 했다. 그의 면모가 그가 살던 조선 후기를 아름답게 넘어서는 지점들이 보여 과거와 현재가 교차하는 플롯을 택했다.

성리학 및 여러 모순에 빠진 조선 후기에 서유구라는 인물이 있다는 것은 놀라운 선물이다. 그가 저술한 거질『임원경제지』는 열여섯 지로 나뉘는데 그중 하나인「정조지」는 솥과 도마, 곧 부엌에 관한 것이다. 그는 남녀 불평등 사회에서 여성성에 귀를 기울이고 여성들의 실생활인 음식과 부엌살림 등에 깊은 애정을 보였다. 더 놀라운 것은 「정조지」 서문에 담겨 있다. 그는 음식 재료를 단지 대상으로 보지 않고 희생물로 생각했다. 서유구 선생의 그러한 면은 현대의 음식 문화 및 문명 차원의 제반 문제들까지 확장할 길을 텄던 것처럼 보인다. '먹방' 문화만 해도 지나치게 폭력적이다.

서구 문명은 근대화 이후 현재에 이르기까지 주체와 대상을 분리해 대상에 대한 도구화를 당연시하는 경향이 강하다. 생태계 파괴와 기후 위기도 그 연속선상에 있다고 볼 수 있다.

붕괴로 치닫는 조선 후기에 그 자신 역시 몰락으로 치닫는 삶을 견디면서 서유구는 일상의 모든 것을 중시하고 주체와 대상과의 관계 역시 새롭게 모색했다. 그러한 유기적 관계성은 아프게 흘러가는 현대 문명의 뇌관마저 짚을뿐더러 미래의 길을 제시하는 창의적 파괴력의 씨앗까지 지닌다고 나는 보았다.

겨울 산을 걸었다. 흰 눈도 눈에 띄었으며 공기는 차갑고 신선했다.

자연엔 쓰레기가 없다. 쓰레기나 오염은 문명의 소산이다.

자연 생태계 안에 사는 우리의 삶도 폭력과 무관할 수는 없다. 서구 철학자 메를로퐁티는 최소한의 폭력이라는 말을 썼다. 그 말은 의식주를 영위하려면 폭력은 어쩔 수 없으나 최소한에 국한하자는 윤리를 품고 있다. 메를로퐁티의 그 개념도 서유구 선생의 사유와 이어지는데 소설 후반부에서 문명에 대한 모색은 규철이라는 작중인물을 통해 이루어지고 있다.

서유구도 규철도 또다른 작중인물들도 내 안에서 발효의 강을 거쳐 이젠 독자의 눈과 가슴 앞에 놓여 있다. 문학이 죽었다고 하는데 이런 생각도 스친 적이 있다.

문학의 기본은 언어이다. 인류가 탄생해 언어를 사용한 후로 언어가 죽은 적이 있는가. 그리고 아무리 소박한 언어에도 은유는 담겨 있다. 엄마 손은 약손. 죽은 은유이지만 은유임이 틀림없다. 이처럼 문학의 기본인 언어가 죽은 적이 단 한 번도 없는데 어찌 문학이 죽었다고 하는가. 물론 그 담론의 이유나 배경, 의미를 모르지 않는다. 그것들의 논거 또한 풍부하다. 하지만 지식사회에서 규정지어지는 것에 지나치게 매몰될 필요는 없다.

봄이면 피어날 매화, 개나리, 진달래 빛을 보이지 않는 속에 품는 겨울 산처럼 우리 사회가 메아리와 공명을 향해 보다 열려 있으면 좋겠다. 이 소설이 나오기까지 깊은 관심 속에 큰 도움을 주신 임원경제연구소의 정명현 소장, 조한욱 선생님, 장대송 시인께 특히 감사를 드린다. 이 소설은 토문재에서 많이 퇴고되었다.

2025년 2월
이명훈

이명훈

1961년 청주 출생. 서울대학교 불어불문학과 졸업. 2000년 〈현대시〉 시 부문으로 등단했다. 2003년 장편소설 『꼭두의 사랑』으로 〈문학사상〉 신인문학상을 수상했다. 저서로 장편소설 『Q』, 단편집 『수평선 여기 있어요』, 산문집 『수저를 떨어뜨려 봐』 등이 있다.

소설 서유구

초판 1쇄 인쇄 2025년 3월   4일
초판 1쇄 발행 2025년 3월 14일

지은이 이명훈

편집 이고호 이희연 이원주 | 디자인 윤종윤 이주영 | 마케팅 김선진 김다정
브랜딩 함유지 박민재 김희숙 이송이 박다솔 조다현 배진성 김하연 이준희
저작권 박지영 형소진 오서영 조경은
제작 강신은 김동욱 이순호 | 제작처 영신사

펴낸곳 (주)교유당 | 펴낸이 신정민
출판등록 2019년 5월 24일 제406-2019-000052호

주소 10881 경기도 파주시 회동길 210
문의전화 031.955.8891(마케팅) | 031.955.2680(편집) | 031.955.8855(팩스)
전자우편 gyoyudang@munhak.com

www.gyoyudang.com
인스타그램 @gyoyu_books | 트위터 @gyoyu_books | 페이스북 @gyoyubooks

ISBN 979-11-94523-22-2 03810

교유서가는 ㈜교유당의 인문 브랜드입니다.